Millionärin wider Willen

Über die Autorin

Brigitte Teufl-Heimhilcher, geb. 1955, ist verheiratet und arbeitet als Immobilien-Fachfrau in Wien. Darüber hinaus schreibt sie Romane, in denen sie sich auf unterhaltsame Weise mit gesellschaftspolitischen Fragen auseinandersetzt.

Brigitte Teufl-Heimhilcher

Millionärin wider Willen

Elenas Geheimnis

www.teufl-heimhilcher.at

Die Originalausgaben erschienen 2016
bei Brigitte Teufl-Heimhilcher
www.teufl-heimhilcher.at

1. Auflage 2016
© 2016 Brigitte Teufl-Heimhilcher
Buchsatz: mach-mir-ein-ebook.de
Covergestaltung: Xenia Gesthüsen
Lektorat: Mareike Kerz
Herstellung & Verlag: BoD – Books on Demand, Norderstedt
ISBN-13: 978-3-7431-4238-1

Alle Rechte vorbehalten

Liebe Leserinnen und Leser,

liebe Freundinnen und Freunde des heiteren Gesellschaftsromans,

mit dem vorliegenden Roman möchte ich euch in ein unbekanntes Land entführen. Es liegt irgendwo zwischen Bayern und Österreich, dennoch werdet ihr es auf keiner Landkarte finden - auch Google Earth wird keine Hilfe sein - obwohl euch Charaktere wie Situationen durchaus bekannt vorkommen könnten.

Ich hoffe, ihr mögt Land und Leute, und wünsche viel Freude beim Lesen!

Elena

Immer diese Radfahrer

Seit wenigen Tagen war Elena im sogenannten Ruhestand. Was für ein dummes Wort, sie hatte sich selten unruhiger gefühlt.

Wehmütig schlenderte sie durch ihre ehemaligen Praxisräume. Achtundzwanzig Jahre hatte sie hier als Allgemeinmedizinerin gearbeitet, es war ihr zweites Zuhause gewesen. Bald würde ein anderer Arzt hier praktizieren, während sie ihre Pension genießen sollte. Was für ein seltsames Gefühl. Es war wie damals, in ihrer Kindheit, wenn sich zu Beginn der großen Ferien alle wie verrückt über die schulfreie Zeit gefreut hatten – nur sie hatte nicht recht gewusst, was sie damit anfangen sollte.

Sie war gern zur Schule gegangen, hatte voller Eifer studiert und später viel und gern gearbeitet. Zu viel, wie ihre Kinder nun sagten.

Ihr Sohn Axel meinte, sie hätte es versäumt, zu leben. Blödsinn. Die Medizin, ihre Patienten, die Praxis, das war ihr Leben.

Wie hatte sie sich nur dazu überreden lassen können, ihre Praxis dicht zu machen? Gut, sie hatte gesundheitliche Probleme gehabt, aber jetzt war sie doch wieder fit.

Kerstin, ihre Tochter, hatte vorgeschlagen, sie solle verreisen. Mitkommen wollte sie allerdings nicht. Das wäre im Augenblick ganz unmöglich, wo sie doch so knapp davorstand, endlich als Partnerin in die Anwaltskanzlei einsteigen zu können, für die sie seit Jahren tätig war. Darauf wartete sie ungeduldig, dafür arbeitete sie Tag und Nacht.

Im Grunde waren sie einander ziemlich ähnlich – deshalb hatte es zwischen ihnen auch nie so besonders gut geklappt.

Verreisen?

Blöde Idee. Sie war noch nie gern gereist, schon gar nicht allein. Bestenfalls würde sie ein paar Tage in ein Thermenhotel fahren. Ein wenig Wellness und etwas Bewegung in frischer Luft konnten schließlich nicht schaden – das hatte sie ihren Patienten auch immer gesagt. Aber selbst dafür hätte sie lieber Begleitung gehabt. Mal sehen, was sich so ergab. Es hatte ja keine Eile.

Sie kontrollierte noch einmal ihre Schreibtischladen und sämtliche Schränke. Alles leer. Ihre Praxishilfe und ihre Schwiegertochter Maren hatten ganze Arbeit geleistet, während sie sich im Kurheim wie verrückt abgestrampelt hatte, um ihr Herz wieder in Schwung zu bringen.

Als sie endlich zurück war, hatte sie gerade noch verhindern können, dass die beiden ihrem Nachfolger auch noch die Küche leer geräumt hatten. Also wirklich. Die paar Kaffeetassen und Wassergläser wollte sie ihm doch gern überlassen, wo er so ein sympathischer junger Mann war. Außerdem war sie heilfroh, überhaupt einen Nachfolger gefunden zu haben. Das war in letzter Zeit nicht selbstverständlich, speziell hier, am Stadtrand. Wirklich schade, dass er so jung war; dieser schwarzhaarige Klaus Fritsch wäre genau ihr Typ. Engagiert, kompetent, freundlich, sehr männlich - und eine Spur geheimnisvoll.

Sie hatte ihm angeboten, ihn in den ersten Tagen zu unterstützen. Es war schließlich nicht ganz einfach, eine eingeführte Praxis, die seit Jahrzehnten gut lief, zu übernehmen.

Er hatte das dankbar angenommen. Wer weiß, wenn sie sich gut verstanden, konnte sie vielleicht die eine oder andere Urlaubsvertretung übernehmen. Sie hatte sich jedenfalls vorgenommen, sich vornehm zurückzuhalten, auch wenn das nicht einfach werden würde – schließlich war es jetzt seine Praxis.

Bis zur Eröffnung würde es allerdings noch einige Wochen dauern, morgen sollten erst einmal die Handwerker kommen, um die Praxisräume etwas zu modernisieren.

Das hatte sie damals doch auch gemacht, als sie die Praxis von ihrem Vater übernommen hatte und noch jung und voller Pläne war.

Manches hatte sie umsetzen können, manches auch nicht, wie das Leben eben so war.

Sie überzeugte sich noch einmal davon, dass absolut nichts mehr zu tun war, schloss die Fenster und warf gewohnheitsmäßig einen Blick in den Spiegel. Sie musste dringend zum Friseur. Das sonst so glänzend brünette Haar zeigte eine traurige Tendenz in Richtung Mausgrau. Sie zog den Lippenstift nach, fuhr mit der Bürste durchs Haar und verließ die Praxis mit einem tiefen Seufzer.

Was jetzt?

Sie hatte nur eine sehr vage Vorstellung davon, was sie tun sollte – heute, morgen und an allen anderen Tagen, die ihr noch zur Verfügung standen. Zwanzig, dreißig Jahre könnten es schon noch werden, hatte ihr Kardiologe gemeint, vorausgesetzt, dass sie vernünftig war und auf sich aufpasste.

Aber was hieß schon vernünftig sein?

„Sie dürfen sich nicht gleich wieder überfordern", hatte der Kollege aus dem Kurheim gesagt. Schon klar. Aber nichts zu tun war auch keine Lösung. Was um Himmels Willen sollte sie mit all der Zeit nur anfangen?

Sie straffte die Schultern.

Das würde sich finden. Sie sollte wirklich froh sein, dass sie wieder so fit war.

Fürs Erste wäre Einkaufen keine schlechte Idee. Kochen wäre auch eine Möglichkeit. Seit sie allein lebte, hatte sie nur selten gekocht, sich meist mit Kleinigkeiten begnügt: Würstel, Eier, ein Käsebrot, dazu etwas Obst und ein wenig Gemüse. Insgesamt nicht ganz das, was sie ihren Patienten empfohlen hatte.

Früher, als sie noch eine Familie waren, hatte sie gern gekocht, besonders an den Wochenenden, wenn alle um den großen Esstisch saßen. Das war zwar schon länger her, aber Kochen verlernt man nicht.

Sie startete ihren Mercedes und wollte sich in den Verkehr einordnen, als ein Radfahrer an ihr vorbeiflitzte. Nur um Haaresbreite konnte sie einen Zusammenstoß verhindern. „Ja, spinnt denn der? So etwas Rücksichtsloses! Nur weil er sich auf einem Radweg befand, hieß das noch lang nicht, dass er sich um nichts mehr scheren musste." Der Radfahrer fuhr weiter, als ob nichts gewesen wäre. Elena atmete erst ein paarmal tief durch, ehe sie weiterfuhr.

Ihr Sohn Axel war neuerdings auch einer dieser Stadtradler. Sie vermutete, das gehörte zu seinem Image als grüner Bezirksrat, und hoffte inständig, dass er mehr Vorsicht walten ließ. Allerdings hatte sie da ihre Zweifel, auch wenn der Bub mit seinen 36 Jahren wirklich alt genug war, um auf sich aufzupassen.

Im nahe gelegenen Supermarkt kaufte sie planlos alles Mögliche und fuhr nach Hause. Genau genommen hatte sie nicht den blassesten Schimmer, was sie mit all dem Zeug anfangen wollte. Dafür hatte sie die Milch vergessen – und das Einzige, worauf sie wirklich Appetit hatte, war dieser köstlich duftende Vanillekrapfen und ein Cappuccino. Mit der gesunden Ernährung würde sie dann morgen beginnen.

Also machte sie sich auf den Weg zu dem kleinen Kiosk an der Bushaltestelle, der seit Kurzem wieder geöffnet hatte, um Milch zu kaufen. Weil der neue Eigentümer, ein pensionierter Buchhalter, dem daheim die Decke auf den Kopf gefallen war, wie er bereitwillig erzählte, gar so nett mit ihr plauderte, nahm sie auch noch eine Tafel Schokolade, eine Kochzeitschrift und einen Lottoschein mit.

Der Mann schien ihr ein angenehmer Gesprächspartner; vielleicht sollte sie in Zukunft öfter hier einkaufen.

Axel

Bezirksräte und andere Unannehmlichkeiten

Seit Axel Bezirksrat der Grünen war, musste er nicht nur an Bauverhandlungen teilnehmen, die ihn nicht die Bohne interessierten, sondern auch an den monatlichen Sitzungen der Bezirksvertretung. Ganz so lähmend hatte er sich das nicht vorgestellt.

An diesem Abend diskutierten sie zum dritten Mal über eine Änderung der Flächenwidmung. Nahe der U-Bahn-Station sollte anstelle einer ehemaligen Gärtnerei ein Hochhaus entstehen. War das ein Theater! Axel gähnte. Es stand völlig außer Zweifel, dass die Stadt mehr Wohnraum brauchte. Aber kaum sollte ein Grundstück in einen Baugrund umgewidmet werden, begann das Desaster. Wenn es dann auch noch, wie in diesem Fall, ein Hochhaus werden sollte, war überhaupt der Teufel los. Egal, wo man das Haus hinstellte, irgendwo hätte irgendwer weniger Licht, weniger Fernblick und vielleicht auch weniger Parkmöglichkeiten. Unangenehm, aber nicht zu ändern. Ausgerechnet der Sektionsleiter der Sozialdemokraten brachte eine Unzahl von Bedenken vor. Axel wusste auch warum, denn er kannte dessen Terrassenwohnung mit dem wirklich hübschen Blick auf den Stadtwald, der dann Geschichte wäre. Schade für den Mann, aber nicht zu ändern, denn die Stadtregierung würde den Bau ohnehin durchziehen, egal, was die Bezirksvertretung einwendete. Himmelherrgott, sie lebten schließlich in einer Stadt!

Von ihm, dem Abgeordneten der Grünen, erwarteten sicher alle, dass er gegen das Projekt war. Die würden staunen. Für ihn war schon lang klar, dass er der Umwidmung einfach zustimmen musste. Natürlich war dafür jede Menge Kritik aus der eigenen Partei zu erwarten, aber das war ihm egal. Das Projekt war sinnvoll und er hatte von Anfang an klargestellt, dass er einer von den Realos war. Außerdem war er nicht in die Partei eingetreten, um Erwartungshaltungen zu erfüllen und alten Machtstrukturen nachzugeben. Ganz im Gegenteil, er stand für eine Politik der Erneuerung.

Mehr als das Gezeter einzelner Bezirksräte interessierte ihn ohnehin die neue Kollegin. Sie war zwar Christdemokratin, aber das war seine Mutter Elena auch. Mit ihr verstand er sich doch auch ganz gut – zumindest, solang sie nicht über Politik sprachen.

Die Neue war nicht mehr ganz jung, aber sie sah verteufelt gut aus und hat offenbar Temperament. Zumindest hatte sie dem Chef der Sozialdemokraten schon ganz schön die Meinung gegeigt. Außerdem war Axel zu Ohren gekommen, dass sie vor Kurzem ein Buch herausgebracht hatte. Er gab ihren Namen in sein Smartphone ein – Pia Moser, Journalistin und Autorin von gesellschaftskritischen Unterhaltungsromanen. Gesellschaftskritisch und unterhaltsam? Interessant. Seine eigenen Romane waren Gesellschaftskritik pur – vielleicht wollte sie deshalb kein Verlag haben.

Ihr neuestes Buch hieß „Das Landhaus". Er würde es sich gleich herunterladen, möglicherweise machte es die Sitzung erträglicher.

Zwei Stunden später, als das Vorhaben endlich mit knapper Mehrheit abgesegnet worden war, hatte er schon einiges gelesen. Guter Stil, wenn auch etwas oberflächlich für seinen Geschmack. Nicht ganz das, was er vorhatte. Er wollte ein Buch schreiben, dass so grundlegend anders und tiefschürfend sein sollte, dass das Feuilleton ihn einfach in den höchsten Tönen loben musste. Sein Erstling, eine Dystopie, lag fertig in seiner digitalen Schreibtischlade. Bisher hatte noch kein Verlag zugegriffen. Zugegeben, der Stoff war möglicherweise etwas schwer verdaulich. Jetzt arbeitete er an einem Politthriller, etwas leichter zu lesen, aber immer noch weit davon entfernt, angenehme Unterhaltung sein zu wollen. Er wollte die Leser nicht unterhalten, er wollte sie aufrütteln.

Nach der Sitzung ging der harte Kern immer noch ins Brauhaus. Zu seiner Freude hatte Pia Moser sich ihnen angeschlossen. Leider hatte er das zu spät bemerkt, nun saß die arme Frau eingekeilt zwischen dem Bezirksvorsteher und dessen Stellvertreter. Gleich zwei Langweiler. Der eine sprach vermutlich pausenlos über seine Partei, der andere über seine Kaninchenzucht.

Als sie etwa eine Stunde später aufbrach, nahm auch er den letzten Schluck aus seinem Bierglas, wünschte dem Rest der Truppe noch einen schönen Abend und folgte ihr ins Freie.

„Tschüss, Frau Moser", rief er ihr nach. „Ich hoffe, Sie hatten einen angenehmen Abend."

Sie blieb stehen.

„Sie kennen die Herren wohl nicht genauer?"

„Doch, schon."

„Ein Scherz also. Sie verzeihen, dass ich heute Abend nicht mehr lache."

Die Frau gefiel ihm.

„Sehen Sie es doch positiv. Wenn die Herren schon nicht amüsant waren, könnten sie vielleicht als Vorlage für einen der nächsten Antihelden herhalten."

„Dazu waren sie zu uninteressant. Sie wissen, dass ich schreibe?"

„Klar. Wir beide sind doch Kollegen."

„Unter welchem Namen kenne ich Sie?"

„Ich fürchte, Sie kennen mich gar nicht, würde das aber gern ändern. Was halten Sie davon?"

Sie sah auf die Uhr. „Ein rascher Prosecco wär' noch drin. Gleich um die Ecke ist ein netter Italiener."

*

Als Axel endlich nach Hause gekommen war, war Mitternacht längst vorbei gewesen. Demgemäß war er kaum ansprechbar, als seine Frau Maren ihn am nächsten Morgen weckte, um ihn an ihr abendliches Geburtstagsfest zu erinnern.

Diese gebügelte Leistungsbereitschaft, die Maren schon am Morgen ausstrahlte, war ihm immer suspekt gewesen.

Ja, er würde pünktlich sein, und nein, er würde versuchen, mit seinem Schwiegervater nicht über Politik reden. Worüber sonst? Egal.

Als Maren gegangen war, drehte er sich noch einmal um, doch er konnte nicht mehr einschlafen, denn er hatte grässliche Kopfschmerzen.

Er stand auf, widerstand der Versuchung, das Aspirin auf nüchternen Magen einzunehmen, machte sich eine Tasse Tee, aß einige Haferkekse dazu, nahm dann die Tablette und ging unter die Dusche.

Heute war also wieder einmal Familienabend, das fehlte noch. Er verstand sich mit seinem Schwiegervater nicht besonders, aber Maren bestand auf derartigen Zusammenkünften, was sollte man da machen?

Davor würde er noch einmal Pia treffen, schließlich hatten sie gestern zwar viel über die Bezirksvertreter, aber nur wenig über Bücher geredet. Das wollten sie heute nachholen. Er erwartete sich eine ganze Menge von diesem Gespräch. Eine kluge Person. Außerdem sah sie toll aus, hatte eine spitze Zunge, und Prosecco trank sie scheinbar wie Wasser.

Maren

Schwarzer Freitag

Beim Betreten ihres kleinen, aber feinen Immobilienbüros stach Maren ein seltsamer Geruch in die Nase.

„Was ist denn hier passiert?" fragte sie ihren Geschäftspartner Achim.

„Lisa wollte heiße Schokolade machen."

„Der Versuch ist wohl misslungen. Wo ist sie jetzt?"

„Frische Milch holen".

„Mit der werden wir bestimmt noch viel Freude haben", bemerkte Maren und warf ihm einen genervten Blick zu, ehe sie die Fenster öffnete, um frische Luft hereinzulassen.

Lisa war erst seit einigen Wochen bei ihnen. Was Maren bisher von ihr gesehen hatte, hätte ihr genügt. Wäre sie alleinige Inhaberin, sie hätte sie längst wieder an die Luft gesetzt. Leider war Achim dagegen. Was er an Lisa schätzte, schien allerdings eher optischer Natur zu sein, also sollte auch er sich mit ihr plagen.

Maren wandte sich dringenderen Angelegenheiten zu. Der Kunde von gestern Abend wollte den Energieausweis einsehen, ein anderer hatte noch Fragen zum Mietvertrag. Maren erledigte die Dinge routiniert. Als sie später die Post durchsah, wurde sie blass.

Das konnte doch nicht wahr sein! Hunderttausend Euro Steuernachzahlung, das machte fünfzigtausend für jeden von ihnen.

„So viel haben wir ja nicht einmal verdient", murmelte sie. Auf ihrem Konto waren gerade einmal fünfzehntausend Euro. Sie scannte den Bescheid ein und mailte ihn mit den hoffnungsvollen Worten "Das kann doch nur ein Irrtum sein" an ihren Steuerberater. Dann versuchte sie, den Bescheid zu vergessen, und sah auf die Uhr. Zeit für das Freitags-Meeting.

Auch dessen Ergebnis war deprimierend. Die billigen Mietobjekte brachten kaum etwas ein, für die gehobenen blieb mehr und mehr die Kundschaft aus, und im Luxussegment hatten sie kaum etwas anzubieten.

Während sie ihren Schreibtisch aufräumte und später im dichten Freitagnachmittagsverkehr dahinzuckelte, überlegte sie zum x-ten Mal, wie sie das Geschäft ankurbeln konnten, vertagte diese Überlegungen jedoch auf Montag und wählte Axels Nummer. Da er sich nicht meldete, hoffte sie, dass er bereits nach Hause radelte.

Sie fuhr einkaufen, fand, wie immer, wenn sie viel zu tragen hatte, keinen Parkplatz, und stellte ihren Wagen schließlich drei Gassen weiter ab.

Die Luft war für einen Märztag angenehm mild, und als sie am Park vorbeiging, duftete es nach Frühling.

Im Stiegenhaus hingegen roch es nach gekochtem Hammel. Wie sie diesen Geruch hasste. Sie schleppte ihre Einkaufstaschen in den dritten Stock und ärgerte sich wieder einmal, dass das Haus immer noch keinen Lift hatte, obwohl ihr das schon vor Jahren versprochen worden war.

Sie wollte schon lang ausziehen, aber wenn Axel nicht bald einen einträglichen Auftrag bekam, würde das wohl nichts werden.

Nach längerem Suchen fand sich der Wohnungsschlüssel in der Seitentasche. Sie öffnete mit dem notwendigen Ruck die Tür und stieß dabei an die Einkaufstasche. Schon kullerten Zitronen, Äpfel, Karotten und eine Gurke die Treppen hinunter. Genau das hatte ihr heute noch gefehlt.

Ihre Tochter Yvonne sollte eigentlich längst zu Hause sein.

Sie checkte ihr Handy, fand eine SMS:

„Bin bei Biggy, komme rechtzeitig!"

Maren verdrehte die Augen. Was hieß schon rechtzeitig?

Mit raschen Schritten eilte sie durch die Wohnung, räumte da ein Shirt weg, dort eine Hose, deckte den Tisch und spürte langsam Wut in sich aufsteigen.

Warum konnten die beiden ihr nicht einmal helfen? Nicht einmal, wenn es darum ging, ihren Geburtstag zu feiern.

Okay, der war am Dienstag gewesen, aber da hatten sie es auch nicht der Mühe wert gefunden, etwas anderes zu tun, als ihr am Morgen ein verschlafenes "Happy Birthday" ins Ohr zu singen.

Da sie sich für Fondue entschieden hatte, hielten sich die Vorbereitungen zum Glück in Grenzen. Sie rührte rasch eine Mayonnaise, vermischte sie mit Joghurt zu einer Grundmasse und bereitete daraus vier verschiedene Soßen, die sie in acht Schüsselchen verteilte. Dann wusch sie den Salat und stellte ihn zum Abtropfen zur Seite. Als Yvonne die Tür aufschloss, war sie gerade dabei, das Weißbrot aufzuschneiden.

„Hallo, Mama. Alles paletti?"

„Fast", antwortete Maren kurz. „Dein Vater ist noch nicht daheim, der Tisch ist noch nicht gedeckt, ich bin noch nicht geduscht und in einer halben Stunde kommen die Gäste. Sonst ist alles prima."

„Mach doch keinen Stress! Es kommen eh nur die Oldies."

Mit diesen tröstenden Worten verschwand Yvonne im Bad – das konnte dauern.

Es stimmte ja, aber gerade weil ihre Eltern und ihre Schwiegermutter kamen, wollte sie alles perfekt haben. Es war ihr wichtig, allen zu beweisen, wie glücklich sie war, und dass sie Beruf, Haushalt und Familie ganz locker unter einen Hut brachte. Etwas, das ihre Mutter für ein Ding der Unmöglichkeit hielt.

Als es zehn Minuten vor sieben läutete, war Yvonne gerade dabei, sich die Haare zu föhnen. Das arme Kind hatte leider das blonde, feine Haar ihres Vaters geerbt. Marens dunkles Haar war hingegen problemlos, nicht nur, weil es kurz geschnitten war. Zum Glück. Für stundenlanges Föhnen hatte sie ohnehin keine Zeit.

Von Axel immer noch keine Spur. Sie zischte Yvonne zu: „Ruf deinen Vater an", ehe sie lächelnd ihre Eltern in Empfang nahm.

Pünktlich um sieben erschien ihre Schwiegermutter Elena. Maren servierte den Aperitif. Wo zum Teufel war Axel?

In der Zwischenzeit war sie nicht nur wütend, sondern auch besorgt. Eine Besorgnis, die ihr Vater nicht teilte.

„Bisher ist er immer noch gekommen", meinte er nur.

Elena sah das erst ähnlich: „Ich habe mich ehrlich bemüht, meinen Kindern Pünktlichkeit beizubringen. Bei Axel bin ich leider gescheitert!" Doch etwas später fragte sie: „Ist er mit dem Rad unterwegs? Diese Radfahrer sind ja manchmal etwas sorglos. Ich hätte neulich beinah einen Zusammenstoß gehabt."

Marens Vater teilte Elenas Ansicht, mit Radlern hatte auch er keine guten Erfahrungen gemacht. Seine Erzählungen machten Maren nicht gerade ruhiger, aber das schien ihm nicht aufzufallen.

Axel kam kurz vor acht. Sie hatten mit dem Fondue bereits begonnen.

*

Solange die Gäste da waren, hatte Maren gelächelt, sich von Axel küssen lassen, das alljährliche Parfüm huldvoll entgegen genommen und dem mickrigen Blumensträußchen eine prachtvolle Vase angedeihen lassen, in der es allerdings noch ein wenig ärmlicher aussah.

Kaum waren die drei gegangen, stellte Maren das Lächeln ein und ging wortlos ins Bad.

Axel folgte ihr: „Was hältst du von einem Schlummertrunk?"

„Nichts, ich gehe jetzt schlafen."

„Ich trink noch einen."

„Mach doch, was du willst!"

„Was hast du denn plötzlich?"

Maren stemmte die Arme in die Hüften. „Plötzlich? Ich ärgere mich seit Stunden, ich hatte nur genügend Selbstbeherrschung, es vor unseren Gästen nicht zu zeigen."

„Was heißt schon Gäste. Deine Eltern und meine Mutter."

„Erstens hätte ich gern deine Schwester eingeladen, habe aber dir zuliebe darauf verzichtet. Zweitens ist das kein Grund, zu spät zu kommen, ohne Bescheid zu sagen."

„Mein Akku war leer, sagte ich doch schon, und ich war mitten in einem sehr wichtigen Gespräch."

„Ach ja?", schnappte Maren. „Du weißt, wie wichtig mir gutes Einvernehmen innerhalb der Familie ist."

„Ach Schatz, unsere Mütter mögen mich, wie ich bin, und dein Vater kann mich so und so nicht leiden. Oder glaubst du, daran hätte sich etwas geändert, wenn ich eine halbe Stunde früher gekommen wäre?"

Vermutlich nicht. Ihr Vater war ziemlich konservativ. Ein wenig beschäftigter Politologe, noch dazu ein Grüner, war definitiv nicht seine Wunschvorstellung eines Schwiegersohns. Trotzdem antwortete sie: „Mein Vater schätzt eben Verlässlichkeit – ich übrigens auch."

Axel folgte ihr ins Schlafzimmer und versuchte, sie in den Arm zu nehmen, doch sie schüttelte ihn ab und ging wortlos zu Bett.

*

Am nächsten Morgen hatte Maren ihren Ärger wieder vergessen. Sie stand leise auf, machte sich nur kurz zurecht und lief hinunter, um für das Frühstück einzukaufen. Wenn der gestrige Abend schon ein Desaster gewesen war, wollte sie wenigstens das Wochenende angenehm beginnen. Frisches Gebäck und ein paar Croissants konnten dabei nicht schaden. Dann lief sie die drei Stockwerke wieder hoch. Im Stiegenhaus roch es nach Kohl, doch als sie die Wohnungstür aufsperrte, duftete es nach frischem Kaffee. Axel war also schon auf und hatte Kopfschmerzen, denn sonst trank er am Morgen lieber Tee.

Der gestrige Abend wurde mit keinem Wort erwähnt. Er küsste sie auf die Stirn, schenkte sich Kaffee ein, schnappte sich die mitgebrachte Tageszeitung und ließ sich ein Croissant schmecken. Sie hätte sich gefreut, wenn er auch an ihren Tee gedacht hätte. Sie stellte Wasser auf, machte sich eine Schinkensemmel zurecht, goss den Tee auf und setzte sich an den Frühstückstisch.

„Mit wem hast du dich gestern so lang besprochen?" Sie versuchte, ihrer Stimme einen neutralen Klang zu geben.

„Mit einer Autorenkollegin", antwortete Axel, ohne von seiner Zeitung aufzusehen. „Die sitzt neuerdings in der Bezirksvertretung und ist als Selfpublisherin ziemlich erfolgreich."

„Sag jetzt nicht, du willst deinen Roman im Eigenverlag herausbringen."

„Wahrscheinlich schon, habe ich doch gesagt. Nennt man heute übrigens Selfpublishing."

Gesagt hatte er es allerdings, und wie man das nannte, war ihr egal.

„Axel, bitte, wir haben dazu im Moment kein Geld. Gestern kam übrigens mein Einkommenssteuerbescheid."

Da er darauf nicht reagierte, schien es ihn nicht zu interessieren. Auch das war nichts Neues. Axel interessierte sich weder für ihr Geschäft, noch für Geld und schon gar nicht für die Frage, wie sie ihr gemeinsames Leben finanzierte. Aber darüber wollte sie im Moment nicht debattieren. Stattdessen fragte sie: „Ist sie hübsch?"

„Wer?"

„Die Autorenkollegin."

„Mittelalter, mollig und verheiratet."

Das hörte Maren gern. Danach verlief das Wochenende ganz entspannt.

Elena

Der Lottogewinn

Früher hatte Elena ein ruhiges Wochenende durchaus zu schätzen gewusst, doch seit sie aus der Reha zurück war, waren ihr die Wochenenden eine Qual. Unter der Woche konnte man einkaufen gehen, sich mit einer Freundin auf einen Kaffee treffen oder dem Friseur einen Besuch abstatten.

Sonntags ging gar nichts.

Sie hatte sich ein ausgiebiges Frühstück gegönnt und dabei die Zeitung studiert. Früher hatte sie sich das oft gewünscht. Jetzt fand Elena, dass die Lektüre sie nur noch depressiver stimmte, als sie ohnehin schon war. Gab es denn nur noch Krieg und Terror?

Gegen derartige Verstimmungen halfen entweder nette Gesellschaft oder Arbeit. Sie rief ihre Freundin Henriette an. Die lebte auch allein, hatte aber leider keine Zeit – Enkelgeburtstag.

Elena wünschte ihr einen schönen Tag.

Sie hatte Kindergeburtstagen bisher nie etwas abgewinnen können. Heute dachte sie, dass so eine Geburtstagsfeier immer noch besser war als diese … Einsamkeit. Sie musste es sich langsam eingestehen: Sie fühlte sich einsam. Andere Freunde wollte sie nicht anrufen, es handelte sich durchwegs um Paare. Da wollte sie nicht stören. Schließlich hatte sie allen mitgeteilt, dass sie wieder daheim war. Das hatte aber scheinbar niemanden interessiert.

Das Regenwetter machte die Sache auch nicht besser.

Vielleicht half Arbeit. Es gab im Haus eine Menge zu tun. Seit ihrem Infarkt war manches liegen geblieben, aber sie wanderte nur lustlos von einem Zimmer ins andere.

Am Nachmittag raffte Elena sich endlich auf und machte, trotz des Regens, einen Spaziergang durch die nahen Weinberge. Als sie nach

Hause kam, fand sie eine Nachricht auf ihrem Handy vor. Ihre Cousine Frieda hatte sie für kommenden Freitag zum Essen eingeladen. Na bitte, ging doch.

Sie fühlte sich deutlich frischer, nahm sich ein Glas Wein und wartete auf die Nachrichten. Davor kam noch die Lottoziehung. Huch, sie hatte sich von diesem netten Kioskbesitzer doch zu einem Lottoschein überreden lassen. „Dreifach-Jackpot", hatte er gesagt und ihr mit einem Augenzwinkern erzählt, dass er beim vorletzten Dreifach-Jackpot einen „Vierer" getippt und immerhin 800 Euro gewonnen hatte. Seine Frau hatte daraufhin auf einem Wellness-Wochenende bestanden, das doppelt so teuer war. Verheiratet war er also auch.

Der Schein fand sich im Seitenfach ihrer Handtasche.

3, 5, 17, 21, 38 und 44.

Sie kontrollierte ihre Zahlen. Das konnte doch nicht wahr sein, sie musste sich geirrt haben. Noch einmal: 3, 5, 17, 21, 38 und 44. Doch, da stand es – schwarz auf weiß.

Das war … der Wahnsinn, sie hatte sechs Richtige im Lotto! Heiliger Himmel, das gab es doch nicht. Ihr Leben lang hatte sie nicht einmal einen Plastikkugelschreiber gewonnen – und jetzt das!

Der Mann aus dem Kiosk hatte ihr Glück gebracht. Unfasslich. Mit zitternden Fingern griff sie zum Telefon, um Axel anzurufen. Als der sich nicht meldete, versuchte sie es bei ihrer Tochter Kerstin – die hob auch nicht ab.

Schon traurig, wenn sich niemand mit einem freute. Etwas später kam eine SMS von Axel:

„Sind in der Pizzeria. Dringend?"

Elena hatte sich in der Zwischenzeit ein zweites Glas Wein eingeschenkt und versucht, sich mit dem Gedanken an den Gewinn vertraut zu machen. Lächelnd tippte sie:

„Wollte euch für kommendes Wochenende zum Essen einladen. Samstag oder Sonntag?"

„Lieber Sonntag! Danke. M+Y+A"

Als Kerstin gegen zehn Uhr abends anrief – sie war im Fitnessstudio gewesen –, lud Elena sie ebenfalls für Sonntag ein.

„Familienessen?", fragte Kerstin gedehnt. „Hat schon wieder jemand Geburtstag?"

„Nicht dass ich wüsste. Ich wollte einfach einmal für euch alle kochen. Mal sehen, ob ich das noch kann. Bringst du Roman mit?"

„Muss ich erst abklären."

Begeisterung klang anders. Aber die würde sich schon noch einstellen, wenn sie erst wussten, dass sie reich waren.

Obwohl man natürlich erst abwarten musste, wie hoch der Gewinn war. Bei so einem Dreifach-Jackpot gab es bestimmt mehrere Gewinner.

*

Diesmal gab es nur eine Gewinnerin. Elena.

Sie hatte unglaubliche 5,7 Millionen Euro gewonnen. Was machte man mit so viel Geld?

Sie hatte doch alles: ein Haus mit Garten, ein Auto, ausreichend Kleidung und etwas Bargeld. Was sie wirklich brauchte, waren Gesundheit und Menschen, die Zeit mit ihr verbrachten, aber doch kein Geld.

Ihre Kinder würden das freilich anders sehen.

Maren und Axel konnten das Geld sicher gut gebrauchen. Maren wollte schon längst eine neue Wohnung, sie hatte erst bei ihrem Geburtstagfest wieder davon gesprochen. Verständlich. Das Haus, in dem sie vor Jahren, mit viel Eifer und noch mehr Zuversicht, drei Wohnungen zu einer zusammengelegt hatten, war in der Zwischenzeit eine Zumutung. Maren sagte, es sei verkauft worden, und der neue Eigentümer hatte nur wenig Interesse am Erhalt der bestehenden Mietverhältnisse. Das erklärte natürlich manches.

Sie könnte ihnen eine neue Wohnung kaufen. Was konnte so eine Drei- bis Vierzimmerwohnung schon kosten?

Brauchte Kerstin eigentlich Geld, wenn sie als Partnerin in die Anwaltskanzlei einstieg? Sie hatte nie davon gesprochen, also schien es zumindest kein Problem für sie zu sein. Und wie würde ihr Freund Roman damit klarkommen, wenn Kerstin plötzlich Millionärin wäre? Roman stammte aus bescheidenen Verhältnissen und schien ihr ziemlich sparsam. Wäre das ein Problem für die beiden?

Elenas Gedanken drehten sich im Kreise.

5,7 Millionen Euro.

Wenn sie, sagen wir, 700.000 für sich behielt, blieben immer noch 2,5 Millionen für jedes Kind.

Was zur Hölle würde Axel mit 2,5 Millionen Euro machen? Würde er sich ganz der Schriftstellerei widmen? Elena war zwar der Meinung, dass er einen guten Stil hatte und kreativ war er sicher auch, aber würde er die Disziplin und die Ausdauer aufbringen, die man für eine Schriftstellerkarriere brauchte? Elena zweifelte daran. Axel war intelligent und -wenn eine Sache ihn interessierte - auch sehr engagiert, aber Disziplin und Ausdauer waren nicht gerade seine hervorstechendsten Eigenschaften. Sie bezweifelte ernsthaft, ob es klug war, Axel so viel Geld in die Hand zu geben. Der Bub kam allzu sehr nach seinem Vater.

Und Maren? Elena kannte sie als zielstrebige Frau, die ihren Beruf ernst nahm und viel Zeit in ihrer Kanzlei verbrachte – worüber sich Axel oft genug beschwert hatte. Würde er wollen, dass sie ihr Geschäft schleifen ließ oder gar aufgab? Maren würde es jedenfalls nicht wollen, und das völlig zu Recht. Bisher hatte Maren den größten Teil des Haushaltseinkommens verdient und auch verwaltet. Damit waren die beiden gut gefahren. Was aber, wenn Axel plötzlich so viel Geld hätte?

Vielleicht wäre es besser, den Kindern von ihrem Gewinn gar nichts zu erzählen und das Geld sicher anzulegen. Aber wie? Sie kannte sich mit Finanzgeschäften nicht gut genug aus. Mit Kerstin oder auch

Maren hätte sie darüber reden können, aber die sollten vorerst doch nichts wissen.

Himmel, war das alles kompliziert!

Das Geld für eine neue Wohnung würde sie Axel und Maren allerdings gern zukommen lassen. Und was sollte sie Kerstin schenken? Die hatte doch eine nette Wohnung. Ob sie diesen Roman heiraten würde? Sie könnte ihnen eine Traumhochzeit ausrichten, so eine, wie sie selbst gern gehabt hätte – mit Kutsche, weißen Pferden und einem rauschenden Ball. Leider war bei ihr daraus nichts geworden. Erstens war sie bereits unübersehbar schwanger gewesen, und zweitens hatte ihr Exmann Ossi für derart bürgerliche Veranstaltungen nur herablassenden Spott übrig gehabt.

So eine Hochzeit zu veranstalten, würde ihr Spaß machen, allerdings war zu bezweifeln, ob Kerstin so eine Traumhochzeit haben wollte. Die zwei waren schon ein seltsames Paar. Roman hatte Liebe neulich als einen biochemischen Vorgang bezeichnet, und Kerstin hatte lauthals zugestimmt. Als Medizinerin konnte Elena den biochemischen Vorgang nicht leugnen, aber Herrgott, das war doch nicht alles. Sie erinnerte sich noch sehr gut daran, wie es war, als sie Ossi kennengelernt hatte, so mit weichen Knien und Schmetterlingen im Bauch. Hatten die beiden das denn nie erlebt?

Sollten Kerstin und Roman eines Tages heiraten, würde das vermutlich kein großes Fest werden. Ein knappes „Ja" vor dem Standesbeamten, ein Mittagessen im engsten Familienkreis, danach vielleicht ein Wochenende in Venedig, um am Montag wieder in der Kanzlei zu sitzen – das schien eher zu den beiden zu passen.

Was also tun mit der vielen Kohle?

*

In der Nacht schlief Elena schlecht und träumte von Luxusjachten und ihrem Exmann Ossi am Strand von Nizza, dort, wo sie ihn kennengelernt hatte.

Wie es ihm wohl ging, überlegte sie, während sie ihr Frühstück zubereitete. Seit ihrem Reha-Aufenthalt machte sie sich Müsli – wie sie es ihren Patienten immer empfohlen hatte - und aß es mit nur mäßiger Begeisterung. Danach gönnte sie sich meist noch einen Kaffee und ein Croissant – wie Ossi es gemocht hatte. Er nannte es „ein Frühstück für die Seele".

Axel hatte erzählt, dass Ossi im vorigen Herbst finanziell ziemlich klamm gewesen war. Sie hatte ihm dann zu Weihnachten einen großen Fresskorb geschickt, wofür er sich auch wortreich bedankt hatte. Vor ein paar Wochen war dann eine Ansichtskarte aus Südfrankreich gekommen. Vermutlich hatte er in der Zwischenzeit wieder einmal ein Bild verkaufen können. Es sähe ihm ähnlich, den Verdienst gleich wieder auszugeben. Worte wie vorsorgen und sparen kamen in seinem Vokabular nicht vor. Daran war auch ihre Ehe gescheitert – von seinen Affären einmal abgesehen.

Ossi war ein wunderbarer Liebhaber gewesen und ein liebevoller Vater, aber leider frei von jeglichem Verantwortungsbewusstsein. Mit ihm zu leben, war ihr manchmal vorgekommen wie der Tanz auf dem Vulkan.

Elena hatte sich für Sicherheit und Ehrlichkeit entschieden. Das hatte ihr Leben einfacher gemacht. Ob es sie glücklicher gemacht hat, wusste sie nicht.

Axel kam jedenfalls ganz nach seinem Vater – das musste sie sich eingestehen, ebenso wie die Tatsache, dass Axel ihr immer ein kleines Stück näher gestanden hatte als Kerstin. Sie hatte sich immer ehrlich bemüht, das nicht zu zeigen, hatte ihm Kerstin stets als leuchtendes Vorbild vorgehalten – was das Verhältnis der Geschwister zueinander nicht gerade begünstigt hatte. Gut gemeint war eben oft das Gegenteil von gut gemacht. Sie seufzte und räumte ihr Frühstücksgeschirr in den Geschirrspüler.

Ob sie Ossi Geld geben sollte? Schließlich hatte er bei der Scheidung auf manches verzichtet, was ihm rechtlich zugestanden hätte. Er hatte einfach seine Koffer gepackt und war zu seiner Mutter aufs Land gezogen. Dort hatte er sich schon früher ein Atelier eingerichtet, für die Zeit, die er in den Sommerferien mit den Kindern bei seiner Mutter verbracht hatte, während Elena in der Stadt geblieben war, um zu arbeiten. Schließlich konnte man eine Praxis nicht einfach acht Wochen zusperren.

Es wäre also nur recht und billig, ihm etwas Geld zukommen zu lassen. Er würde es in rasender Geschwindigkeit ausgeben und mit dem letzten Geld einen Strauß rote Rosen für sie kaufen. Ossi Geld zu geben, war vermutlich immer noch keine gute Idee.

Einen Teil des Geldes wollte sie für wohltätige Zwecke spenden, es gab so viel Elend auf der Welt. Sollte sie die Flüchtlingshilfe unterstützen oder das Geld lieber vernünftigen Projekten in Afrika zur Verfügung stellen? Gab es nicht auch im eigenen Land genug Elend? Sie musste einfach darüber reden – nur mit wem?

Konnte man seinen Freunden von einem so großen Gewinn erzählen? Würden sie dann Geld von ihr erwarten?

Unsinn. Die meisten hatten selbst mehr davon, als sie in diesem Leben ausgeben konnten, trotzdem waren einige ziemlich sparsam.

Ihre Cousine Frieda würde sie vielleicht dazu überreden wollen, endlich den Theaterfreunden beizutreten, was mit einer gewissen Spendenfreudigkeit Hand in Hand ging. Aber das kam für Elena nicht infrage. Wenn sie ab und zu ins Theater ging, leistete sie sich eine teure Karte, das war Subvention genug.

Sie könnte Henriette zu einer Kreuzfahrt einladen. Das war eine gute Idee! Henriette war alleinerziehende Mutter gewesen und hatte als Lehrerin nicht gerade berauschend verdient. Dennoch lag ihr ihre verrückte Tochter heute noch auf der Tasche - und Henriette konnte so schlecht nein sagen, vor allem, wenn es um ihren Enkel ging. Henriette würde sie wirklich gern etwas zukommen lassen – dumm nur, dass sie es nicht annehmen würde. Außer vielleicht, wenn Elena ihr von dem unglaublichen Gewinn erzählte. Aber konnte sie das, ohne ihre Kinder und andere Freunde einzuweihen? Irgendetwas sickerte doch immer durch.

Sie brauchte eine Strategie.

Vielleicht sollte sie am Sonntag erst einmal das Terrain sondieren und sich dann mit jemandem besprechen, der vollkommen neutral war. Ihr neuer Steuerberater? Der schien ja sehr geschäftstüchtig zu sein, hatte gleich die Preise erhöht, nachdem er die Kanzlei von ihrer Freundin Gerda übernommen hatte. Aber ob ein junger Pfennigfuchser wie er der richtige Mann dafür war?

Da war ihr Anwalt sicher die bessere Wahl. Doktor Burger hatte sie seinerzeit bei der Scheidung vertreten, danach hatte er ab und zu eine Mahnung geschrieben, wenn ein Privatpatient säumig war. Aber das war selten vorgekommen, schon deshalb, weil sie zumeist Kassenpatienten behandelt hatte. Burger war in ihrem Alter und hatte ebenfalls eine Tochter. Er konnte sie sicher besser beraten.

Sie nahm ihr Tablet und öffnete ein neues Dokument, das sie „Lotto" nannte. Dann formulierte sie erst die Fragen, die sie – ganz en passant – den Kindern stellen wollte, danach jene für Doktor Burger.

Später machte sie sich an den Einkaufszettel. Was sollte sie kochen? Sie war etwas aus der Übung und würde mit einfachen Gerichten beginnen. Gekochtes Rindfleisch war nie verkehrt. Dabei entstand gleich eine gute Suppe. Die Leberknödel konnte sie fertig beim Fleischer kaufen. Oder sollte sie Frittaten machen? Danach also Tafelspitz, Apfelkren, Röstkartoffeln und Schnittlauchsauce, die mochte Axel doch so gern. Sie würde diesmal laktosefreie Milchprodukte verwenden, vielleicht konnte Kerstin die Speisen dann besser vertragen.

Zum Abschluss sollte es ausnahmsweise Torte geben, allerdings vom Konditor, und für Kerstin würde sie am Samstag eine Biskuitroulade machen, die war ihr früher doch immer ganz gut gelungen.

Axel

Familiensonntag

Axel beträufelte das letzte Stück Rindfleisch ordentlich mit Schnittlauchsoße und lehnte sich zufrieden zurück.

Zum Glück hatte Elena das Kochen nicht verlernt, dachte er. Diese Schnittlauchsoße - ein Traum. Maren kochte auch nicht schlecht, und wenn sie Gäste hatten, gab sie sich ganz besonders viel Mühe, suchte schon Tage zuvor nach besonderen Rezepten. Aber ihm erschien sie dann immer so verkrampft. Bei Elena hingegen sah alles immer ganz easy aus. Was hatten sie früher nicht für gemütliche Familienfeste hier gefeiert, aber nach der Scheidung hatte Mutter nur noch ins Restaurant eingeladen. Sie hatte immer gesagt, es sei einfacher für sie, schließlich werde sie auch nicht jünger.

Ihn hatte sie aber nicht täuschen können. Ohne Ossi – sie hatten ihre Eltern immer beim Vornamen genannt – hatte es ihr wohl keinen Spaß mehr gemacht. Er hatte diese Scheidung ohnehin nie verstanden. Die beiden hatten einander doch geliebt und er war ziemlich sicher, dass Elena unter der Trennung nicht weniger gelitten hatte als sein Vater. Jetzt, nach dreizehn Jahren, schien sie es endlich überwunden zu haben.

Vielleicht war das der Grund der Einladung. Maren überlegte seit Tagen, was diese Einladung zu bedeuten hatte, schließlich standen weder Weihnachten noch Ostern an und keiner hatte Geburtstag. Ihm war es egal. Vielleicht wollte Elena einfach ihr neues Leben feiern, frei von Verpflichtungen. Eine himmlische Vorstellung.

Nach dem Essen kam die Sonne heraus und sie wechselten auf die Terrasse, unterhielten sich über die überraschende Regierungsumbildung und die Frage, ob Neuwahlen nun wahrscheinlicher geworden waren. Kerstin und Maren hielten das für möglich, er selbst glaubte nicht daran und seine Mutter stimmte ihm zu.

Jeder hatte eine Meinung, nur Kerstins Freund Roman saß Pfeife rauchend daneben, als ginge ihn das alles nichts an. Komischer Kauz. Was Kerstin nur an dem Mann fand? Sein größter Verdienst schien zu sein, dass er Kerstin nur sehr selten widersprach – und wenn, dann nicht sehr nachdrücklich. Vielleicht war es das, denn Kerstin schätzte Widerspruch nicht besonders. Auch heute schien sie ziemlich überzeugt von sich und ihren krausen Gedanken, die sich immer nur um Erfolg und Paragrafen zu drehen schienen.

Während Axel noch darüber nachsann, wie wenig Kerstin und er gemein hatten, hörte er Elena fragen: „Was würdest du mit drei Millionen Euro machen?"

„Wie kommst du darauf?"

„Hast du schon wieder nicht zugehört? Ich habe doch eben erzählt, dass eine ehemalige Patientin eine Erbschaft gemacht hat, vermutlich an die drei Millionen Euro. Jetzt weiß sie nicht, was sie mit dem Geld machen soll."

„Die Arme", murmelte Axel. Was interessierte ihn das Erbe anderer Leute. Er hatte keine drei Millionen, leider.

„Ich würde ihr raten, es in Immobilien anzulegen", meldete sich Maren zu Wort. „In Zeiten wie diesen lautet die Devise Grundbuch statt Sparbuch. Die Renditen sind zwar nicht hoch, aber immerhin gibt es welche. Wenn deine ehemalige Patientin Beratung braucht, gib ihr meine Visitenkarte."

Maren reichte tatsächlich ein Kärtchen über den Tisch. Dachte die Frau eigentlich nur noch ans Geschäft?

Elena nahm die Karte. „Danke, die gebe ich gerne weiter. Sonst noch Ideen?"

„Ich stimme Maren zu. Ich würde mir ein Penthouse in der City kaufen", meinte Kerstin. „Das ist einerseits eine sichere Anlage, Wertsteigerung inklusive, andererseits doch auch ein wenig persönlicher Luxus. Und du?", fragte sie Roman.

„Keine Ahnung. Ich wüsste nicht, von wem ich drei Millionen erben sollte."

„Der Mann hat einfach keine Fantasie", dachte Axel nun, ehe er fragte: „Würde denn keiner von euch verreisen? Also ich würde zuallererst eine Weltreise machen und dann schauen, was noch übrig ist. Erst würde ich nach China reisen, dann nach Australien und danach … ich weiß nicht, vielleicht nach Indien. Dort könnte ich so eine Ayurveda-Kur versuchen, danach …"

Maren lächelte milde und Yvonne schien sich für seine Pläne auch kaum zu interessieren.

„Wann gibt's denn endlich die Torte?", fragte sie dazwischen.

Axel lächelte nachsichtig. Seine Kleine – aber das Pragmatische hatte sie eindeutig von ihrer Mutter.

Kerstin

Böse Überraschungen

Trotzdem der Radiomoderator der Meinung war, es sei „leider" schon wieder Montag, sprang Kerstin voller Elan aus dem Bett und eilte ins Bad. Wenn sie Doktor Müller richtig verstanden hatte, fiel in dieser Woche offiziell die Entscheidung über ihre Teilhaberschaft an der Anwaltskanzlei.

Sie hatte hart dafür gearbeitet und freute sich darauf, in die Führungsebene der Kanzlei aufzusteigen.

„Dann wirst du ja meine Chefin", hatte Roman letztens gesagt.

„Stört es dich?", hatte sie gefragt.

Doch Roman hatte nur den Kopf geschüttelt. Vermutlich störte es ihn wirklich nicht. Roman war ein Stoiker, durch nichts aus der Ruhe zu bringen – was Kerstin mitunter ganz ordentlich aus der Ruhe brachte. Auch deshalb war sie froh, dass jeder seine Wohnung behalten hatte. Roman hatte erst vor Kurzem angemerkt, es sei wirtschaftlicher, zusammenzuziehen. Wirtschaftlicher vielleicht, aber Kerstin war dagegen. So hatte doch jeder seinen Rückzugsbereich. Kerstin wusste das sehr zu schätzen.

Wie immer machte sie sich ohne Frühstück auf den Weg, kaufte sich unterwegs ihr „Breakfast to go", das sie später vor dem Bildschirm aß. Auch etwas, was mit Roman nicht möglich wäre. Roman liebte einen gemütlichen Start in den Tag, gern mit einem ausgiebigen Frühstück.

Am Wochenende fand sie das ganz nett, an Wochentagen war es ihr schade um die Zeit.

Während sie ihren Kaffee trank, und in das zugegebenermaßen nicht mehr ganz krosse Gebäck biss, bereitete sie sich auf den ersten Termin vor.

Die übers Wochenende eingegangenen Mails hatte sie bereits gestern Abend von zu Hause abgefragt und größtenteils erledigt.

Der Vormittag versprach, spannend zu werden. Ein Immobilieninvestor verklagte die Stadt auf Schadenersatz, weil er erst eine Zusage zum Bau eines Hochhauses erhalten hatte, die die Stadt später – nach massiven Protesten der Bevölkerung – nicht aufrechterhalten wollte.

Kerstin fand, seine Chancen standen gut, und war mächtig stolz, dass Doktor Müller ihr diesen Fall übertragen hatte. Mit einem leichten Gefühl von Nervosität machte sie sich auf den Weg zum Gericht.

Als sie knapp nach Mittag in die Kanzlei zurückkam, fand sie eine Mail ihres Chefs vor. Er erwartete sie beim Italiener. Das klang gut. Ob er ihr heute schon die Teilhaberschaft anbot?

Ohne einen weiteren Blick auf die übrigen Mails zu werfen, eilte sie davon.

Doktor Müller erwartete sie an seinem Stammtisch, einem gemütlichen Ecktisch für vier Personen. Er war allein. Nachdem sie ihre Bestellung aufgegeben hatte, erkundigte er sich nach der Verhandlung, dann kam ihr Essen. Während er sich genussvoll über den gegrillten Fisch und die Extraportion Bratkartoffeln hermachte, stocherte Kerstin nervös in ihrem Salat herum. Sie war nicht zum ersten Mal mit ihm hier und wusste, dass er, bevor nicht auch das letzte Krümelchen aufgegessen war, nichts mehr sagen würde. Sein Essen war ihm heilig.

Als der Kellner abräumte, orderte er: „Ein zweites Weinglas für die Dame."

Kerstin wollte schon protestieren, sie trank selten Alkohol, schon gar nicht mittags, aber vielleicht sollte sie heute eine Ausnahme machen. Endlich ergriff er das Wort.

„Meine liebe Frau Kollegin, ich habe Sie heute hierher gebeten, um mit Ihnen einige Veränderungen in unserer Kanzlei zu besprechen. Wie Sie wissen, wird mein Sohn zum Ende des Monats aus der Kanzlei ausscheiden, um das Weingut seines Großvaters zu übernehmen. Wie ich darüber denke, dürfte Ihnen nicht entgangen sein, aber ich kann ihn nicht aufhalten - des Menschen Wille ist sein Himmelreich. Ich persönlich denke zwar noch lange nicht daran, mich aus dem Geschäftsleben zurückzuziehen, aber ebenso wenig möchte ich in Zukunft mehr arbeiten als ohnehin schon. Ich brauche also einen neuen Teilhaber, das habe ich ja bereits mehrfach anklingen lassen. Nach reiflicher Überlegung habe ich mich letztendlich für Herrn Doktor Herbst entschieden."

Kerstin dachte erst, sich verhört zu haben.

„Für wen?"

„Herr Doktor Herbst ist zwar erst seit wenigen Monaten bei uns, aber wie Sie vielleicht wissen, ist er der Neffe unseres Bürgermeisters."

Als sie nichts erwiderte, setzte er jovial hinzu: „Na, ist das nicht ein genialer Schachzug? Es hat sich vermutlich bereits herumgesprochen, dass Bürgermeister Lennert Freunde und Verwandte ausreichend mit Posten und Geschäften versorgt. Da wird er doch auf seinen Neffen nicht vergessen."

Müller hatte ihr in der Zwischenzeit Wein eingeschenkt. Jetzt brauchte sie allerdings wirklich einen Schluck, ehe sie mit dem Mut der Verzweiflung sagte: „Sie werden verstehen, dass ich nicht gerade vor Freude tanze. Ehrlich gesagt, habe ich damit gerechnet, dass Sie mich in die engere Wahl ziehen."

„Das habe ich auch, das habe ich. Schließlich sind Sie mein bestes Pferd im Stall, deswegen wollte ich es Ihnen auch vor allen anderen sagen."

Kerstin schäumte. „Als Pferd habe ich mich zwar nicht gesehen, aber ja, ich dachte, Sie wären mit meiner Arbeit zufrieden."

„Das bin ich doch auch! Wirklich sehr bedauerlich, dass Lennert nicht Ihr Onkel ist."

„Das kann ich trotz allem nicht bedauern", sagte sie, um Gleichmut bemüht. Sie nahm gleich noch einen Schluck Wein und setzte hinzu: „Trotzdem kann ich Ihre Entscheidung nicht ganz nachvollziehen. Ich meine, wir haben doch ausreichend Mandanten."

„Mandanten kann man nie genug haben! Herbst wird uns eine Menge spannender Fälle beschaffen, die Sie und ich bearbeiten werden. Den Routinekram können Herbst und die anderen erledigen. Als Zeichen dafür, wie zufrieden ich mit Ihrer Arbeit bin, habe ich die Lohnverrechnung angewiesen, Ihnen ab dem nächsten Monat eine Gehaltserhöhung von zehn Prozent auszuzahlen. Wenn Herbst seinen Part ordentlich erfüllt, springt für Sie noch eine weitere Gehaltserhöhung heraus. Na, was sagen Sie?"

Ohne ihre Antwort abzuwarten, fügte er hinzu: „So, und jetzt gehen wir in die Kanzlei und sagen es den anderen."

Kerstin dachte nicht daran. Alle rechneten damit, dass sie die neue Teilhaberin werden würde. Sie zog ihr Smartphone aus der Tasche und öffnete den Kalender.

„Das tut mir jetzt aber leid … sehr leid. Aber ich habe einen Termin, ich muss gehen."

„Einen Termin? Mit wem?"

„Mit einem zukünftigen Mandanten. Ich werde morgen berichten. Danke für die Einladung." Dann stöckelte sie erhobenen Hauptes aus dem Restaurant.

*

Kerstin hatte keinen Schimmer, wie sie zu ihrem Auto gekommen war, doch als sie endlich drin saß, tippte sie eine SMS an Roman:

„Ich glaubs's nicht, Herbst wird neuer Partner!"

Dann sah sie – mehr aus Gewohnheit - nach den eingegangenen Mails. Hätte sie sich doch vorhin die Zeit genommen, die restlichen Mails zu lesen, denn um 11 Uhr 40 hatte Roman geschrieben:

„Kollege Herbst hat mir eben gesteckt, dass er neuer Teilhaber wird. Müller will es dir beim Mittagessen sagen. Halt die Ohren steif – Ro"

Sie antwortete:

„*Schon geschehen. Erwarte dich zum Abendessen – as soon as possible!*"

Dann fuhr sie nach Hause. Sie würde Wurstsalat machen, da konnte nicht allzu viel schiefgehen.

Als Roman endlich kam, war es bereits acht Uhr und Kerstin geladen wie eine Maschinenpistole.

„Weißt du eigentlich, wie spät es ist?", schnauzte sie ihn an.

„Sicher. Normalerweise überlegst du um diese Zeit zum ersten Mal, ob du schon nach Hause gehen sollst, um dann noch ein Stündchen dranzuhängen."

„Heute ist aber nicht ‚normalerweise'. Heute ist heute! Der Wurstsalat schmeckt in der Zwischenzeit sicher schon grässlich!"

Roman entledigte sich seines Sakkos und der Schuhe, nahm wortlos am Esstisch Platz und lud sich eine ordentliche Portion auf den Teller.

„Der Wurstsalat schmeckt wie immer", meinte er mit vollem Mund und spülte mit einem kräftigen Schluck Bier nach. Gemütsmensch. Kerstin sah ihm eine Weile zu, dann nahm sie ausnahmsweise einen Schluck von seinem Bier – puh, war das bitter –, biss in eine Semmel und stellte fest, dass der Wurstsalat noch ganz passabel war.

Doch schon nach wenigen Bissen fühlte sie sich müde und aufgebläht. Was hatte sie denn jetzt schon wieder nicht vertragen? Vielleicht sollte sie in Zukunft Dienst nach Vorschrift machen und sich etwas mehr um ihre Gesundheit kümmern, wie Elena ihr das schon mehrfach geraten hatte.

Da redete ja die Richtige. Hatte sie sich etwa geschont? Die Herzattacke war ja nicht aus heiterem Himmel gekommen. Dabei fiel Kerstin ein, dass sie sich einen neuen Arzt suchen musste. Bisher war sie ganz selbstverständlich zu Elena gegangen. Apropos Elena. Sie wandte sich an Roman:

„Kein Wort zu Elena, hörst du!"

Er sah sie verständnislos an. „Und warum nicht?"

„Weil ich es so will."

Roman zuckte nur die Schultern. „Ja, gut, wenn dir das so wichtig ist."

Und ob ihr das wichtig war. Elena würde von ihrer Niederlage noch früh genug erfahren.

Maren

Gedanken

Als Maren am Montag ihren PC einschaltete, erwartete sie bereits die Nachricht ihres Steuerberaters: Die Vorschreibung des Finanzamtes sei leider richtig. Die Umsätze des fraglichen Jahres waren gut gewesen, die Vorauszahlungen jedoch gering.

Etwas ratlos nahm Maren die Vorschreibung zur Hand und ging zu Achim, der scheinbar versuchte, Lisa einen Wohnungsplan zu erklären. Offenbar hatte er Angst, dass sie davonschweben könnte, denn er hatte seinen Arm um sie gelegt.

Maren räusperte sich. „Lisa, würden Sie uns bitte kurz alleine lassen?"

Lisa warf Achim einen aufreizenden Blick zu, doch als er nickte, trollte sie sich. Wortlos hielt Maren ihm die Vorschreibung hin.

„Traurig, aber wahr, fünfzig Flocken für jeden von uns. Schade um das schöne Geld, aber was willst du machen?"

„Hast du denn so viel?"

„Sicher, ich kann ja rechnen. Wir haben im Vorjahr gut verdient und kaum Vorauszahlungen geleistet."

„Das hat mir unser Steuerberater auch schon erklärt", seufzte sie und ging wortlos in ihr Büro. Achim folgte ihr. „Das kommt davon, wenn man sich einen arbeitslosen Politologen hält."

Maren wollte schon protestieren, aber Achim lachte nur. „Spaß beiseite. Wenn du willst, kann ich dir was borgen."

Das war typisch Achim. Er war ein Großmaul und ein Windhund, aber wenn es darauf ankam, konnte man sich auf ihn verlassen.

„Lieb von dir, aber es wird schon irgendwie gehen."

„Ja, klar, aber vielleicht könnte dein akademisch gebildeter Liebhaber auch einmal mit anpacken."

„Axel hofft, dass er im Herbst wieder einen größeren Auftrag bekommt, schließlich sind nächstes Jahr Bundestagswahlen. Du weißt ja, in Wahlzeiten hat er immer gut zu tun."

„Als Makler ist er sich wohl zu gut."

„Ich wusste gar nicht, dass wir einen Job frei haben."

„Wir könnten Simon austauschen. Aus dem wird ohnehin kein Makler mehr. Erstens ist er zu dämlich, zweitens fehlt ihm der Biss."

Der Biss würde Axel sicher genauso fehlen, dachte Maren, sagte aber: „Und was machen wir, wenn Axel im Herbst wieder Arbeit bekommt?"

„Dann suchen wir uns einen Neuen. Dümmer als Simon kann der kaum sein."

Das stimmte vermutlich. Sie hatte in Simon große Erwartungen gesetzt, weil er gut aussah, freundlich war und sich einer gepflegten Sprache bediente. Alles Dinge, die im Kundenkontakt gut ankamen. Leider hatte sie in der Zwischenzeit einsehen müssen, dass er ein unglaublicher Chaot war und sich scheinbar die einfachsten Dinge nicht merken konnte.

Axel würde von Achims Idee wenig begeistert sein, aber vielleicht war es einen Versuch wert.

Zu Achim sagte sie: „Ich denke darüber nach", dann fügte sie zwinkernd hinzu: „Lisa erwartet dich sicher schon sehnsüchtig."

Wie sie diese Nachzahlung schultern sollte, war Maren immer noch ein Rätsel. Natürlich würde sie Achims Angebot nicht annehmen. Dann schon lieber das Konto überziehen.

Mit einer Steuernachzahlung war natürlich zu rechnen gewesen, aber doch nicht in dieser Höhe. Wofür um alles in der Welt hatte sie in der letzten Zeit so viel Geld ausgegeben?

Erst jetzt wurde ihr bewusst, dass Axel schon seit Monaten kaum einen Beitrag zum gemeinsamen Haushalt geleistet hatte. Sein letzter nennenswerter Auftrag war im vorigen August ausgelaufen. Seither hatte sie ganz selbstverständlich alles bezahlt, auch den teuren Weihnachtsurlaub.

Ihr Vermittlungsbüro war von Anfang an gut gelaufen, erst in den letzten Monaten waren die Umsätze zurückgegangen. Wahrscheinlich hätten sie doch das Gewerbegeschäft aufbauen sollen, wie sie es immer vorgehabt hatten. Aber Achim hatte vom Start weg so viele Objekte eingebracht, dass es eben nicht dazu gekommen war. Das hatte auch blendend funktioniert, zumindest solange, bis die Regierung das Maklerhonorar neu geregelt hatte. Seither waren die Einnahmen aus der Wohnungsvermittlung um ein Drittel geringer. Bei gleichbleibendem Service konnte das auf Dauer nicht gutgehen.

Während sie automatisch die Unterlagen für den nächsten Termin vorbereitete, versuchte sie sich vorzustellen, wie Axel darauf reagieren würde, wenn sie ihn bat, in ihrem Büro zu arbeiten. Er würde dieses Ansinnen vermutlich ablehnen. Sie könnte natürlich auf das fehlende Haushaltsgeld verweisen. Oder war das unfair?

Axel war ja nicht geizig, aber er verdiente sehr unregelmäßig. Hatte er Geld, gab er es mit vollen Händen aus, auch für sie und Yvonne. Hatte er keines, nahm er ganz selbstverständlich an, dass sie für alles sorgte. So war es zwischen ihnen immer gewesen. Die paar hundert Euro, die er ab und zu für einen Zeitungsartikel bekam oder als Bezirksrat verdiente, brauchte er für sein Büro und seine persönlichen Sachen. Er fühlte sich einfach nicht verantwortlich, zumindest nicht für Geld.

Elena hatte einmal gesagt, er sei eine genaue Kopie seines Vaters, das mochte stimmen. Außerdem sei Maren selbst schuld. Auch das war leider wahr.

Als sie damals schwanger geworden war, hatten sie beide noch studiert. Maren war erst im dritten Semester, Axel stand schon vor den letzten Prüfungen. Also hatten sie entschieden, dass Maren sich Arbeit suchen und Axel bei Yvonne bleiben sollte, um nebenher seine Dissertation zu schreiben. Sobald er seinen Doktor in der Tasche hätte, würde er sich einen Job suchen, und Maren konnte ihr Studium fortsetzen.

Letztendlich war es ihm dann doch nicht so leicht gefallen, alles unter einen Hut zu bringen, denn es hatte vier Jahre gedauert, bis er seinen Doktortitel hatte. Maren verdiente als Angestellte eines Immobilienbüros zwar nicht berauschend, aber auch nicht schlecht. Von der Weiterführung ihres Studiums war irgendwann nicht mehr die Rede gewesen. Immerhin hatte sie als HTL-Absolventin eine abgeschlossene Berufsbildung.

So war Maren weiterhin für die Grundversorgung zuständig gewesen und Axel für die Extravaganzen wie Urlaub oder ein gelegentliches teures Abendessen. Daran hatte sich bis heute nichts geändert – außer eben, dass ihr Geschäft nicht mehr so gut lief.

Das konnte sie ihm schwer vorwerfen, auch nicht, dass es für ihn als Politologen schwer war, eine dauerhafte Anstellung zu finden. Meist arbeitete er auf Honorarbasis in befristeten Dienstverhältnissen.

Was sie ihm allerdings vorwarf, war, dass er zurzeit nicht einmal den Versuch unternahm, einen passenden Auftrag an Land zu ziehen, weil er an diesem dämlichen Roman arbeitete.

Ausgerechnet mit einem gesellschaftskritischen Politthriller wollte er Geld verdienen. Träumer.

Elena

Guter Rat ist manchmal gar nicht teuer

„Wenn Sie bitte einen Augenblick Geduld haben, Herr Doktor Burger ist gleich für Sie da. Darf ich Ihnen eine Tasse Kaffee anbieten?", fragte eine Dame mittleren Alters, die Elena nicht kannte. Damals, als Burger sie bei ihrer Scheidung beraten hatte, hatte seine Frau das Sekretariat geführt. Elena konnte sich noch gut an sie erinnern, weil sie immer ein wenig geplaudert hatten. Die paar Kleinigkeiten, die sie später gebraucht hatte, hatte auch stets seine Frau erledigt, die selbst einige Semester Jus studiert hatte. Ob sie sich schon aus dem Geschäftsleben zurückgezogen hatte? Möglich wäre es, sie mussten etwa im gleichen Alter sein.

Elena entschied sich für ein Glas Wasser und wollte eben nach einer Zeitschrift greifen, als Helmut Burger mit ausgestreckten Armen auf sie zukam.

„Frau Doktor Prinz, wir haben uns lange nicht gesehen."

Das stimmte. Sein welliges Haar war inzwischen von silbergrauen Fäden durchzogen und hatte stirnseitig die Flucht nach hinten angetreten. Vielleicht waren auch ein paar Falten dazugekommen, sonst fand Elena ihn unverändert.

Er führte sie in sein Büro, das von den letzten Sonnenstrahlen des Tages durchflutet war.

„Was für ein angenehmer Raum", dachte sie.

Während sie ihm erzählte, was sie zu ihm geführt hatte, hörte er ihr konzentriert zu. Diese Art, dem anderen so aufmerksam zuzuhören, hatte sie schon damals für ihn eingenommen. Sie wusste schließlich, dass es nicht immer einfach war, sich ganz seinem Gegenüber zuzuwenden.

Als sie zum Ende gekommen war, sagte er mit einem Zwinkern: „Das nenne ich ein Luxusproblem."

„Stimmt, dennoch war ich selten ratloser. Ich habe gestern meine Kinder zum Essen eingeladen und so ganz nebenher die Frage aufgeworfen, was sie mit drei Millionen machen würden. Meine Enkelin würde sich Klamotten kaufen. Na gut, sie ist gerade zwölf geworden. Meine Tochter würde sich ein Penthouse in der City zulegen. Mein Sohn hat gemeint, in diesem unwahrscheinlichen Fall müssten wir eine Zeit lang ohne ihn auskommen, weil er nämlich eine Weltreise machen würde. Die einzige vernünftige Antwort kam von meiner Schwiegertochter. Sie würde erst ihre Steuerschulden bezahlen, dann in eine neue Wohnung und einen Master-Lehrgang für Immobilien investieren."

„Das ist zugegebenermaßen eine ebenso pragmatische wie vernünftige Vorgehensweise. Aber was ist falsch an Penthouse und Weltreise?"

„Ich weiß nicht, ob es falsch ist, es ist nur nicht ganz das, was ich mir vorgestellt hatte. Sehen Sie, was macht es für meine Tochter schon für einen Unterschied, ob sie in einem Penthouse oder in einer Zweizimmerwohnung wohnt? Sie hockt ohnehin die ganze Zeit im Büro. Und was Axel, meinen Sohn, betrifft, so scheint mir, er hat wirklich Wichtigeres zu tun, als durch die Weltgeschichte zu gondeln. Immerhin hat er eine schulpflichtige Tochter und eine Frau, deren Maklerbetrieb ihn weitgehend ernährt. Es würde ihm nicht schlecht anstehen, sie dabei angemessen zu unterstützen."

Elena hatte sich richtig in Rage geredet. Doch während Doktor Burger sich Notizen machte, fügte sie deutlich ruhiger hinzu: „Was natürlich nicht heißen soll, dass ich den Kindern gar nichts geben will. Aber ich frage mich ernsthaft, ob es klug wäre, ihnen einen so großen Betrag zu geben."

Doktor Burger sah erst auf seine Notizen, ehe er sagte: „Sie könnten Ihrer Familie fürs Erste von einem kleineren Gewinn erzählen. Vielleicht ein Fünfer mit Zusatzzahl?"

„Das wäre eine Möglichkeit", meinte Elena zögernd. Während sie noch darüber nachdachte, tippte er etwas in seinen Computer. „Da haben wir's ja. Der gestrige Fünfer mit Zusatzzahl hat 120.000 Euro gebracht. Teilen Sie durch drei. Für vierzigtausend Euro kann Ihr Sohn mit seiner Familie eine ganz wunderbare Urlaubsreise machen und Ihrer Tochter wird bestimmt auch etwas einfallen."

„Das wäre ein Anfang. Was machen wir mit dem Rest? Meine Schwiegertochter sagt immer, die einzig vernünftige Anlage seien zurzeit Immobilien. Aber ich habe keine Ahnung davon."

„Ich stimme da mit Ihrer Schwiegertochter weitgehend überein. Wenn Sie eine sichere Anlageform suchen, sind Immobilien keine schlechte Wahl. Es gibt natürlich auch andere Möglichkeiten. Viele davon bringen zwar bessere Renditen, sind allerdings auch deutlich spekulativer."

„Um Himmels willen! Nur nichts Spekulatives. Wenn ich schon so ein Riesenglück habe, dann sollen meine Kinder und Enkelkinder auch etwas davon haben – irgendwann einmal. Trotzdem möchte ich einen gewissen Betrag für karitative Zwecke reservieren. Ich habe allerdings keine Ahnung wie viel, und schon gar nicht weiß ich, wofür. Es gibt so viel Elend auf der Welt. Erst habe ich gedacht, zehn Prozent wären durchaus angemessen. Das wären knapp sechshunderttausend Euro. Das erscheint mir einerseits zu viel, anderseits zu wenig. Man weiß man ja nie, wie viel davon auch wirklich bei den Bedürftigen ankommt."

In der Zwischenzeit war es dämmrig geworden. Burgers Sekretärin steckte den Kopf durch die Tür. „Wenn es nichts Dringendes mehr gibt, würde ich für heute Schluss machen."

„Dann wünsche ich Ihnen einen schönen Abend", antwortete Burger lächelnd und stand auf, um das Licht einzuschalten.

„Arbeitet Ihre Frau nicht mehr in der Kanzlei?", fragte Elena.

Es schien ihr, als fiele ein Schatten über sein Gesicht, als er antwortete: „Meine Frau ist vor drei Jahren verstorben."

„Das tut mir aber leid", sagte Elena betroffen. „Darf ich fragen … " Sie ließ den Satz in der Luft hängen. Burger verstand auch so.

„Darmkrebs", antwortete er. „Als man es feststellte, war es bereits zu spät. Drei Monate nach der Diagnose haben wir sie begraben."

Elena schwieg. Was sollte man dazu auch sagen.

Burger räusperte sich. „Wo waren wir stehen geblieben? Ach ja, beim Elend dieser Welt. Was halten Sie davon, wenn Sie den Gesamtbetrag in einer Immobilie veranlagen und den diversen Hilfseinrichtungen dann peu à peu von den Renditen etwas zukommen lassen? Das hätte den Vorteil, dass Sie sich nach und nach entscheiden könnten und die Substanz gewahrt bliebe."

Elena nickte. „Sie sind ja ein Quell sprudelnder Weisheit", versuchte sie die gedrückte Stimmung etwas aufzulockern.

Burger sah sie lächelnd an. „Würden Sie mit diesem Quell unter Umständen zu Abend essen?"

„Gerne. Wann?"

„Wenn Sie Zeit haben, am liebsten gleich. Mir fällt gerade ein, ich habe seit dem Frühstück nichts gegessen. Eher Deftiges oder lieber zum Japaner?"

„Wenn ich wählen darf, nehme ich den Japaner."

„Hervorragend, der ist auch gleich um die Ecke."

*

Was für ein unerwartet netter Abend, dachte Elena, während sie die teure Nachtcreme gewissenhaft einmassierte.

So ein netter Mann, und seine Vorschläge waren einfach brillant. Wenn Helmut – sie waren nach dem Essen zum Du übergegangen – den Kauf treuhändig für sie abwickelte, konnte er darüber hinaus Maren damit beauftragen, eine entsprechende Immobilie zu suchen. Auf diese Weise käme die Provision Maren zugute, dann könnte sie zumindest ihre Steuerschulden zahlen.

Der Plan gefiel Elena. Sie hatten vereinbart, er würde die Sache umgehend in die Wege leiten.

Sie lächelte in den Badezimmerspiegel und löschte das Licht. Neben allem anderen hatte das den Vorteil, dass sie Helmut Burger bald wiedersehen würde. Netter Gedanke.

Maren

Eifersucht ist keine Leidenschaft

Erinnerst du dich noch an den Scheidungsanwalt deiner Mutter?", wollte Maren beim Abendessen wissen.

„Dunkel. Wieso?", fragte Axel kauend. Yvonne hatte ihre ersten Koteletts gebraten, es gab eine Menge zu kauen.

„Er hat mich heute angerufen. Wollte wissen, ob ich für einen seiner Klienten ein Zinshaus suchen könnte. Es geht um etwa fünf Millionen Euro, die investiert werden sollen."

„Und? Kannst du?"

„Was für eine Frage! Wir werden es natürlich versuchen."

„Was bekommt ihr dafür?", wollte Yvonne wissen.

„Drei Prozent."

Yvonne rechnete, dann rief sie: „In echt? Das ist ja der Wahnsinn. Bekommen wir dann endlich ein neues Auto?"

„Wenn, dann nur ein Elektroauto", warf Axel ein und wandte sich an Maren: „Ist doch super, dann bist du ja alle Sorgen los."

„So einfach ist es auch wieder nicht. Noch haben wir das Geschäft nicht gemacht. Aber wenn das klappt, kann ich meine Steuernachzahlung leisten und wir können im Büro endlich ein paar Geräte erneuern. Natürlich werden wir diesmal gleich einen entsprechenden Teil für die Steuer zurücklegen, aber über ein neues Auto habe ich auch schon nachgedacht, schließlich ist es in meinem Fall ein Betriebsmittel", fügte sie hinzu, um etwaige Diskussionen mit Axel im Vorfeld zu ersticken.

Der spülte einen Teil seines Koteletts mit Bier hinunter, dann fragte er: „Hat er gesagt, wieso er ausgerechnet auf dich kommt?"

„Angeblich hat er mich in guter Erinnerung, ich hätte damals, im Zuge der Scheidung, die Bewertung der Villa gemacht. Das stimmt halb und halb, ich habe doch bis zu Yvonnes Geburt bei diesem Sachverständigen gearbeitet. Komisch scheint mir allerdings, dass er sich erst jetzt wieder an mich erinnert. Das ist doch gut dreizehn Jahre her und ich habe seither nie wieder von ihm gehört."

Während Maren sich immer noch über Burgers Anruf wunderte, hatten Axel und Yvonne sich längst anderen Dingen zugewandt.

Schade, die Gelegenheit wäre günstig gewesen. Sie hatte ihn immer noch nicht gefragt, ob er sich eine Mitarbeit in der Kanzlei vorstellen könnte. Aber sie kannte die Antwort auch so.

*

Schon am nächsten Tag hatte Maren einen Termin bei Doktor Burger. Sie hatte deshalb zum blauen Blazer einen schmalen Rock gewählt und anstelle der üblichen Mokassins trug sie elegante Stöckelschuhe. Burger erzählte, sein Kunde sei ein prominenter Mann, deshalb würde er nicht persönlich in Erscheinung treten. Die Kanzlei Burger würde die Angelegenheit treuhändig abwickeln.

Maren hatte von ähnlichen Geschäften schon gehört, aber noch nie selbst eines abgeschlossen. Ob es sich um Schwarzgeld handelte? Die Kanzlei Burger schien ihr allerdings seriös zu sein. Egal. Burger war ihr Geschäftspartner, alles andere hatte sie nicht zu interessieren.

Dennoch beschäftigte die Sache sie immer noch, als sie durch die Fußgängerzone zu ihrem Auto ging. Sie beschloss, einen Kaffee zu trinken und sich anschließend mit dem Kauf einer neuen Bluse zu belohnen.

Als sie das Kaffeehaus betrat, wandte sie sich automatisch in Richtung der kleinen Ecktische in einer der Fensternischen, aber die waren schon besetzt – unter anderem von Axel und einer rassigen Schwarzhaarigen, mit der er sich offensichtlich blendend unterhielt.

Marens Herz setzte einen Schlag aus. Dann fiel ihr ein, er hatte beim Frühstück erwähnt, dass er sich mit dieser Autorin treffen wollte. Moment mal, wie hatte er sie beschrieben? „Mittelalter, mollig und verheiratet."

Gut, die Dame war vermutlich etwas älter als sie selbst und auch nicht so schlank, mochte auch sein, dass sie verheiratet war, aber sie sah verdammt attraktiv aus.

Fluchtartig verließ Maren das Kaffeehaus, der Appetit war ihr ohnehin vergangen. Doch auf dem Weg zu ihrem Auto schalt sie sich eine Närrin. Was war schon geschehen? Axel traf sich mit einer Kollegin in einem Kaffeehaus. Unverfänglicher geht es gar nicht. Dennoch fühlte sie sich ganz schwindelig.

*

Maren bemühte sich, ihrer Stimme einen neutralen Klang zu geben, als sie Axel am Abend fragte: „Wie war deine Besprechung?"

„Ja, eh", erwiderte er, ohne von seinem Tablet aufzusehen.

„Du schienst jedenfalls sehr ins Gespräch vertieft."

„Woher willst du das wissen?"

„Ich habe euch gesehen, im Fürstenhof."

„Und warum hast du dich nicht bemerkbar gemacht?", fragte er, während er immer noch auf das Tablet stierte.

„Ich wollte nicht stören", antwortete sie und ärgerte sich, weil ihre Stimme so zittrig klang.

Immerhin sah er sie jetzt an. „Ist was?"

„Das frage ich dich."

„Spinnst du jetzt? Ich hatte mit einer Kollegin einen geschäftlichen Termin."

„Mit einer sehr attraktiven Kollegin."

„Ja und? Dein Achim ist zwar ein Kotzbrocken, aber hässlich ist er schließlich auch nicht."

„Das kannst du nicht vergleichen."

„Ach nein? Und warum nicht?"

Das konnte sie im Moment auch nicht sagen, aber weil sie gerade so hübsch in Fahrt war, machte sie gleich weiter.

„By the way. Achim meint, du könntest Simons Stelle übernehmen, zumindest solange, bis du wieder einen neuen Job hast."

„Ach, macht er sich Sorgen, dass es mir an sinnvoller Beschäftigung fehlt? Das geht ihn einen Dreck an."

„Aber mich geht es schon etwas an!"

„Dann darf ich dich daran erinnern, dass ich Bezirksrat und Autor bin."

„Als Bezirksrat verdienst du vierhundert Euro, dein Büro verschlingt vermutlich das Doppelte, und ob du als Autor je etwas verdienen wirst, bleibt noch abzuwarten."

„Sind wir jetzt endlich wieder beim Thema Geld?", schrie er.

„Schrei mich nicht an!", schrie sie zurück.

Das tat er auch nicht, stattdessen eilte er ins Vorzimmer, riss seine Jacke vom Garderobenhaken und stürzte davon.

Maren ließ sich auf den nächstbesten Sessel sinken. Sie wollte doch nicht mit ihm streiten, sie wollte reden. Warum war das in letzter Zeit so schwierig? Früher hatten sie doch immer über alles geredet. Warum endete neuerdings alles in Streit?

Elena

die strenge Mama

*„Dr. Klaus Fritsch
beehrt sich,
Sie und Ihre Begleitung
am Donnerstag, den 15. Mai, ab 17 Uhr,
zur Praxiseröffnung
einzuladen."*

Wurde aber auch Zeit, dachte Elena, als sie die Einladung in ihrem Mailaccount entdeckte. Schriftliche Einladungen waren scheinbar aus der Mode gekommen. Sollte sie sich das jetzt ausdrucken?

War das alles? Vergeblich suchte sie nach einem Zusatz, denn sie hatte fest damit gerechnet, dass er sie bitten würde, ihn in den ersten Wochen zu unterstützen. Sie hatte es ihm doch angeboten und sich den ganzen Sommer dafür freigehalten. Sah nicht so aus, als ob er auf ihr Angebot zurückkäme. Obwohl er gut daran täte. Ihre langjährigen Patienten dazu zu bringen, sich in Zukunft von einem jungen Mann behandeln zu lassen, der noch dazu eine Menge neuer Ideen zu haben schien, dürfte nicht ganz einfach sein.

Obwohl die Sache mit der Jugend natürlich relativ war. Sie schätzte ihn auf Anfang vierzig, und sie hielt ihn für einen guten Mediziner. Aber so ein Arzt-Patienten-Verhältnis war eben Vertrauenssache.

Abwarten. Sie würde auf jeden Fall hingehen.

Seufzend wandte sie sich dem übrigen Posteingang zu, aber außer jeder Menge Unsinn und einigen Newslettern war nicht viel dabei. Nichts, das ihre Langeweile unterbrochen hätte.

Wenn sie nicht wahnsinnig werden wollte, musste sie sich etwas einfallen lassen.

Ein leises „Pling" kündigte eine weitere Mail an. Axel fragte an, ob sie in den nächsten Tagen Zeit für ihn hätte. Er würde gern vorbeikommen, um etwas zu besprechen.

„Jederzeit, wann passt es dir?",

tippte sie freudig. Dann löschte sie „Jederzeit". Es sollte nicht so aussehen, als würde sie daheim sitzen und darauf warten, dass ihr jemand einen Besuch machte.

Die Antwort kam umgehend:

„Heute Nachmittag, gegen 15 Uhr?"

Sie schrieb zurück, dass sie ihn erwarten würde, und machte sich auf den Weg in die Küche. Ihre Schränke waren gut sortiert, denn einzukaufen empfand sie neuerdings als willkommene Abwechslung.

Sie könnte eine Biskuitroulade mit einer Topfen-Erdbeer-Creme machen. Noch besser wäre eine Oberscreme, Axel liebte es üppig, und er konnte es sich leisten. Während Kerstin stets über jede Kalorie hatte nachdenken müssen, konnte er futtern, was er wollte. Für die Oberscreme brauchte sie Vanille und Schlagobers. Sie sah auf die Uhr. Das schaffte sie vor der Mittagspause noch bis zum Kiosk.

*

Die Biskuitroulade war ihr beim Einrollen zwar gerissen, aber das störte weder Elena noch Axel, denn sie schmeckte wirklich gut.

„Magst du noch Kaffee?"

Axel nickte und Elena schenkte nach. „Und was genau verschafft mir die Ehre deines Besuches?"

Axel nahm noch einen Bissen von der Roulade. „Maren macht Stress. Gestern hat sie mir wieder eine Szene gemacht. Erst hat sie mich mit einer Kollegin im Fürstenhof gesehen und mir prompt ein Verhältnis unterstellt …"

„Hast du eines?"

„Natürlich nicht."

„So natürlich ist das auch wieder nicht. Wie lang ist das letzte her?"

„Ich bitte dich! Yvonne war kaum auf der Welt. Außerdem hat Maren nie davon erfahren."

„Hoffentlich."

„Darüber wollte ich jetzt eigentlich nicht reden. Jedenfalls hat sie mir anschließend wieder einmal vorgeworfen, dass ich zu wenig zum gemeinsamen Haushalt beitrage."

„Wie wenig?"

Die Frage schien ihm unangenehm zu sein. „In den letzten Monaten hatte ich kaum Aufträge, ich rechne damit, dass es ab Herbst wieder losgeht."

„Wie wenig?", wiederholte Elena.

„Als Bezirksrat erhalte ich eine Entschädigung von vierhundert Euro, ab und zu kann ich einen Artikel verkaufen, sonst ist im Moment nicht viel los. Mein Büro kostet sechshundert Euro kalt. Dann brauche ich natürlich noch ein wenig Büromaterial, ab und zu ein Bier oder ein T-Shirt …"

„Kurz und gut, du trägst nichts bei", resümierte Elena und spürte Ärger in sich hochsteigen. Sie liebte Axel, aber seine Sorglosigkeit in finanziellen Dingen erinnerte sie allzu sehr an seinen Vater.

Axel schwieg, auch das hatte er von seinem Vater.

„Wozu brauchst du dieses Büro eigentlich?"

„Das fragt Maren auch immer wieder."

„Und? Wozu brauchst du es?"

„Um in Ruhe arbeiten zu können, zu Hause …"

„Was genau verstehst du unter Arbeit?"

„Du weißt doch, dass ich zurzeit an einem Roman schreibe."

„Das nennst du Arbeit?", unterbrach Elena ihn erneut.

„Das ist Arbeit, aber darüber wollte ich eigentlich gar nicht diskutieren. Jedenfalls will Maren meine Sachen zu Hause auch nicht haben."

„Vor allem nicht, wenn du sie in der ganzen Wohnung verstreust", fügte Elena hinzu. Sie kannte ihren Sohn.

„Außerdem rechne ich sicher damit, ab Herbst wieder Aufträge zu bekommen, schließlich sind nächstes Jahr Bundestagswahlen. Da ich freiberuflich arbeite, stellt man mir in den seltensten Fällen einen Schreibtisch zur Verfügung. Jedenfalls habe ich mir überlegt, wenn ich mein Büro hier im Haus einrichten könnte, würde ich eine Menge Geld sparen."

Das war keine schlechte Idee, fand Elena. Sie hätte selbst darauf kommen können. Wenn Axel hier im Haus sein Büro hätte, würde sie ihn auch öfter zu Gesicht bekommen. Sie könnte zu Mittag eine Kleinigkeit kochen und vielleicht würde er ab und an mit ihr über seine Arbeit reden. Ein solches Arrangement wäre eine Win-win-Situation.

Dennoch würde sie von Anfang an einiges klarstellen müssen. Deshalb sagte sie im Ton der strengen Mama, den sie immer noch ganz gut draufhatte: „Du kannst dein ehemaliges Zimmer benutzen. Allerdings unter zwei Bedingungen. Erstens: Dein Kram bleibt innerhalb deines Büros. Ich möchte weder in meiner Küche noch im Stiegenhaus oder sonst wo auch nur ein Blatt herumliegen sehen. Zweitens: Die Vereinbarung gilt bis auf Widerruf und solltest du, warum auch immer, ausziehen, nimmst du dein Zeug wieder mit."

Sie streckte ihm die Hand entgegen.

„Du redest wie Maren", murmelte Axel, aber er schlug ein.

Später unterzogen sie sein zukünftiges Büro noch einer eingehenden Prüfung. Die alten Sachen mussten raus, damit die Möbel aus seinem Büro Platz hatten. Ausmalen würde sie es noch lassen, und der Teppichboden war auch schon etwas schäbig, sie könnte ihm einen ordentlichen Parkettboden verlegen lassen. Sie sah auf die Uhr. Heute war es schon zu spät, aber gleich morgen würde sie sich darum kümmern.

Elena

Teilgeständnis

Seit Wochen studierte Elena die Lottogewinne, aber der Fünfer mit Zusatzzahl, den sie ihren Lieben gestehen wollte, hatte in den vergangenen Wochen immer deutlich weniger Geld gebracht als an ihrem Glücks-Wochenende. Endlich betrug er 148.752 Euro. Juhu! Den würde sie nehmen. Am kommenden Sonntag war Muttertag, das traf sich doch einmal gut.

Kerstin hatte ihr bereits mitgeteilt, man würde sie gegen Mittag abholen. Klang nach Muttertag as usual. Elena war nicht gerade ein glühender Fan dieses alljährlichen Mütterbelustigungsprogramms, das stets als großes Geheimnis gehandelt wurde. Doch dieses Jahr fand sie, es war immer noch besser, als allein daheim herumzusitzen.

Erfahrungsgemäß fuhr die ganze Sippe irgendwo ins Grüne, machte einen kleinen Spaziergang und ging anschließend essen. Zumindest waren die Kinder klug genug, die Essenszeit in den Nachmittag zu verlegen, so dass der größte Ansturm in den Restaurants und Gasthäusern schon vorbei war.

Beim Aperitif könnte sie von ihrem Lottoglück erzählen. Bei dem Gedanken spürte sie eine nervöse Vorfreude.

Aber wie den Gewinn aufteilen? Einen Teil musste sie behalten, alles andere wäre unglaubwürdig. Sie würde einfach dritteln, wie Helmut ihr geraten hat. Außerdem hatte sie beschlossen, dem netten Mann vom Kiosk eine Flasche Champagner zu bringen, weil er ihr doch den Lottoschein aufgeschwatzt hatte.

*

Kerstin kam früher als angekündigt, aber allein.

„Wo ist denn Roman?"
„Der hat auch eine Mutter."
„Ich weiß, aber sie hätten doch alle mitkommen können."
Kerstin zuckte die Schulter.
„Hast du sie denn nicht eingeladen?"
„Wir müssen doch nicht ständig aneinanderkleben", antwortete Kerstin, es klang genervt.
„Ist ja schon gut. Sagst du mir jetzt, wo wir hinfahren? Nur wegen des Schuhwerkes."
„Du musst nicht besonders weit gehen, aber du solltest damit in ein Boot steigen können."
Sie fuhren also an den Stausee, das war nett und das Restaurant war auch gut. Sie waren schon einmal dort gewesen, allerdings bei Nieselregen. Diesmal hatten sie prachtvolles Frühlingswetter. Beschwingt wählte Elena ein Paar Mokassins in den Farben blau-weiß-rot, dazu die passende Handtasche, und schon konnte es losgehen.

*

Es war so warm geworden, dass sie ihr spätes Mittagessen auf der Terrasse einnehmen konnten. Endlich hatten alle bestellt, Elena nahm noch einen kleinen Schluck von ihrem Holunder-Prosecco, dann lehnte sie sich zurück und schlug die Beine übereinander. „Meine Lieben, ich habe euch etwas zu sagen."
Alle sahen sie erwartungsvoll an. „Kennt ihr eigentlich den kleinen Kiosk bei der Bushaltestelle?"
Axel nickte. „Ich habe schon gesehen, der hat wieder geöffnet."
„Genau. Den führt jetzt ein netter älterer Herr, ein pensionierter Buchhalter."
„Und warum erzählst du uns das?", fragte Kerstin. „Willst du vielleicht auch einen Laden aufmachen?"
Elena lächelte still in sich hinein. „Gar keine so schlechte Idee. Womit sollte ich deiner Meinung nach handeln? Kräuter vielleicht? Fände ich irgendwie passend zu meinem Beruf."

„Also ich weiß nicht", meinte Marens Mutter. „In unserem Alter? Ich bin froh, dass ich endlich in Pension bin."

„Ich nicht", konterte Elena, ohne näher darauf einzugehen. Sie hatten das schon mehrfach diskutiert, jeder hatte seine Meinung, das war's. „Aber das mit dem Laden war eigentlich Kerstins Idee – im Übrigen gar keine schlechte. Was ich euch erzählen wollte, ist: Der Mann hat mir einen Lottoschein verkauft."

„Wie sensationell", meinte Kerstin, es klang uninteressiert.

Elena nahm noch einen kleinen Schluck, dann setzte sie hinzu: „Und ich habe gewonnen!"

„Ein Sechser?", fragte Axel.

„Das gerade nicht, aber ein Fünfer mit Zusatzzahl. Knapp 150.000 Euro. Was sagt ihr dazu?"

„Klasse … Gratuliere … Das ist ja cool", riefen alle durcheinander und stießen auf sie an.

Elena griff in ihre Handtasche und nahm zwei Kuverts heraus. Sie hatte am Morgen je 50.000 Euro an Axel und Kerstin überwiesen und überreichte ihnen nun Ausdrucke der Überweisungsbelege, und weil ihr gerade einfiel, dass sie für Marens Eltern auch eine Kleinigkeit haben sollte, improvisierte sie: „Außerdem möchte ich euch alle zu einem Wellnesswochenende nach Gut Landau einladen!"

Das war keine schlechte Idee, dachte Elena, während Yvonne ihr stürmisch um den Hals fiel, die Kinder sich höflich bedankten und Marens Eltern meinten, dass das doch gar nicht notwendig sei. Sie wollte ohnehin ein paar Tage dort Urlaub machen. Wenn sie die Familie für das Wochenende einlud, war sie zumindest nicht die ganz Zeit allein. Sie konnte es sich ja leisten.

*

Am nächsten Morgen war Elena schon früh auf den Beinen. Heute kam der Umzugswagen mit Axels Büromöbeln. Sie fühlte sich fit und tatendurstig, öffnete die Balkontür und atmete die frische Morgenluft ein. Es schien ein warmer Tag zu werden, und endlich war wieder einmal etwas los.

Wie erwartet kam der Wagen der Spedition noch vor Axel. „Manchmal ist man mit dem Auto eben doch schneller", dachte Elena belustigt. Da sie damit schon gerechnet hatte, wusste sie, wie die Möbel aufgestellt werden sollten, und gab die entsprechenden Anweisungen.

Als Axel endlich angestrampelt kam, waren die Männer bereits mit dem Aufstellen der Regale beschäftigt, der Frühstückstisch war gedeckt und herrlicher Kaffeeduft zog durch das Haus.

„Kommst du?", rief sie ihm aus der Wohnküche zu.

„Später. Ich muss erst nach oben, um mich um alles zu kümmern."

„Was willst du denn jetzt noch tun? Den Männern im Weg herumstehen?"

Axel würdigte sie keiner Antwort, war aber fünf Minuten später wieder zurück.

„Ich nehme an, du hast noch nicht gefrühstückt", sagte Elena und wies auf den Tisch.

„Woher weißt du das?"

„Ich kenne dich eben schon 36 Jahre lang. Du bist schon als Kind nie aus dem Bett gekommen."

Axel setzte sich und griff nach einer Semmel. „Wenn du mich so gut kennst, weißt du sicher auch, dass ich üblicherweise am Morgen Tee trinke, Kaffee immer erst am Nachmittag."

„Dann machst du es heute einmal umgekehrt", antwortete Elena ungerührt und nahm neben ihm Platz. Sie war froh, endlich einmal nicht allein frühstücken zu müssen.

„Habt ihr euch schon überlegt, was ihr mit dem Geld machen wollt?"

„Ich möchte eine Reise machen, Maren wollte es natürlich sparen. Sie will doch unbedingt eine neue Wohnung."

„Verstehe. Und was werdet ihr jetzt machen?"

„Natürlich die Reise, schließlich ist es mein Geld. Hat Maren schlussendlich auch zugegeben."

Elena schluckte. „Ich habe eigentlich schon gedacht, dass das Geld euch allen zugutekommt."

Axel grinste: „Tut es ja auch, ich fahre schließlich nicht allein in den Urlaub. Jetzt streiten wir nur noch um die Dauer. Ich hätte so an vier, fünf Wochen gedacht, aber Maren meint, solang könne sie ihr heiß geliebtes Büro nicht allein lassen."

„Ihr müsst ja nicht alles in einem einzigen Urlaub ausgeben."

Es klopfte. Die Speditionsarbeiter hatten ihre Arbeit beendet. Axel unterschrieb den Arbeitsschein und wollte sich daran machen, seine Sachen einzuräumen.

„Warte!" Elena drückte ihm ein Staubtuch in die Hand. „Damit solltest du deine Stellagen erst einmal ordentlich auswischen. Wenn du noch weitere Putzmittel benötigen solltest, darfst du dich jederzeit an mich wenden."

„Willst du denn nicht mitkommen?", meinte er mit einem Augenzwinkern. Elena widerstand der netten Einladung. „Ich bin deine Vermieterin, nicht deine Putzfrau."

Während Elena das Geschirr in den Spüler räumte, überlegte sie, dass es klüger gewesen wäre, nicht die ganze Summe Axel zu überweisen. Aber wie aufteilen, jedem die Hälfte? Dann hätte Axel im Verhältnis zu Kerstin allerdings weniger.

Oder galt für Schwiegertöchter ein geringerer Satz? Und wenn, wie hoch sollte der sein?

Vielleicht hätte sie die Summe von vornherein durch vier teilen sollen? Wäre es gerecht, Maren wie die eigenen Kinder zu behandeln?

Roman wäre natürlich leer ausgegangen, schließlich waren er und Kerstin nicht verheiratet. Wäre das gerecht? Und was war mit Yvonne?

Was für seltsame Fragen da plötzlich auftauchten.

Wenn sie noch dazu daran dachte, wie Axel und Kerstin sich gestern, beim Essen, in die Wolle bekommen hatten, weil Kerstin meinte, sie könnte sich von dem Geld ein neues Auto kaufen, war Elena sehr froh, den überwiegenden Teil des Geldes vorerst in eine Immobilie zu investieren. Sollten sich die Kinder doch nach ihrem

Tod streiten. Helmut hatte sie ohnehin schon darauf hingewiesen, dass sie ein Testament machen müsste.

Kerstin

Erste Hilfe

Wenn Kerstin auch immer noch tief getroffen war, dass man sie nicht zur Teilhaberin gemacht hatte, gab sie sich in der Kanzlei doch weiterhin kämpferisch. In der Hochhaus-Causa hatte sie einen Teilsieg errungen und Doktor Müller betonte neuerdings ständig, was für ein gutes Team sie beide doch wären.

Müllers Sohn hatte vor wenigen Tagen seinen Abschied gegeben. Er freute sich auf die neuen Herausforderungen auf dem Weingut seiner Großeltern. Kerstin hatte ihn noch selten so fröhlich und gelöst gesehen. Genau genommen hatte sie ihn immer für einen Versager gehalten. Aber bitte, vielleicht verstand er vom Weinbau mehr als von Prozessführung.

Herbst hatte jedenfalls schon am nächsten Tag dessen Büro bezogen. Kerstin bemühte sich, ihn möglichst zu ignorieren.

Nicht ignorieren durfte sie ihre zunehmenden Darmprobleme. Sie pendelte ständig zwischen Durchfall und Verstopfung. Elena vermutete Lebensmittelallergien oder auch -unverträglichkeiten und hatte ihr geraten, ein Ernährungstagebuch zu führen. Bisher wurden sie daraus auch nicht schlau. Elena meinte, das könnte daran liegen, dass die Reaktionen oft zeitverzögert eintraten, und hatte ihr ihren Nachfolger empfohlen, der sich mit diesem Thema angeblich intensiv beschäftigte.

Deshalb hatte Kerstin sich auch dazu überreden lassen, mit Elena zu seiner Praxiseröffnung zu gehen. Außerdem war sie ein wenig neugierig auf diesen Doktor Fritsch. Maren war ja ziemlich beeindruckt gewesen. Sie hatte in den höchsten Tönen von Fritsch geschwärmt, er hätte so ein gewisses „Etwas". Aber Maren verließ bei Männern bekanntlich das sonst so klare Urteilsvermögen, andernfalls hätte sie wohl kaum Axel geheiratet.

Dazu kam, dass Kerstin Elena gegenüber ein schlechtes Gewissen hatte, weil sie sie nach dem Infarkt gedrängt hatten, ihre Praxis aufzugeben. Natürlich war es aus Sorge um ihre Gesundheit geschehen, dennoch erschien es Kerstin aus heutiger Sicht voreilig, denn jetzt war Elena körperlich wieder fit, aber sie hatte keine Aufgabe. Elena hatte ihren Beruf geliebt, die Praxis war ihr Leben gewesen. Axel konnte das nicht verstehen, Kerstin dagegen verstand es sehr gut. Sie wusste auch, dass Elena damit gerechnet hatte, dass Fritsch sie bitten würde, ihm in den ersten Wochen zu helfen. Davon schien nun keine Rede zu sein. Vermutlich war er einfach zu stolz, sich helfen zu lassen. Ein Mann eben.

Roman steckte den Kopf durch die Tür. „Sehen wir uns heute?"

„Leider nein, ich muss doch mit Elena zu dieser Praxiseröffnung."

„Stimmt. Na dann, viel Vergnügen." Er winkte und ging. Viel schien es ihm nicht auszumachen.

Kerstin sah auf die Uhr. So spät schon? Rasch speicherte sie das Dokument, an dem sie gearbeitet hatte, fuhr sich mit der Bürste durchs Haar, nahm ihre Jacke und ging.

Elena stand bereits vor dem Haus, als Kerstin, eine knappe Viertelstunde nach der vereinbarten Zeit, angebraust kam.

„Wollte der Schreibtisch wieder nicht mit?", fragte Elena.

Kerstin ging darauf nicht ein, stattdessen sagte sie: „Du hast dich ja mächtig herausgeputzt."

Elena trug einen geblümten engen Rock, ein Shirt im selben Design und eine pinkfarbene Jacke. Wenn man bunt mochte, sah es vermutlich gut aus.

Elena schien ihre Gedanken zu erraten. Sie warf einen Blick auf Kerstins grauen Hosenanzug und meinte prompt: „Ein wenig Farbe könnte dir auch nicht schaden."

Das konnte Kerstin natürlich nicht auf sich sitzen lassen: „Sei doch froh, das dämpft den Gesamteindruck. Nicht auszudenken, wenn wir beide als Buntspechte erscheinen."

*

Fritsch begrüßte sie freundlich, aber ohne jeden Überschwang, was Kerstin, der jede Art von Überschwang suspekt war, durchaus für ihn einnahm.

Das Wartezimmer und einer der Behandlungsräume waren voller Menschen, Kerstin kannte keinen von ihnen. Genauso hatte sie sich das vorgestellt. Sie hasste diese Art von Geselligkeit, bei der man mit wildfremden Menschen über kaum etwas sprach und dennoch jeder vorgab, sich blendend zu unterhalten. Über das Wetter zu reden war ihr zu blöd, über ihren Beruf zu sprechen war sinnlos – oder trieb sich hier irgendwo vielleicht ein Jurist herum? – und sie glaubte einfach nicht, dass es irgendjemanden interessieren konnte, ob sie gestern laufen war und was sie mittags gegessen hatte.

Elena schienen derartige Überlegungen nicht anzufechten. Sie plauderte erst angeregt mit einer Dame mittleren Alters, wechselte zu einem etwas älteren Herrn und verschwand bald darauf in der Küche. Kerstin nahm sich einen Campari-Soda und ein Shrimps-Brötchen und blickte verstohlen auf die Uhr.

Kurz darauf erschien Elena in der Küchentür und winkte Kerstin zu sich.

„Lieber Kollege, darf ich Ihnen eine meiner schwierigsten Patientinnen ans Herz legen, meine Tochter Kerstin. Ich vermute, es handelt sich um eine besonders trickreiche Kombination von mehreren Lebensmittelunverträglichkeiten. Hast du dein Ernährungstagebuch mit?"

„Sicher nicht", antwortete Kerstin. Es musste wohl etwas schnippisch geklungen haben, denn Fritsch warf ihr einen erstaunten Blick zu. Also setzte sie in versöhnlichen Ton hinzu: „Aber meinen Terminkalender", und zog ihr Smartphone aus der Tasche.

Sie vereinbarten einen Termin für nächste Woche, und noch während sie über mehr und weniger sinnvolle Kalenderfunktionen plauderten, bemerkte Kerstin ein flaues Gefühl in sich hochsteigen, gefolgt von einem Schweißausbruch. Oh Gott, nicht jetzt, nicht hier, nicht heute! Sie hätte sich gern gesetzt und warf einen raschen Blick hinter sich.

„Ist Ihnen nicht gut?", fragte Doktor Fritsch.

„Scheint, als hätte ich irgendetwas nicht ganz vertragen", murmelte Kerstin und versuchte zu lächeln.

Er fasste sie am Arm, führte sie in einen der Behandlungsräume und sagte ruhig: „Zum Glück habe ich nicht beide Behandlungsräume zur Partymeile erklärt."

Dann bat er sie, sich auf den Behandlungstisch zu legen, ihre linke Hand auszustrecken und ihm zu sagen, was sie gegessen und getrunken hatte. Bei jeder Antwort drückte er leicht gegen ihren Arm, bei dem Wort Shrimpsbrötchen konnte ihr Arm diesem Druck allerdings nicht standhalten.

„Da haben wir es ja, die Shrimps", meinte Fritsch ohne Erstaunen, wandte sich einem Regal zu und holte eine kleine Glasviole heraus.

„Verstehe ich Sie richtig? Sie meinen zu wissen, dass ich Shrimps nicht vertrage, nur weil ich einen Moment unkonzentriert war und dem Druck Ihrer Hand nicht standhalten konnte?" Trotz ihrer Übelkeit triefte ihre Stimme vor Hohn.

Er trat an ihre Liege und sagte lächelnd. „Wir können es wiederholen. Sind Sie jetzt konzentriert?"

Kerstin nickte.

„Dann denken Sie bitte noch einmal an die Shrimps."

Kerstin nickte wieder und Fritsch drückte ihren Arm neuerlich ohne besondere Mühe auf die Liege.

„Man nennt das einen kinesiologischen Muskelreaktionstest, oder auch Armdrücken für Mediziner. Das Prinzip ist ganz einfach. Sobald Ihr Körper mit einem Stoff in Berührung kommt, der ihn schwächt, oder Sie eben auch nur daran denken, schaltet der Muskel ab und ich kann den Arm ohne besondere Kraftanstrengung niederdrücken. Wenn Sie gestatten, werden wir das gleich behandeln, es sollte Ihnen danach bald besser gehen."

Kerstin gestattete es, was sollte sie sonst auch tun, schließlich fühlte sie sich immer noch ziemlich schwummrig.

Er bat sie, sich auf den Bauch zu legen, drückte ihr die kleine Glasviole in die rechte Hand, ersuchte sie tief ein- und auszuatmen und klopfte entlang ihrer Wirbelsäule auf und ab.

Nach wenigen Minuten fühlte sie sich besser. Erstaunlich. Bei einem neuerlichen Test konnte sie dem Druck seiner Hand problemlos standhalten.

„Wenn Sie sich in den nächsten 25 Stunden von Fisch und Meeresfrüchten fernhalten und wir etwas Glück haben, können Sie bald wieder Shrimps essen."

„Und wenn wir kein Glück haben?"

„Dann müssen wir die Behandlung wiederholen."

Während Kerstin sich wieder aufsetzte, fragte sie: „Und was war das jetzt? Voodoo-Zauber?"

Er lächelte, so mehr mit den Augen. „Etwas Ähnliches. Kommen Sie nächste Woche zum Testen, dann erkläre ich es Ihnen."

Elena

Voodoo-Zauber

Auf dem Heimweg fragte Elena: „Was genau hat Kollege Fritsch mit dir gemacht?"

„So eine Art Voodoo-Zauber. Ich muss allerdings zugeben, dass der Zauber rasch gewirkt hat."

Voodoo-Zauber. Das Wort brachte etwas in Elena zum Klingen, sie wusste im Moment nur nicht, was. Umso resoluter sagte sie: „Eine vorübergehende Übelkeit vergeht schon mal von selbst."

„Möglich, aber als ich letztens mit Roman beim Italiener war und Spaghetti mit Garnelen gegessen habe, wurde mir auch übel. Damals hatte es die ganze Nacht gedauert."

„Warum isst du das Zeug, wenn du weißt, dass es dir nicht gut tut?"

„Ich dachte doch, es wäre der Knoblauch gewesen."

Elena nickte. Kerstin hatte Knoblauch schon als Kind nicht gemocht und später auch schlecht vertragen.

Natürlich wusste Elena, dass Allergien und Unverträglichkeiten in den letzten Jahren deutlich häufiger auftraten als früher. Die Schulmedizin hatte nur dürftige Erklärungen dafür und schon gar keine Lösungen. Demgemäß groß war der Leidensdruck der Patienten. Anderseits dachte Elena, manche Patienten redeten sich das auch bloß ein. Auch jetzt sagte sie: „Vielleicht sind diese Übelkeiten eher psychosomatisch. Du arbeitest Tag und Nacht, isst unregelmäßig und vermutlich auch ungesundes Zeug, und du hast eindeutig zu viel Stress. Apropos, wann wirst du denn nun endlich Teilhaberin?"

Kerstin ließ einen Moment vergehen, ehe sie murmelte: „Gar nicht."

„Wie bitte?"

„Doktor Müller hat einen Kollegen vorgezogen."

„Weil er ein Mann ist?", fragte Elena kämpferisch.

„Weil er der Neffe unseres verehrten Bürgermeisters ist und Müller sich davon eine Menge neuer Fälle verspricht."

„Und das lässt du dir gefallen?"

„Habe ich eine Wahl? Langfristig werde ich mir natürlich etwas anderes suchen, aber zuerst möchte ich noch ein paar interessante Fälle abschließen. Vielleicht mache ich mich auch selbstständig."

„Mit Roman?", unterbrach Elena. „Das finde ich eine gute Idee. Gemeinsam …"

„Sicher nicht!"

Elena sah sie überrascht an. „Entschuldige. Ich dachte, ihr wolltet ohnehin heiraten."

„Wie kommst du denn darauf? Roman wollte, dass wir zusammenziehen, vom Heiraten war nie die Rede. Außerdem hat Roman ja kein Problem in der Kanzlei. Für ihn hat sich auch nichts geändert, er versteht sich mit dem Neuen sogar ziemlich gut."

„Ärgert dich das?"

In der Zwischenzeit waren sie vor Elenas Haus angekommen.

„Was denkst du?", fragte Kerstin spitz.

„Wie ich dich kenne, ärgert es dich gewaltig."

„Na bitte, 100 Punkte in Sachen Übereinstimmung. Schlaf gut, mein Mütterchen!"

„Du auch, meine dumme Ziege", antwortete Elena lachend und drückte ihr einen Kuss auf die Wange, obwohl sie wusste, dass Kerstin das nicht besonders mochte.

Dann stieg sie aus, winkte Kerstin nach, bis ihr Auto um die nächste Ecke verschwunden war, und ging langsam zum Haus. Armes Kind, hat auch kein Glück in der Liebe.

Sie mixte sich noch einen Schlummertrunk, stellte sich damit auf die Terrasse und schaute verträumt in den Garten. Ihre große Liebe war auch nicht von Dauer gewesen, aber sie hatte sie wenigstens kennengelernt.

Jetzt fiel ihr auch ein, woran das Wort Voodoo-Zauber sie erinnert hat. Ihre Schwiegermutter hatte kleine Wehwehchen der Kinder, wenn sie in den Ferien bei ihr waren, immer mit allen möglichen Kräutern behandelt. Ossi nannte das „Mutters Voodoo-Zauber".

Wie es ihm wohl ging? In den letzten Jahren hatten sie gelegentlich telefoniert und Ossi war, wenn er in der Stadt war, ab und zu auf einen Kaffee vorbeigekommen. Vielleicht sollte sie ihn besuchen, schon allein, um zu sehen, ob er Geld brauchte.

Kollege Fritsch war auf ihr Hilfsangebot bedauerlicherweise nicht zurückgekommen. Sie konnte also tun und lassen, wozu sie Lust hatte – und sie hatte plötzlich Lust, Ossi wiederzusehen. Länger als ein paar Tage würden sie es ohnehin nicht miteinander aushalten. Dennoch wollte sie ihn gleich morgen anrufen.

* * *

Oskar Prinz, von Kindesbeinen an von allen nur Ossi genannt, lebte seit seiner Scheidung auf dem ehemaligen Hof seiner Eltern im Waldgau. Das sparte Geld und ermöglichte es ihm, das Leben eines Bohemiens zu führen.

An manchen Tagen arbeitete er bis spät in die Nacht, dann schlief er am nächsten Morgen bis weit in den Vormittag. An anderen Tagen stand er mit den ersten Sonnenstrahlen auf, um zu malen, Pilze zu suchen oder einfach nur dazusitzen. Die einzige Regelmäßigkeit seiner Tage bestand darin, mittags für sich und seine Mutter eine warme Mahlzeit zuzubereiten und mit ihr gemeinsam zu essen. Frühstück und Abendessen machte jeder für sich, obwohl seine Mutter im nächsten Monat 88 Jahre alt wurde.

Hätte Ossi nicht Kunst studiert, wäre er vielleicht Koch geworden. Das Leben wollte es anders. Es stattete Ossi mit einer raschen Auffassungsgabe und einer ehrgeizigen Mutter aus. Beides zusammen bescherte ihm erst einmal die Matura, danach hätte er Lehrer werden sollen. Das kam für Ossi nicht infrage. Schon am Gymnasium war sein Talent fürs Zeichnen und Malen aufgefallen, er hatte es angeblich von seinem Vater geerbt. An den Vater konnte Ossi sich nicht erinnern, der war mit dem Motorrad verunglückt, als Ossi zwei Jahre alt gewesen war. Zuvor war sein Vater Bauer wider Willen gewesen, nur an langen Winterabenden hatte er gemalt, erzählte Ossis Mutter. Einige seiner Landschaftsbilder zeugten noch heute von seiner Leidenschaft. Als Kind hatte Ossi diese Bilder bewundert, später verachtet, in der Zwischenzeit fand er, sie zeigten zumindest die Freude am Malen.

Als Ossi Elena kennengelernt hatte, war er mit seinem Studium fast fertig gewesen. Er hatte sich sofort in sie verliebt, an Ehe und Familie hatte er dabei nicht gedacht – Elena schon, und eines Tages fand er sich vor dem Traualtar wieder.

Das Leben mit Elena und den Kindern hatte ihn glücklich gemacht, aber es hatte ihm nicht genügt. Warum, das verstand er in der Zwischenzeit selbst nicht.

Als Elena eines Tages die Scheidung verlangt hatte, war er nicht besonders überrascht gewesen. Überrascht hatte ihn eher, dass sie es solange mit ihm ausgehalten hat. Er hatte ihr geschworen, dass er sie liebte, sie und die Kinder, aber Liebe allein, hatte Elena gesagt, sei zu wenig. Ganz hatte Ossi das nie verstanden, aber er war kein Kämpfer. Wenn es für sie so war, dann war es eben so.

* * *

„Mein Gott, war das gut – und schön habt ihr's hier!", sagte Elena, nahm einen Schluck Bier, lehnte sich zurück und streckte die Beine aus.

Sie saßen auf der Terrasse des ehemaligen Bauernhofes und hatten eben zu Mittag gegessen. Ossi hatte Kalbsgulasch mit Nockerln gemacht, Elenas Lieblingsgericht.

„Kannst du gern öfters haben", meinte er lächelnd.

„Wenn du jetzt auch noch anfängst, Süßholz zu raspeln, mache ich wohl besser meinen Mittagsschlaf", meldete sich seine Mutter zu Wort, die bisher nur wenig gesprochen hatte.

Elena lächelte und sah ihrer Schwiegermutter nach, die langsam, aber ohne Gehhilfe, ins Haus ging.

„Hat sie mir immer noch nicht verziehen, dass ich mich von dir habe scheiden lassen?"

„Sie meint, du hast mich genauso lang behalten, wie es für dich notwendig war."

„Stimmt ja auch, irgendwie. Ich wollte den Kindern halt nicht den Vater nehmen. Das verübelt sie mir? Ich glaube, sie hätte es genauso gemacht."

„Kann sein, im Grunde mag sie dich ja."

„Ich weiß nicht. Anfangs hat sie mir verübelt, dass ich dich ihr weggenommen habe, und dann hat sie mir verübelt, dass ich dich verlassen habe …"

„Ist halt nicht jeder so gutmütig wie ich", unterbrach Ossi lächelnd und schenkte ihr Bier nach.

„Stimmt", dachte Elena. Gutmütig war er immer gewesen, aber leider auch unzuverlässig und untreu.

„Wie geht's den Kindern?"

„Kerstin ist sauer, weil sie nun doch nicht Teilhaberin geworden ist, und Axel hat Stress mit Maren, weil er wieder einmal keine Aufträge hat und daher wenig bis gar nichts zum gemeinsamen Haushalt beiträgt. Er hat jetzt sein Büro in seinem ehemaligen Kinderzimmer eingerichtet, um Kosten zu sparen."

„Davon habe ich gehört, und ich halte es für eine klasse Idee."

„Schon, aber ich fürchte, damit wird Maren sich nicht zufriedengeben. Und das mit Recht. Sie ackert wie ein Pferd, während unser Herr Sohn in seinem ‚Büro' sitzt, grünen Fantasien nachhängt und versucht, einen Roman zu schreiben."

Elenas Stimme war anzumerken, was sie davon hielt.

„Ich fürchte, du tust dem Jungen unrecht. Axel ist ja nicht faul. Denk nur daran, wie er im vergangenen Herbst, als die vielen Flüchtlinge kamen, wochenlang an der Grenze geschuftet hat. Ich war selbst manchmal oben, das war kein Honigschlecken."

„Mag sein, aber davon kann man keine Familie erhalten."

„Das macht doch Maren", meinte Ossi nonchalant und steckte sich genüsslich ein Zigarillo an.

„Aber Maren schafft das nicht allein. Welche Familie kommt heute schon mit einem Gehalt über die Runden? Außerdem will Maren endlich eine neue Wohnung."

Ossi schien nachzudenken und blies Rauchringe in den blauen Himmel, das hatte er immer schon gut gekonnt. Dann sagte er: „Das kommt davon, weil er das Ebenbild seiner Mutter geheiratet hat. Klug und tüchtig."

Elena sah ihn mit hochgezogenen Augenbrauen an, sagte aber nichts.

„Diese Maren ist doch genauso eine strukturierte Sicherheitsdenkerin wie du."

„Gut möglich. Was ist falsch daran?"

„Ich sage nicht, dass es falsch ist, es ist nur, wie soll ich sagen, nicht ganz unser Naturell. Axel ist mehr der freiheitsliebende Typ."

„So wie du?"

„Ähnlich."

„Zumindest ist er nicht hinter jedem Rock her", sagte sie. Es hatte spitzer geklungen, als sie beabsichtigt hatte.

Ossi machte eine wegwerfende Handbewegung. „Ach Elena, das ist lang her."

„Weil die Damen heute Hosen tragen?"

Er lächelte, ohne darauf zu antworten. Eine Weile blieb es still, nur das Summen der Bienen im Lavendelstock war zu hören. Dann nahm Elena den Gesprächsfaden wieder auf. „Um zum Thema zurückzukommen: Jeder vernünftige Mensch weiß Freiheit zu schätzen, sogar die pflichtbewussten wie Maren und ich."

„Möglich, aber dann verstehen wir darunter nicht das Gleiche."

„Das könnte stimmen", überlegte Elena träge. Was war schon Freiheit? Sich den Beruf aussuchen zu können, den man mag, seine Meinung zu sagen, nicht abhängig zu sein, das war doch schon sehr viel.

Das gute Essen, das Bier und die würzige, warme Luft hatten sie müde gemacht, sie gähnte und fragte: „Und was würdest du deinem Sohn raten?"

„Ich würde – und werde – ihm gar nichts raten. Erstens steht mir das nicht zu, zweitens würde er ohnehin das Gegenteil tun."

„Wie wahr", dachte Elena, dann schlummerte sie ein.

*

Während Ossi sie am nächsten Tag durch sein Atelier führte, blieb Elena vor einem Ölgemälde stehen. Es bestand vor allem aus einem wahren Feuerwerk von Farben. „Das hier finde ich schön. Was soll es kosten?"

„Wenn es dir gefällt, schenke ich es dir."

Das war zwar typisch für Ossi, aber nicht ganz in Elenas Sinn. Sie hatte sich extra eines der Ölgemälde ausgesucht, das waren für gewöhnlich die teuersten. Das Bild war farbenfroh, aber sie musste es nicht haben. Ihr Haus war immer noch voll von seinen Werken, nicht einmal die hatte er mitgenommen. Sie suchte einfach nur nach einer Möglichkeit, ihm auf unauffällige Weise Geld zukommen zu lassen.

Später sagte sie: „Ich finde deine Bilder ja sehr schön, aber ich kann mir vorstellen, dass es für einen ortsansässigen Künstler nicht ganz leicht ist, davon zu leben."

Als er keine Antwort gab, setzte sie nach: „Bringen sie dir denn etwas ein?"

„Mal mehr, mal weniger. Wir brauchen nicht viel, und notfalls hat Mutter ja noch ein paar Pachteinnahmen und ihre Rente."

„Du willst damit aber nicht sagen, dass ihr von der kargen Rente deiner Mutter lebt."

„Natürlich nicht. Ab und zu kommen Fremde und nehmen etwas ab, aber ich kann die Leute ja nicht zwingen, meine Bilder zu kaufen."

„Hast du denn nicht versucht, in Galerien unterzukommen?"

„Doch, aber die Zeiten sind nicht besonders rosig. Die, die wirklich Kohle haben, kaufen in den seltensten Fällen einen Oskar Prinz, alle Übrigen geben ihr sauer verdientes Geld lieber für Autos, Computer und Urlaubsreisen aus."

Elena blieb stehen. „Ossi, wenn ihr Geld braucht, könnt ihr euch jederzeit an mich wenden."

Er sah sie aufmerksam an. „Das würde ich niemals tun."

„Solltest du aber. Ich meine, du warst bei unserer Scheidung nicht besonders gut vertreten. Hast du diese Anwältin eigentlich nach ihrem hübschen Gesicht ausgesucht oder nach der tollen Figur?"

Ossi lächelte vielsagend. „Sie hat das damals gratis für mich gemacht."

„Sieh an", fauchte Elena.

Erst meinte sie einen Anflug von Zerknirschung zu erkennen, doch dann hakte er sich lachend bei ihr ein: „Ach Elli, das ist doch lang her."

*

Am dritten Tag machte sich Elena auf den Heimweg. Es waren unbeschwerte Tage gewesen, Tage, die ihr wieder vor Augen geführt hatten, warum sie Ossi so geliebt hatte, ihr aber auch gezeigt hatten, wie unterschiedlich sie beide waren, wie unvereinbar ihre Lebensentwürfe immer sein würden.

Ossi eine größere Summe Geldes zu geben wäre, als würde man einem Spielsüchtigen seine Bankcodes verraten.

Dennoch hatte sie zum Abschied noch einmal betont, dass er sich immer an sie wenden konnte. Ob Ossi selbst je eine Pension bekommen würde, war zu bezweifeln. Sie hatte sich um diese Dinge auch nie gekümmert. Ein Fehler, wie sie jetzt einsah. Vielleicht sollte sie ihm in ihrem Testament eine Rente aussetzen.

Gleich morgen würde sie Helmut Burger anrufen. Bei der Gelegenheit konnte sie ihn gleich zum Essen einladen, sie stand ohnehin noch in seiner Schuld. Der Gedanke beschwingte sie. Pläne für die Zukunft zu machen, war einfach der beste Weg, sich von einer gewissen Wehmut zu befreien, dachte Elena, während sie durch die sommerliche Landschaft fuhr.

*

Helmut Burger schien überrascht, als Elena ihn, nach dem Hauptgang, auf die Sache mit der Rente ansprach.

„Ist das jener Oskar Prinz, von dem du geschieden wurdest?"

„Genau der."

„Du warst damals nicht besonders gut auf ihn zu sprechen. Warum willst du ihm jetzt eine Rente aussetzen?"

„Ach, das ist lange her. Es soll auch nicht viel sein. Ein paar Hundert Euro im Monat würden ihm schon helfen."

Burger machte sich eine entsprechende Notiz. „Es kommt nicht oft vor, dass meine Mandantinnen ihren Ex-Männern Geld hinterlassen."

„Möglich, aber ich habe doch jetzt genug davon."

Axel

Kein Thriller

„Jetzt haben wir den Salat. Achim hat sich beim Fußballspielen den Knöchel gebrochen", sagte Maren anstelle einer Begrüßung und drückte Axel einen Kuss auf die Wange.

Er ahnte Böses. Die Übersiedlung seines Büros in Elenas Haus hatte Maren fürs Erste besänftigt. Von Mitarbeit im Büro war seither nicht mehr die Rede gewesen.

„Wie lange wird er denn ausfallen?"

„Mehrere Wochen, da es das rechte Bein ist, kann er nicht Auto fahren."

„Und unser Urlaub?"

„Muss leider warten."

„Das glaube ich jetzt nicht. Da haben wir einmal Geld für eine ausgedehnte Urlaubsreise, und dann so was! Wie willst du das Yvonne erklären? Aber vielleicht könnten ja Yvonne und ich … ich meine … sie hat doch jetzt Ferien …"

„Um Yvonne mache ich mir weniger Sorgen. Ich hatte ohnehin nicht den Eindruck, dass der Gedanke an einen dreiwöchigen Familienurlaub sie besonders euphorisiert. Auf dich, mein Schatz, wartet jedenfalls eine andere Art von Freizeitbeschäftigung."

Axel ahnte bereits, was auf ihn zukommen würde, trotzdem fragte er: „Was meinst du?"

„Ihr Einsatz, Doktor Prinz."

Manchmal half ja, sich dumm zu stellen. Tucholsky hatte einmal gesagt, das sei der Vorteil der Klugen, umgekehrt wär es schwieriger. Also fragte er: „Was sollte ich schon tun können?"

„Ich würde dich höflich bitten, morgen anständige Kleidung anzuziehen und mit mir ins Büro zu kommen."

Maren ging in die Küche, er folgte ihr. „Und was soll ich, in meiner anständigen Kleidung, dort machen?"

„Dort wartest du erst mal auf einen Anruf, bis dahin kannst du noch deine Zeitung lesen. Sobald ein Kunde eine bestimmte Wohnung sehen will, schnappst du dir den dazu passenden Schlüssel sowie die dazugehörigen Unterlagen und machst dich auf den Weg. Am Zielort sperrst du die Tür auf, lässt dem Kunden den Vortritt und das Objekt in aller Ruhe anschauen.

Auf Hinweise wie ‚Hier sehen Sie die Küche' kannst du verzichten. Wenn du Fragen nicht beantworten kannst, rufst du mich an. Am Ende übergibst du ihm unser Exposé und lässt dir einige Formblätter unterschreiben."

„Das ist jetzt nicht dein Ernst."

„Mein voller Ernst."

Axel spielte seinen letzten Trumpf aus. „Du scheinst vergessen zu haben, dass ich kein Auto habe. Sagtest du nicht immer, ein Makler ohne Auto geht gar nicht?"

„Kein Problem. Du bekommst die innerstädtischen Objekte, die du mit der U-Bahn oder deinem heiß geliebten Fahrrad erreichen kannst."

Das hatte er sich schon gedacht.

*

Axel hatte die halbe Nacht überlegt, wie er Marens Ansinnen doch noch abbiegen konnte. Natürlich musste er ihr helfen, aber gerade jetzt war es ganz blöd. Pia Moser hatte den ersten Teil seines Manuskripts gelesen. Ihr Urteil war nicht ausschließlich schmeichelhaft gewesen, aber Axel fand ihre Kritik - zumindest stellenweise - gerechtfertigt. Morgen wollte er sich an die Überarbeitung machen und sich in der nächsten Woche wieder mit Pia treffen. Warum musste sich dieser Trottel von Achim ausgerechnet jetzt den Knöchel brechen? Er war doch kein Achim-Ersatz! Er war Axel Prinz, Politologe und Schriftsteller. Ein kreativer Kopf wie er konnte seine Tage doch nicht damit verbringen, anderen Menschen Türen aufzusperren. So konnte er Maren natürlich nicht kommen, schließlich verdiente sie damit die Brötchen - samt Butter. Es mochte auch sein, dass man ein wenig mehr können musste. Maren erzählte immer wieder von allen möglichen Problemen – dumm nur, dass er in letzter Zeit nicht besonders aufmerksam zugehört hatte.

Es musste doch einen Ausweg geben. Leider schien ihn seine Kreativität ausgerechnet jetzt im Stich zu lassen. Solange Achim im Büro war, hatte er regelmäßig damit argumentiert, dass er mit diesem geleckten Affen nicht in einem Raum atmen konnte. Aber nun lag Achim daheim auf dem Sofa.

Blöd. Saublöd.

Da er am Morgen immer noch keine Exit-Strategie gefunden hatte, beschloss er, vorerst so zu tun, als hätte er sich damit abgefunden – vielleicht fiel ihm ja im Laufe des Tages etwas ein.

In seinem Schrank hingen genau zwei Anzüge, ein dunkelblauer von der Hochzeit und ein grauer von der Promotion. Zum Glück passten beide noch, er hatte also sein Gewicht gehalten, wenigstens etwas.

Er wählte den grauen, kombinierte dazu ein schwarzes T-Shirt, streckte seinem Spiegelbild die Zunge heraus und präsentierte sich seiner Chefin. Der schien das Ergebnis auch noch zu gefallen, denn sie sah ihn ausgesprochen liebevoll an – das war schon länger nicht vorgekommen - und gab ihm einen Kuss. Schade, dass sie ausgerechnet jetzt ins Büro fahren mussten.

Am Ende des ersten Arbeitstages hatte Axel immer noch keine Idee, wie er aus dieser Nummer wieder herauskommen sollte, und war auch zu müde, um darüber nachzudenken.

„Wenn wir Glück haben, bekommen wir morgen ein Mietanbot für die Wohnung am Universumweg", sagte er zu Maren, während sie den Salat wusch und er es sich mit einem Bier in der Frühstücksecke bequem machte.

„Gratuliere!"

„Im Grunde ist euer Geschäft doch ganz einfach, und im Verhältnis zu eurer Leistung finde ich die Provisionssätze immer noch recht happig."

„Abwarten", meinte Maren mit einem, wie ihm schien, überheblichen Lächeln.

Dann kam Yvonne und wollte wissen, warum Nordirland nicht zu Irland gehörte. Die Frage ging eindeutig an ihn. Das war seine Welt.

*

Eine Woche später hatte Axel noch immer keinen Ausweg aus seiner misslichen Lage gefunden. Yvonne war auch keine Hilfe, sie schien sich eher darüber zu freuen, dass sie nun die ganzen Ferien mit ihren Freundinnen herumhängen konnte. Axel hatte auch gar keine Zeit, sich eine Ausrede zu überlegen. An den Abenden war er fix und fertig, und am Wochenende hatte Maren erst darauf bestanden, einen leichten Sommeranzug für ihn zu kaufen, und ihm anschließend ihr neues Projekt gezeigt. Fünf noble Dachgeschosswohnungen in der City.

Als sie endlich daheim waren, hatte sie es noch für nötig befunden, ihn mit allen möglichen Hintergrundinformationen zu versorgen. Er hatte es ja schon verstanden. Immobilien zu vermitteln war ein wenig mehr, als Türen aufzuschließen.

„Und wie bist du an dieses Objekt gekommen?", fragte er, als sie die Unterlagen endlich zur Seite räumte.

„Durch Zufall. Ich habe dir doch erzählt, dass der Anwalt deiner Mutter mich beauftragt hat, Objekte im Gesamtwert von etwa fünf Millionen für einen seiner Klienten zu suchen."

„Hast du eigentlich schon etwas gefunden?", unterbrach Axel.

„Der Reihe nach. Ich habe mich also umgesehen, was es so zu kaufen gibt, und bin dabei auf dieses Objekt gestoßen. Doktor Burger hielt es für unpassend für seinen Klienten, weil es zwar eine attraktive Lage sei, aber faktisch kaum Rendite abwirft. Womit er leider recht hat.

Zufällig fand Achim einen passenden Interessenten für eine der fünf Wohnungen in unserer Sucher-Datei. Ich habe also den Bauträger gefragt, ob ich die Objekte auch einzeln anbieten dürfte, er wollte ja ursprünglich das ganze Paket auf einmal verkaufen. Erst war er von dieser Idee nicht sonderlich begeistert, dann hat er aber doch zugestimmt und Achim hat die Wohnung tatsächlich im Nu verkauft. Jedenfalls war der Bauträger von unserer Arbeit sehr angetan und hat uns exklusiv mit der Vermarktung der verbliebenen vier Wohnungen beauftragt."

„Und was ist mit dem Klienten von Elenas Anwalt?"

„Der scheint ein schwieriger Fall zu sein, aber du kennst mich ja, ich lasse nicht locker, bevor der Kerl nicht seine fünf Millionen angebracht hat."

*

Am Montagvormittag fragte Maren: „Kennst du einen Magister Stefan Schwamm?"

„Meinst du den Grün-Abgeordneten?"

Sie nickte.

„Wer kennt den nicht?"

„Ich, aber das kann vorerst gern so bleiben, auch wenn er sich für eine unserer Dachgeschoss-Wohnungen interessiert. Ich maile dir die Anfrage, dann kannst du gleich einen Termin vereinbaren."

„Weiß er denn, was die kosten?"

„Wenn er lesen kann, ja."

„War auch mehr eine rhetorische Frage", murmelte Axel und rief seinen Terminkalender auf.

Schwamm war in einer Sitzung, würde aber umgehend zurückrufen, ließ seine Assistentin wissen. Axel nutzte die Wartezeit, um ihn zu googeln.

Schwamm war grünes Urgestein, das wusste Axel, und hatte schon verschiedene Positionen innegehabt. Seit Kurzem war er Klubobmann, auch das war Axel bekannt. Dass Schwamm allerdings wie er selbst einst Volkswirtschaft und Politikwissenschaften studiert hatte, war ihm neu. Hätte er dem Mann gar nicht zugetraut. Schwamm war eher der hemdsärmelige Typ. Axel war gespannt darauf, ihn persönlich kennenzulernen.

Der Termin fand noch am gleichen Abend statt. Die Wohnung mit der nordseitigen Terrasse hatte Schwamm am besten gefallen, und der Preis schien ihn auch nicht zu schrecken. Das hätte Axel nicht gedacht. Erst am Samstag hatte er Maren gefragt, wer sich wohl eine so teure Wohnung mit einer nordseitigen Terrasse kaufen würde.

„Jemand, der die Sonne nicht so gern mag", hatte Maren geantwortet.

Axel war ja der Meinung, dass Menschen, die Sonne und Hitze nicht mochten, in einer Dachgeschoss-Wohnung ohnehin nichts verloren hatten. Dass die Wohnungen alle klimatisiert waren, schien ihm als Grünem eher ein Killerargument. Er fand, man sollte auf Klimageräte nach Möglichkeit verzichten, denn ihre Auswirkungen auf das Klima seien verheerend. Außerdem belasteten Klimageräte nicht nur die Umwelt, sondern auch den Geldbeutel.

Schwamm schien damit kein Problem zu haben und fragte nach einer Garage für zwei PKW, denn „ohne Garage brauchen wir das Objekt meiner Frau erst gar nicht zu zeigen".

Axel verkniff sich jeglichen Kommentar und versprach, sich darum zu kümmern, dann machte er sich kopfschüttelnd auf den Heimweg.

Maren hatte tatsächlich eine zweite Garage in petto.

„Warum haben wir die nicht gleich mit angeboten?"

„Weil wir für diese vier Wohnungen nur drei Garagenplätze haben."

„Aber wenn wir Schwamm zwei davon geben, haben wir doch für die übrigen Wohnungen nur noch einen."

„Richtig berechnet, Herr Doktor", lachte Maren. „Aber wenn Schwamm zuschlägt, haben wir schon einmal Provision verdient, und darüber hinaus den Bauträger zufriedengestellt. Wenn wir Glück haben, finden wir später Interessenten, die keine Garage brauchen, oder wir finden weitere Parkmöglichkeiten."

„Unsolidarisch, aber schlau", musste Axel zugeben. Dann nahm er sich ein Bier und zog sich zum Fernseher zurück. Seit er diesen Maklerjob machte, war er am Abend einfach zu müde, um noch zu lesen. Hoffentlich hatte das bald ein Ende.

*

Drei Wochen später war Achim immer noch nicht einsatzfähig. Dafür war der Vertrag mit Schwamm unter Dach und Fach, was vor allem daran lag, dass der Bauträger von dem prominenten Käufer offenbar so beeindruckt war, dass er allen Änderungswünschen zugestimmt hatte.

Nach der Vertragsunterzeichnung lud Schwamm Axel auf ein Bier ein.

„Sind Sie eigentlich jener Prinz, der uns den Ärger mit der Hochhaus-Widmung eingebrockt hat?"

„Das wissen Sie?"

„Allerdings. Einige Mitglieder waren mächtig verärgert. Haben Sie sich die Social-Media-Einträge nicht angesehen? Man konnte schon von einem klassischen Shitstorm sprechen."

„Klar habe ich es gelesen. Das waren garantiert die Freunde des roten Bezirkschefs, der ist nämlich persönlich betroffen. Aber die Stadt braucht Wohnungen, das steht doch außer Frage, und die Infrastruktur am Standort ist ausgezeichnet."

„Ich habe schon gehört, dass Sie geschickt argumentieren. Ich weiß auch, dass Sie aus der Polit-Branche sind. Deshalb wollte ich Sie fragen, ob Sie nicht bei uns mitarbeiten wollen?"

„Ich arbeite ja bereits mit, als Bezirksrat, und nicht immer zur vollsten Zufriedenheit der Partei, wie man sieht."

Schwamm machte eine Handbewegung, die wohl andeuten sollte, dass ihn der Kleinkram aus den Bezirken nicht interessierte.

„Ich dachte an einen Job in unserem Beratungsteam."

„Bisher war ich immer als freier Mitarbeiter tätig, das hat gewisse Vorteile."

„Für Sie vielleicht, aber mir ist das zu wenig. Wenn wir uns einigen, dann brauche ich Sie ständig. Die Zeiten sind turbulent, wir rechnen einerseits mit vorgezogenen Bundestagswahlen, andererseits könnte es gut sein, dass uns in der Hauptstadt bald Bürgermeisterwahlen ins Haus stehen."

Axel sah Schwamm erstaunt an. „Den haben wir doch erst gewählt."

„Und? Macht es Sie zufrieden, einen Liberalen auf dem Bürgermeistersessel sitzen zu sehen?"

„Die Unzufriedenheit der Grünen dürfte allerdings kaum genügen, um Neuwahlen vom Zaun zu brechen."

„Stimmt, aber unser verehrter Bürgermeister soll Dreck am Stecken haben – und zwar kiloweise. Jedenfalls tue ich mein Bestes, dass er seinen Job bald wieder verliert. Dazu brauche ich ein schlagkräftiges Team aus etablierten Leuten, bestens ausgebildeten Fachleuten wie Ihnen und einigen Jungen. Über die Konditionen werden wir uns schon einigen."

Axel hatte sich anfangs ein wenig geziert, dann aber zugesagt, darüber nachzudenken. Maren würde Augen machen.

*

„Ich bitte dich, nimm den Job!", rief Maren, kaum dass er ihr von der Neuigkeit erzählt hatte.

Er hatte geahnt, dass sie so reagieren würde. Dabei war sie schon lang keine Grüne mehr. Damals, als sie sich kennengelernt hatten, hatten sie beide gegen ein geplantes Atomkraftwerk demonstriert. Als er später gegen die Verbauung einer Au demonstrierte, war Maren schon nicht mehr dabei gewesen. Von irgendwoher muss der Strom ja kommen, hatte sie gesagt.

In der Zwischenzeit schien sie das Thema Umwelt nur noch am Rande zu interessieren. Was sie hingegen interessierte, war Geld.

Schwamm sprach von einem Einstieggehalt von viertausend Euro netto, zuzüglich Bürokostenpauschale. Das interessierte sie.

Natürlich wusste Axel, dass etablierte Kollegen deutlich mehr verdienten, aber er war eben nicht etabliert. Während andere ihre Karriere geplant hatten, war er demonstrieren gewesen. Für eine gerechtere Welt. Jetzt war er Mitte dreißig und begann langsam daran zu zweifeln, ob es diese Welt, die er sich erträumt hatte, je geben würde. Ganz hatte er die Hoffnung allerdings noch nicht aufgegeben und vielleicht sollte er Schwamms Angebot genau deshalb annehmen.

Nur der Zeitpunkt war ungünstig, er wollte doch endlich wieder an seinem Roman arbeiten. Seit Wochen hatte er keine Zeile geschrieben. Anderseits - vielleicht lieferte ihm diese Tätigkeit Einblicke, die er für seinen Roman verwenden konnte.

Möglicherweise würde es ihn auch weiterbringen, selbst zu erleben, wie das war, einmal mitzuspielen, Politik nicht nur aus der Beobachterperspektive zu sehen.

Obwohl seine Entscheidung feststand, fragte er mit einem Zwinkern: „Aber was wird dann aus meinem Maklerjob? Ich habe ihn fast schon lieb gewonnen."

Maren winkte ab. „Mach dir keine Sorgen, Achim hält es daheim ohnehin nicht mehr aus."

Kerstin

Unverträglich

Kerstin war unzufrieden mit sich, weil sie immer noch für die Kanzlei Müller und Partner schuftete, und unzufrieden mit Roman, weil seine Loyalität bestenfalls halbherzig zu nennen war. Während Kerstin den Kollegen Herbst weiterhin so gut es ging ignorierte, verstand sich Roman scheinbar täglich besser mit ihm, was bereits zu mehreren Auseinandersetzungen geführt hatte.

„Ich finde dein Verhalten einfach illoyal!", hatte sie ihm eben wieder an den Kopf geworfen.

„Was erwartest du von mir? Dass ich seine Anweisungen nicht befolge, nur weil du ihn nicht magst? Dass Müller dich nicht zur Juniorpartnerin gemacht hat, kannst du Müller vorwerfen, aber nicht Herbst. Er kann doch auch nichts dafür, dass er der Neffe des Bürgermeisters ist. Er mag ihn nicht einmal besonders."

„Aber den Job hat er genommen."

„Sei ehrlich, du hättest ihn an seiner Stelle auch nicht abgelehnt. Außerdem hatte er keine Ahnung davon, dass Müller dir Hoffnungen auf die Partnerschaft gemacht hatte."

Kerstin schnaubte verächtlich. „Ich halte Herbst jedenfalls für einen ziemlich mittelmäßigen Juristen."

„Ich weiß, aber du hältst auch mich für einen ziemlich mittelmäßigen Juristen. Stimmt's?"

Dem war nichts hinzuzufügen. Höfliche Lügen waren nicht ihr Ding, schon gar nicht, wenn es ihr schlecht ging – und es ging ihr zunehmend schlechter, wenn sie sich auch noch so bemühte, gesund zu leben. In letzter Zeit ernährte sie sich fast ausschließlich von Vollkornbrot, Milchprodukten, Gemüse und Obst. Aber es wurde täglich schlimmer. Die laktosefreien Produkte, zu denen Elena ihr geraten hatte, machten die Sache auch nicht besser.

Das Einzige, das sich positiv zu entwickeln schien, war der Bau-Prozess, den sie noch zu Ende führen wollte. Seit sie herausgefunden hatte, dass just jenes Architektenteam die Gruppe der Objektgegner beriet, die seinerzeit den diesbezüglichen Architektur-Wettbewerb verloren hatte, waren sie ein gutes Stück weitergekommen. Leider würde sich der Prozess durch die Urlaubszeit weiter verzögern. Außerdem hatte sie immer öfter das Gefühl, es wäre Doktor Müller lieber gewesen, wenn sie nicht gar so viel herausgefunden hätte. Sie musste sich irren. Er hatte das Mandat seinerzeit doch so freudig angenommen.

Während sie sich wortlos im Fernsehen ein Polit-Journal ansahen, fühlte Kerstin eine leichte Übelkeit aufsteigen, gefolgt von einem verdächtigen Bauchgrummeln. Kurz darauf eilte sie zur Toilette.

Als sie zurückkam, sagte Roman. „Vielleicht solltest du doch zu diesem Doktor Fritsch gehen."

Vielleicht sollte sie das wirklich.

*

Sie hätte nicht hierherkommen sollen, dachte Kerstin wütend. Dieser Doktor Fritsch war zugegebenermaßen nicht ganz hässlich, möglich auch, dass er ein passabler Mediziner war, aber er war auch überheblich und arrogant. Dass ihr das beim letzten Mal nicht aufgefallen war, konnte nur an ihrem angeschlagenen Gesundheitszustand gelegen haben. Vielleicht war das ja seine Masche. Erst machte er die potenzielle Kundschaft mit Shrimps-Brötchen gefügig, damit er sie danach behandeln konnte.

Sie war wegen ihrer Unverträglichkeiten gekommen, nicht um sich von ihm erklären zu lassen, wie sie leben sollte. Verdammt noch mal, sie hatte Verdauungsprobleme, sonst nichts. Das würde sie ihm jetzt aber auch gleich sagen. Sie räusperte sich: „Nur damit wir uns richtig verstehen, ich bin gekommen, weil ich dachte, Sie könnten meine

Lebensmittelunverträglichkeiten nicht nur testen, sondern auch behandeln."

„Kann ich auch, aber die Therapie wird Ihrem Körper einiges abverlangen und dazu ist es notwendig, dass Körper und Geist sozusagen im Gleichklang schwingen. Ich wollte nur, dass Sie das verstehen."

Zweifelte er an ihrem Verstand? Das wurde ja immer besser.

„Wegen der paar Unverträglichkeiten kann ich leider nicht mein ganzes Leben auf den Kopf stellen."

„Das müssen Sie auch nicht, vielleicht könnten Sie zum Einstieg einfach ein paar Details variieren."

„Die da wären?", fragte sie spitz.

Er sah sie an, lächelte, dann sagte er betont langsam: „Warum habe ich jetzt das Gefühl, dass Sie das gar nicht wollen?"

Da konnte er allerdings recht haben. Sie gestand niemandem das Recht zu, ihr zu sagen, wie sie leben sollte. Sie setzte ihr überhebliches Juristengesicht auf, das für die uneinsichtige Gegenpartei, und sagte: „Möglich, aber was ich wirklich wissen möchte, ist: Wann kann ich, so ich mich auf Ihre Therapie einlasse, mit Ergebnissen rechnen?"

Wieder dieser lange Blick. Dann lehnte er sich zurück, bildete mit seinen Händen ein Dreieck. „Lassen Sie es mich so sagen. Ergebnisse gibt es immer, weil der Körper auf jeden Fall auf die Behandlung reagiert. Was ich Ihnen nicht versprechen kann, ist, dass Ihnen diese Ergebnisse von Anfang an positiv erscheinen."

„Sorry, aber das versteh ich gerade nicht."

„Sehen Sie, in Ihrem Job gibt es sicher auch Ergebnisse, die Sie nicht erwartet oder nicht erwünscht haben, weil eine dritte Stelle, in Ihrem Fall das Gericht, anders entscheidet, als Sie das erwarten."

„Das ist mir bekannt."

„Ihr Körper verhält sich möglicherweise wie das hohe Gericht. Wir wissen nie, wie er sich entscheiden wird. Allerdings mit einem gravierenden Unterschied: Wenn wir beide es wirklich wollen, werden wir am Ende obsiegen."

„Das heißt mit anderen Worten, die Behandlung kann langwierig und mühsam werden."

Sein freundliches Lächeln verwandelte sich in grinsen. „So kann man es auch sagen. Aber wie gesagt, wir können gewinnen."

„Darf ich darüber nachdenken?"

„Aber sicher."

*

Kerstin war verwirrt. Was war das denn für ein komischer Heiliger? Sie war überzeugt gewesen, dass er sie zu dieser höchst alternativen Therapie überreden wollte – aber er hatte es nicht getan. Nicht einmal einen neuen Termin hatten sie vereinbart.

„Wenn Sie überzeugt sind, dass Sie Ihre Unverträglichkeiten wirklich loswerden wollen, dann melden Sie sich einfach", hatte er zum Abschied gesagt.

Er war wohl ziemlich überzeugt von sich, der Herr Doktor.

In der Zwischenzeit hatte Kerstin mehrere Stunden Internetrecherche hinter sich. Die Schulmedizin hatte in Sachen Lebensmittelallergien scheinbar nicht allzu viel anzubieten. Es gab zwar zahlreiche Tests, um Allergien sowie Unverträglichkeiten nachzuweisen, aber standen diese einmal fest, ging es nur noch darum, wie man die ermittelten Stoffe vermeiden und wodurch man sie ersetzen konnte.

Die Methode, die Fritsch anwandte, versprach hingegen, dass die Stoffe nach der Behandlung für den Körper vollkommen unschädlich sein würden. Kerstin hatte dazu eine Plattform gefunden, in der Betroffene erstaunliche Dinge berichteten. Wollte sie nicht ihr Leben lang Diät halten, blieb ihr gar nichts anderes übrig, als die Behandlung zu versuchen – wie mühsam sie auch immer sein mochte.

Fritsch hatte mit seiner unorthodoxen Testmethode herausgefunden, dass sie nicht nur Meeresfrüchte schlecht vertrug, sondern auch Milchprodukte, Eier, Weizen und Vitamin C. Das erklärte natürlich so einiges. Genau das hatte sie, um gesund zu leben, in den letzten

Wochen hauptsächlich gegessen, doch ihre Beschwerden waren immer schlimmer geworden.

Mühsam würde die Sache allerdings werden, denn im Anschluss an jede Behandlung hätte sie eine 25-stündige Karenz des jeweils behandelten Stoffes einzuhalten und durfte keinen Alkohol trinken. Die Sache mit dem Alkohol war für sie kein Problem, aber sie sollte sich in dieser Zeit auch nicht über die Maßen anstrengen, weder körperlich noch seelisch, und nicht ärgern, schon gar nicht über uneinsichtige Kollegen, hatte Fritsch lächelnd dazu gesagt und ihr angeboten, die Behandlungen am Freitagnachmittag anzusetzen.

Je länger sie darüber nachdachte, desto besser gefiel ihr der Gedanke. Sie könnte sich anschließend einen gemütlichen Leseabend gönnen, anstatt mit Roman im Fitnesscenter zu schwitzen. Sie würde ausgiebig schlafen, am Samstagvormittag ein paar Stunden arbeiten, und wäre am Nachmittag bereit, sich wieder mit Roman zu treffen.

Entschlossen nahm sie ihr Smartphone zur Hand und wählte die Nummer der Praxis Dr. Fritsch.

*

Auch wenn Kerstin zugeben musste, dass Fritsch für jeden ein Lächeln übrig hatte, fand sie ihn arrogant oder zumindest unnötig distanziert. War es wirklich notwendig, sie so lange warten zu lassen? Der letzte Patient hatte schon vor einer Viertelstunde den Behandlungsraum verlassen.

Und dann noch diese unselige Vertraulichkeit ihrerseits. Was hatte sie ihm während der ersten Behandlungen nicht schon alles erzählt. Dabei war das sonst nicht ihre Art. Und er? Nicht ein bisschen. Sie wusste nur, dass er verheiratet war und zwei Kinder hatte. Einen Sohn von zwölf und eine Tochter von sechs Jahren. Die Kleine dürfte sein Nesthäkchen sein, so viel hatte sie immerhin herausgehört.

Als sie endlich an der Reihe war, entschuldigte er sich mit knappen Worten für die Verzögerung. Eine private Angelegenheit.

Okay, distanziert sein konnte sie auch. Von ihr würde er kein privates Wort mehr hören. Auch die Geburtstagseinladung ihrer Mutter überreichte sie ihm erst am Ende der Behandlung. Und statt „Es würde mich auch sehr freuen …", sagte sie: „Beinah hätte ich es vergessen …"

Er nahm ihr das Kuvert aus der Hand, öffnete es und sagte: „Herzlichen Dank. Ihre Mutter hat mir das Fest ja schon angekündigt und ich komme selbstverständlich gerne. Allerdings fürchte ich, dass meine Frau mich an diesem Wochenende nicht begleiten kann."

Warum freute sie das jetzt? Er war verheiratet. Ob er mit oder ohne Ehefrau erschien, war egal.

Warum seine Frau ihn wohl nicht begleiten konnte? Vielleicht wollte sie es einfach nicht. Vielleicht hatten die beiden Zoff. Vielleicht war er ein ganz unmöglicher Ehemann oder gar notorisch untreu?

Elena

Das Geburtstagsfest

Diesmal würde sie an nichts sparen – diesmal würde sie es krachen lassen. Sie hatte den Rittersaal im Stadtschloss gemietet, dazu ein edles Catering bestellt und ihre Gästeliste wies über sechzig Gäste auf.

Was soll's? 60 wird man schließlich nur einmal. Und wie oft konnte man schon einen geheimen Lottogewinn feiern?

Trotz Feierlaune musste Elena zugeben, dass die beiden Ereignisse sie nicht so fröhlich stimmten, wie sie es eigentlich sollten. Ganz im Gegenteil, sie belasteten sie sogar mehr als ihr lieb war.

Der Sechziger an sich wäre ihr egal, wäre da nicht der allzu frühe Ruhestand, in den die Kinder sie gedrängt und an den sie sich immer noch nicht gewöhnt hatte. Das süße Nichtstun ging ihr mit jedem Tag mehr auf die Nerven. Ja, sie hatten es gut gemeint. Der Kardiologe war damals auch der Meinung gewesen, die Praxis wäre mehr, als sie gesundheitlich verkraften könnte. Doch in der Zwischenzeit gab sogar er zu, dass sie wieder fit war. Und jetzt? Sie hatte schon das ganze Haus auf den Kopf gestellt, sogar Dachboden und Keller hatte sie entrümpeln lassen. Ihre Cousine Frieda hatte ihr geraten, einen Spanischkurs zu machen. Warum in drei Teufels Namen sollte sie Spanisch lernen? Spanien war nicht einmal eines ihrer bevorzugten Urlaubsländer, dort war es doch viel zu heiß.

Der geheime Lottogewinn machte ihr ebenfalls zu schaffen. Nicht der Gewinn an sich, aber dass sie mit niemandem außer Helmuth Burger darüber reden konnte, machte sie halb wahnsinnig.

Zum Glück hatte sie jetzt mit der Geburtstagsfeier zu tun – denn um die Raumdekoration und den Tischschmuck wollte sie sich selbst kümmern. Da das Fest Ende August stattfinden würde, hatte sie sich für die kräftigen Farben des Spätsommers entschieden. Ein passendes Kleid hatte sie sich auch bereits gekauft, schwarz, mit leuchtenden Herbstblumen bedruckt. Kerstin hatte ein wenig mit den Augen gerollt, als sie es ihr gezeigt hatte. Kein Wunder, unauffällig war es nicht gerade – aber fesch.

Um die Tischordnung musste sie sich auch kümmern. Da sie sich für runde Tische entschieden hatte, an denen sechs bis acht Personen Platz fanden, war die Sache zwar etwas einfacher, denn einige Tischrunden ergaben sich ganz von selbst. Andere bereiteten ihr schon mehr Kopfzerbrechen, und die kniffligste Frage war, wer an ihrem Tisch sitzen sollte. Ihre Kinder? Keine gute Idee. Mit denen konnte sie sich das ganze Jahr über unterhalten. Außerdem waren sich Axel und Kerstin sowieso nicht ganz grün. Daran würde Axels neuer Job nichts ändern, ganz im Gegenteil. Kerstin waren auch die Grünen nicht ganz grün. Elena übrigens auch nicht, aber sie würde sich hüten, etwas Derartiges anzudeuten, wo sie doch heilfroh war, dass der Bub endlich einmal einen Job hatte, der ihm Freude zu machen schien.

Sie würde sich einfach die Frage stellen: Wen möchte ich an diesem Abend an meiner Seite haben?

Henriette, ganz klar, und Helmut Burger vielleicht? Die Abende mit ihm waren wirklich sehr anregend gewesen. Schade, dass er gar so korrekt war. Schließlich waren sie beide ungebunden – und ganz so alt waren sie auch noch nicht. Zumindest würde sie ihn bald wiedersehen. Maren hatte ihm einige neue Objekt genannt, die sie sich gemeinsam ansehen würden. Er hatte ihr zwei Termine angeboten, einen am Vormittag, einen am späten Nachmittag. Sie hatte den zweiten gewählt. Vielleicht ergab es sich, dass sie nachher eine Kleinigkeit essen gingen? Er gefiel ihr – und er schien genauso einsam zu sein wie sie, allerdings mit dem Unterschied, dass er wenigstens seine Kanzlei noch hatte.

Elena hatte bereits überlegt, ob sie eine kleine Privatpraxis aufmachen sollte. Aber sie konnte Fritsch ja schlecht ihre alten Patienten abwerben, also hatte sie diese Idee wieder verworfen.

Seufzend wandte sie sich der Tischordnung zu. Fritsch kam allein, seine Frau sei verreist, hatte er geschrieben. Auch gut, sie hatte sowieso Damenüberschuss. Ob sie Fritsch an ihren Tisch setzen sollte? Besser würde sie ihn zu Kerstin und Roman setzen, da Kerstin doch jetzt seine Patientin war. Und was sollte sie mit Marens Eltern machen? Axel und sein Schwiegervater ergaben eine explosive Mischung, speziell wenn sie über politische Themen diskutierten und beide etwas getrunken hatten. Möglich, dass sie sich ob des vornehmen Ambientes zurückhalten würden. Trotzdem wäre es sicher besser, es nicht darauf ankommen zu lassen.

Vielleicht sollte sie Marens Eltern zu ihrer Cousine Frieda setzen. Friedas Mann war auch ziemlich konservativ, die vier könnten sich gut verstehen. Zu Maren und Axel könnte sie die Mosers setzen … ja genau, Konsul Moser saß doch im Stadtsenat, da würden sich hoffentlich ein paar gemeinsame Interessen finden. Gute Idee!

*

Der Sommer war lang und heiß gewesen, fand Elena, aber am Tag ihres Geburtstagsfestes war traumhaftes Spätsommerwetter: strahlend blauer Himmel, knapp 25 Grad, dazu ein laues Lüftchen. Elena hatte auf der Terrasse decken lassen.

Die Begrüßung und der Aperitif hatten im Schlosspark stattgefunden. Während die Gäste nun ihre Plätze einnahmen und der Service sich um die Getränke kümmerte, ging sie von Tisch zu Tisch, um hier und da noch Gäste miteinander bekannt zu machen.

„Täusche ich mich oder sind Marens Gesichtszüge eben etwas entglitten?", fragte sich Elena, während sie Konsul Moser und seine Gattin, beides langjährige Patienten und Freunde aus dem Golfklub, mit Axel und Maren bekanntmachte.

„Aber wir kennen uns doch. Wir sind ja faktisch Kollegen", sagte Pia fröhlich und reichte erst Axel, dann Maren die Hand.

Jetzt fiel bei Elena der Groschen. Himmel, was hatte sie da nur angerichtet? Pia Moser. Hieß so nicht auch die Schriftstellerin, derentwegen Maren angeblich ausgeflippt war? Die musste es sein. Moser war ein so gebräuchlicher Name, da hatte Elena einfach keinen Zusammenhang hergestellt. Außerdem kannte sie Pia nur als Journalistin, sie wusste gar nicht, dass sie auch Romane schrieb.

Ob Maren mit ihrem Verdacht recht hatte? Pia war eine attraktive Frau, ihr Konsul schon etwas behäbig und etliche Jahre älter. Im Golfklub hatte eine Zeit lang das Gerücht die Runde gemacht, Pia hätte ein Verhältnis mit dem feschen Golftrainer gehabt. Elena hatte das für eine bösartige Verleumdung gehalten. Aber möglich wäre es, denn Pia sah nicht nur gut aus, sie spielte auch hervorragend Golf.

Elena hatte einen Moment nicht zugehört, verstand daher nicht ganz, warum Maren „Sie Glückspilz!" zu Konsul Moser sagte. Es hatte nach einer Spitze geklungen.

„Nenne keinen Mann glücklich, bevor er nicht tot ist. Aristoteles", entgegnete der Konsul fröhlich und mit laut tönender Stimme.

„Nicht ganz", korrigierte Axel. „Der Satz kommt bei Herodot vor, und zwar im Zusammenhang mit einer Erzählung über die Begegnung zwischen Solon und Kroisos. Es geht dabei …"

„Ach, Grieche bleibt Grieche", unterbrach der Konsul gut gelaunt. Elena lächelte allen zu und enteilte. Musste Axel sich so wichtig machen mit seiner humanistischen Bildung?

*

Was für ein fantastischer Tänzer Helmut Burger doch war, dachte Elena wenig später, während sie sich mit ihm im Walzertakt drehte. Schon allein dafür hatte sich der ganze Aufwand gelohnt.

Kerstin und Klaus Fritsch schienen sich auch gut zu verstehen, zumindest auf dem Tanzparkett. Und wo war Roman?

Seine Tanzkünste waren jedenfalls vergleichsweise bescheiden, wie sie bereits selbst festgestellt hatte. Die Freude am Tanzen war eine der wenigen Freuden, die Kerstin und sie teilten. Axel hatte sie dieses Tanz-Gen leider nicht vererbt. Trotzdem sah sie ihn eben mit Pia Moser aufs Parkett kommen. Erstaunlich.

Wenig später konnte sie beobachten, wie Pia Moser Axel entschlossen über die Tanzfläche schob. Die Frau schien zu wissen, was sie wollte. Arme Maren. Wo war sie eigentlich? Sieh da, sie hockte mit Roman zusammen. Die beiden sahen nicht besonders froh aus.

*

Den Tag nach der Geburtsparty, ein Samstag, verbrachte Elena damit, ihre Geschenke auszupacken, die Glückwunschkarten zu lesen und die Blumen hübsch zu arrangieren. Da sie nicht ausreichend passende Vasen besaß, hatte sie sich dafür in der Nachbarschaft welche organisieren müssen, was ihr einen Kaffeeklatsch bei der linken und ein Glas Prosecco bei der rechten Nachbarin eingetragen hatte.

Als sie wieder in ihr stilles Haus zurückkam, dachte sie einmal mehr, wie schön es doch wäre, jemanden zu haben, mit dem sie ihre Freude hätte teilen können.

Zum Glück hatte sie, als kleine Nachfeier, für Sonntagmittag die Familie zum Grillen eingeladen.

Kerstin kam als Erste. Allein.

„Wo ist Roman?"

„Kommt nach. Spielt mit Herbst Tennis."

„Ist das nicht der neue ..."

„Jener", antwortete Kerstin. Es klang nicht, als wollte sie die Sache vertiefen. Elena hätte zwar dazu einiges zu sagen gehabt, beschloss aber, sich besser nicht einzumischen. Die beiden hatten es auch ohne ihr Zutun nicht einfach. Außerdem kamen gerade Axel und Yvonne.

„Wo ist Maren?"

„Kommt nach, hat noch eine Besichtigung."

„Dann ist's ja gut."

„Was hast du denn gedacht?", fragte er angriffslustig. Elena kannte diesen Ton – klang nach schlechtem Gewissen. Sie sparte sich weitere Erörterungen, drückte ihm die langen Streichhölzer in die Hand, sagte „Anzünden" und schob ihn in Richtung des Grills.

„Du hast für acht gedeckt, wer wird denn noch erwartet?", hörte sie Axel von der Terrasse her.

„Marens Eltern."

„Wieso das denn?"

„Ich sagte Familientreffen. Gehören sie etwa nicht zur Familie?"

„Bestenfalls zur erweiterten", maulte Axel.

„Ansichtssache. So gesehen gehöre ich für Maren auch nur zum erweiterten Familienkreis. Das ist doch kindisch. Außerdem bitte ich dich, politische Themen zu vermeiden", sagte Elena, dann machte sie sich auf den Weg in die Küche.

*

Das Essen war einigermaßen friedlich verlaufen, auch Maren und Roman waren in der Zwischenzeit eingetroffen. Beide hielten sich, von unverbindlichem Geplauder abgesehen, mit Kommentaren zu Elenas Geburtstagsfest zurück. Dennoch meinte Elena zu spüren, dass bei beiden Paaren keine allzu große Harmonie herrschte. Jetzt war sie fast dankbar, dass Karl, Marens Vater, doch wieder ein politisches Thema angestoßen hatte. Als ehemaliger Unternehmer und Funktionär der Wirtschaftskammer hatte er ein eher gestörtes Verhältnis zu allem, was politisch links war. So gesehen war ihm Axels neuer Job natürlich suspekt. Noch hielt man sich an allgemeine politische Themen. Elena fragte sich allerdings, wie lang noch.

„Wir sind eine Stadt mit kaum 500.000 Einwohnern und haben sechs Parteien im Rathaus sitzen. Das ist doch aberwitzig", hörte sie Karl sagen.

„Mit einer Partei funktioniert nun einmal keine Demokratie", antwortete Axel. Es klang ziemlich von oben herab.

„Das ist mir bekannt, aber es müssen ja nicht gleich sechs sein, noch dazu vier linke."

„Sei doch froh. Je mehr sie sich zersplittern, desto weniger Chancen haben sie", gab Kerstin zu bedenken. Die Idee schien Karl zu gefallen, doch Axel murmelte: „Warum ausgerechnet die Rechten immer glauben, recht zu haben."

Dann schnappte er sich sein Badetuch und folgte Yvonne zum Schwimmteich.

Elena wusste nicht so recht, ob Kerstin politisch tatsächlich auf Karls Seite stand. Aber niemals würde sie eine Gelegenheit auslassen, ihren Bruder zu ärgern.

Axel

Die Grünen

Je länger Axel für die Grünen arbeitete, umso mehr zweifelte er daran, dass das wirklich die Partei seiner Träume war. Vielleicht hatte er aber auch nur den falschen Beruf. Vermutlich hätte er nicht Politikwissenschaften, sondern Philosophie studieren sollen. Politisch tätig zu sein – und sei es auch nur als Berater –, bedeutete ganz offensichtlich, ständig mit irgendjemandem um irgendetwas zu kämpfen, sei es um Wählerstimmen, Mandate oder Spendengelder.

In dem Sinn war Axel kein Kämpfer. Er wollte die Gesellschaft verändern, nicht den Stand der Parteikasse.

Vielleicht hätte er Maler werden sollen, wie Ossi. Dann säße er jetzt nicht in diesem dämlichen Büro, sondern hätte seine Staffelei irgendwo im Grünen aufgestellt und würde die Stille der Spätsommertage mit ihrer üppigen Farbenpracht auf Leinwand festhalten. Kein übler Gedanke.

Er könnte sich natürlich auch sein Tablet nehmen und sich in Elenas Garten an den Teich setzen, um an seinem Roman zu arbeiten. Allerdings bekäme er dann Ärger mit Stefan Schwamm. Vielleicht würde er auch seinen Job verlieren. Er könnte sich an den Gedanken gewöhnen, nur mit Maren bekäme er dann wieder Probleme, wo sie die letzten doch eben erst überwunden hatten. Marens Eifersucht auf Pia war einfach lächerlich, dennoch hatte es einige Zeit gedauert, sie davon zu überzeugen, dass sie grundlos war. Ein unnötiger Streit, dem allerdings eine sehr innige Versöhnung gefolgt war. So leidenschaftlich war Maren schon lang nicht mehr gewesen. Wie sagte sie sonst immer, Konkurrenz belebt das Geschäft? Vielleicht hatte sie sogar recht.

Jedenfalls war Maren seit einigen Wochen auf der Suche nach einer neuen Wohnung. Zum Glück hatte sie bisher noch nichts Passendes gefunden, aber sie würde dran bleiben, soviel war sicher. Es schien, als gäbe es für ihn zurzeit keinen Ausweg aus diesem Büro. Seufzend wandte er sich wieder den Unterlagen zu.

Wie sollten sie auf die ungerechtfertigten Beschuldigungen des Bürgermeisters reagieren? Offenbar dachte der immer noch, Angriff sei die beste Verteidigung. Schwachsinn. Der Herr Bürgermeister hatte Mist gebaut, das stand fest. Um davon abzulenken, warf er ihnen jetzt Amtsmissbrauch vor. Lächerlich, sie stellten gerade einmal einen Stadtrat, der noch dazu ständig von anderen Ressortchefs übergangen wurde.

Hatte er, Axel Prinz, nicht schon als einfacher Bezirksrat vor einer Dreier-Koalition mit den Sozialdemokraten und den sogenannten Liberalen gewarnt? Diese Liberalen waren so wenig liberal wie die Sozialdemokraten sozial waren.

Waren die Grünen eigentlich grün? Er vermutete, dass es zumindest die meisten waren. Wenn er allerdings an Schwamm und Konsorten dachte, befielen ihn Zweifel. Schwamm selbst nannte sich einen Pragmatiker. Je besser Axel ihn kennenlernte, desto mehr neigte er dazu, ihn als Wendehals zu bezeichnen. Jedenfalls mussten sie verdammt viele Kompromisse eingehen, seit sie in dieser Koalition steckten.

Was den Bürgermeister betraf, so hielt Axel ihn für einen Scharlatan, der es jedoch ausgezeichnet verstanden hatte, das Wahlvolk um den Finger zu wickeln. Noch versuchte er, die Vorwürfe wegzulächeln. Aber wenn Pia recht behielt, würde ihm das Lachen bald vergehen.

Apropos Pia. Er sah auf die Uhr. Schon halb drei. Das war gut. Er würde sie in einer Stunde im Café Corso treffen.

*

Axel hatte beschlossen, dass es besser wäre, Maren nichts von diesem Treffen zu erzählen. Wozu auch? Sie bemühte sich zwar redlich, so zu tun, als würde sie sich für seinen Job interessieren, aber er wusste es besser. Die Vorgänge bei den Grünen interessierten sie in Wahrheit ebenso wenig wie ihn die Details des Immobiliengeschäftes.

Als er ins Corso kam, war Pia schon da. Sie saß etwas nach vorne gebeugt und tippte in ihr Tablet. Das dunkle, lockige Haar fiel ihr ins Gesicht, neben ihr stand das unvermeidliche Glas Prosecco.

Als sie ihn bemerkte, sagte Pia: „Hör zu, wir tun jetzt so, als würde ich ein Interview mit dir machen. In wenigen Minuten kommt auch ein Fotograf, der pro forma ein paar Bilder schießen wird. In Zukunft müssen wir uns an etwas weniger frequentierten Plätzen treffen."

„Aber mich kennt doch keiner."

„Noch, aber das könnte sich bald ändern. In Wahlkampfzeiten stehen die Berater ja neuerdings im Fokus des Interesses."

„Möglich, aber wir haben keinen Wahlkampf."

„Glaub mir, wenn wir die Informationen, die ich eben bekommen habe, ordentlich verwerten, haben wir Wahlkampf – zumindest in unserer Stadt."

Sie hatte „wir" gesagt. Axel bestellte eine Tasse Tee. Wenn er nervös war, schlug ihm Kaffee neuerdings auf den Magen, und er musste zugeben, dass er sich ganz kribbelig fühlte. Ob das an Pias Ausstrahlung, ihrem Parfüm oder ihren Neuigkeiten lag, vermochte er im Augenblick nicht zu sagen. Während er in seinem Tee rührte, begann Pia zu erzählen.

Als sie geendet hatte, fragte er: „Woher wisst ihr das?"

„Quellen!", antwortete Pia. Es klang selbstgefällig. Dann kam der Fotograf und machte ein paar Fotos. Gleich danach fuhr Pia in die Redaktion und Axel beschloss, noch einmal ins Büro zurückzugehen. Das hatte er ursprünglich gar nicht vorgehabt. Aber er musste Schwamm unverzüglich erzählen, was er soeben erfahren hatte.

*

„Wenn ich alles richtig verstanden habe", fasste Maren zusammen und nahm noch einen Schluck Rotwein, „dann hat Bürgermeister

Lennert erstens undeklarierte Wahlspenden angenommen, bei denen es sich vermutlich um Schwarzgeld handelte, und im Gegenzug den edlen Spendern Zusagen gemacht, die er nun nicht einhalten kann."

Axel nickte.

„Und weil es sich um Schwarzgeld handelt, wählen die edlen Spender nun den Umweg über den politischen Gegner?"

Axel nickte wieder. „Zumindest einer von ihnen."

Eine Weile dachte Maren darüber nach, dann fragte sie: „Gibt es dafür auch Beweise?"

„Schwamm sagt, wir brauchen keine Beweise."

„Du meinst, sie ziehen Lennert einfach in den Dreck und haben keinen Beweis dafür?"

„Traust du es ihm etwa nicht zu?"

„Doch, der Kerl war mir schon immer suspekt, aber das ist doch nicht der Punkt."

Damit hatte Maren den Finger in die Wunde gelegt. Genau das störte auch ihn an der Sache, deshalb hatte er es ihr anvertraut, obwohl er Schwamm in die Hand versprochen hatte, mit keiner Menschenseele darüber zu reden. Aber auf Maren konnte er sich hundertprozentig verlassen. Ihr konnte er einfach alles sagen - nur dass die Info von Pia war, erwähnte er besser nicht.

„Was wirst du jetzt tun?", unterbrach Maren seine Überlegungen.

„Gute Frage. Wozu würdest du mir raten?"

*

Axel hatte seiner Partei am nächsten Tag empfohlen, die Vorwürfe erst zu verwenden, wenn Beweise vorlagen. Schwamm hatte ihn ausgelacht und auch die Parteispitze schien kein Problem mit fehlenden Beweisen zu haben.

„Wollen Sie das Schwein etwa davonkommen lassen?", hatte die Parteivorsitzende ihn gefragt.

„Natürlich nicht, aber wenn wir jetzt die große Schmutzkübelkampagne starten und am Ende nichts dran ist, sind wir doch die Blamierten."

„Ist Ihr Informant denn nicht vertrauenswürdig?"
„Doch, schon."
„Na also. Außerdem ist an solchen Gerüchten immer etwas dran. Keine Partei kann auf solche Spender verzichten."
„Wir auch nicht?", fragte Axel erstaunt.
„Wir auch nicht. Aber keine Angst, so dämlich wie Lennert haben wir uns dabei nicht angestellt, und wir haben auch keine Versprechungen gemacht, die wir nicht einhalten können."
„Wie beruhigend", murmelte Axel.

Kerstin

Versprechen

„Hallo Axel, ich muss mit dir reden."

„Danke der Nachfrage, mir geht es auch gut."

Kerstin, die sich nur selten mit unnötig langen Vorreden aufhielt, überging seine Bemerkung und fuhr fort: „Allerdings nicht am Telefon, wir müssen uns treffen."

„Klingt ja aufregend. Soll ich vielleicht zu dir kommen?" Sein Büro lag nur wenige Gehminuten von ihrer Wohnung entfernt, aber vermutlich erwartete er dann so etwas wie ein Abendessen. Also antwortete sie: „Besser, ich komme zu euch, sagen wir um acht?"

„Maren wird sich freuen. Vor allem, wenn du schon um halb acht kommen könntest."

„Also gut, halb acht, damit alle Freude haben."

„Wieso alle? Gehst du davon aus, dass ich mich auch freue?"

Mit ähnlich dämlichen Äußerungen war er ihr schon immer auf den Geist gegangen. „Das wird schon noch. Also dann, bis später."

Diesmal würde er sich wundern.

*

Kerstin kam punkt halb acht, schon um Axel einmal mehr zu beweisen, dass Pünktlichkeit möglich war. Yvonne öffnete und fiel ihr zur Begrüßung um den Hals. Kerstin mochte ihre Nichte, aber man musste ja nicht übertreiben.

„Wonach riecht es denn hier?", fragte Kerstin.

„Nach Lasagne. Das haben wir dir zu verdanken, die kocht Mama nie für uns drei."

Vielleicht deshalb die freudige Begrüßung.

Während des Essens sprachen sie über belangloses Zeug, aber kaum hatte Maren den Tisch abgeräumt, sagte Kerstin zu Axel: „Können wir jetzt reden?"

„Jederzeit."

Sie warf einen bedeutungsvollen Blick auf Maren und Yvonne, aber nicht Axel, sondern Maren reagierte darauf. Mit einem Blick auf Yvonne sagte sie: „Leider müssen wir beide uns noch um den Englischaufsatz kümmern. Aber du bleibst ja noch ein Weilchen, ich mache uns später noch eine Zabaione.

„Die möchte ich auf keinen Fall versäumen", antwortete Kerstin, auch wenn sie nicht sicher war, ob sie die Zabaione vertragen würde. Sie war sonst nicht so leichtsinnig, aber sie liebte dieses Dessert. Es erinnerte sie an das Weinchadeau, das Oma Rosalia früher manchmal gemacht hatte.

Als die beiden das Wohnzimmer verlassen hatten, sagte Kerstin: „Wie du weißt, bearbeite ich die Causa, in der die Stadtregierung ihre ursprünglich erteilte Baubewilligung widerrufen hat."

Axel nickte. „Weil dazwischen die Wahlen lagen. Ich halte unseren Bürgermeister zwar für einen Rechtspopulisten der übelsten Sorte, aber in dem Fall kann ich ihn sogar verstehen."

„Aber die Stadt muss sich doch an ihre Zusagen halten – und sie muss in die Höhe wachsen. Schon weil die Grundkosten deutlich stärker gestiegen sind als die Baukosten."

„Das weiß ich auch. Aber die Anrainer haben der Stadtregierung die Hölle heiß gemacht."

„Das hätte die Stadtregierung üblicherweise kaltgelassen. In diesem Fall aber lag der Fall anders. Einerseits, weil einer der betroffenen Anrainer im Stadtrat sitzt, anderseits weil einer der im Wettbewerb unterlegenen Architekten ebenfalls der Stadtregierung angehört."

„Lass mich raten: lauter Liberale", mutmaßte Axel.

„Eben nicht, das hätte ich ja noch verstanden. Der eine ist ein Roter, der andere ein Grüner."

Als Axel darauf nicht antwortete, sagte sie triumphierend: „Hat es dir jetzt die Sprache verschlagen?"

„Allerdings. Warum sollte Lennert auf Vertreter anderer Parteien Rücksicht nehmen?"
„Das eben wollte ich von dir wissen", sagte Kerstin und trank von ihrer Limonade. Aber so wie ihr Bruderherz sie ansah, hatte sie keinerlei Hoffnung, dass sie heute noch etwas Spannendes erfahren würde.
Immerhin hatte sie seine Neugierde geweckt, denn er hatte versprochen, sich umzuhören, und Marens Zabaione war wieder einmal fantastisch gewesen.

Am nächsten Morgen schrieb sie eine Mail an Maren:

„Habe alles bestens vertragen – sollte öfter bei euch essen. K"

Und eine weitere an Doktor Fritsch:

„Unsere letzte Ei-Behandlung war offensichtlich ein voller Erfolg. Habe Zabaione vertragen!
Ihre Kerstin Prinz, MAS LLM"

Maren antwortete umgehend:

„Von mir aus kein Problem. Musst dich nur mit deinem Bruder einigen ;-)"

Von Fritsch hörte Kerstin vorerst nichts. Erst spätabends, Kerstin brütete noch über einer ihrer Akten, antwortete er:

„Haben Sie die Zabaione selbst gemacht? Wenn ja, darf ich um das Rezept bitten? Schlafen Sie gut – Ihr Klaus F"

Kerstin überlegte nicht lang und schrieb an Maren:

„Kann ich das Rezept von deiner traumhaften Zabaione haben?"

Die Antwort kam am nächsten Morgen:

„*Sag jetzt nicht, du willst sie selbst machen? Davon kann ich dir nur abraten. Für den Anfang würde ich dir zu Vanillepudding raten ;-) LG Maren*"

„*Vanillepudding brennt mir immer an. Mach dir keine Sorgen, ich lasse kochen. Kann ich dann das Rezept haben? K*"

*

Beim nächsten Behandlungstermin überreichte Kerstin Doktor Fritsch ganz nonchalant Marens Zabaione-Rezept.

„Wunderbar, vielen Dank. Sie müssen wissen, ich koche für mein Leben gerne, und ich mag – wie Sie – Zabaione. Aber sie ist mir noch nie so richtig gelungen."

Kerstin zog es vor, dies nicht zu kommentieren. Über ihre Kochkünste wollte sie sich besser nicht unterhalten.

Dessen ungeachtet schien Fritsch offenbar davon auszugehen, dass sie ebenfalls voller Begeisterung kochte, und während er auf ihrer Wirbelsäule auf- und abklopfte – diesmal behandelten sie Milch und Milchprodukte –, erzählte er voller Begeisterung von seinen letzten Heldentaten: „Vergangenes Wochenende habe ich Fisch in der Salzkruste gemacht. Haben Sie das schon einmal probiert?"

Kerstin schüttelte wahrheitsgemäß den Kopf.

„Das müssen Sie versuchen. Wenn Sie wollen, schicke ich Ihnen gerne das Rezept, ich habe es von meiner Nonna. Sie müssen wissen, meine Mutter ist Italienerin. Sie kocht nicht schlecht, aber meine Großmutter war eine ganz fantastische Köchin. Meine besten Rezepte habe ich von ihr. Es gibt ja unzählige Rezepte für die Salzkruste, es kommt auf die richtige Mischung an – und auf das richtige Salz. Wenn das nicht passt, kann es vorkommen, dass die Kruste am Fisch kleben bleibt. Das ist natürlich ein Desaster. Aber ich kenne es nur vom Hörensagen, denn mit Nonnas Rezept kann das gar nicht passieren. Außerdem habe ich von ihr die besten Pasta-Rezepte. Sie glauben nicht, wie fantastisch ganz schlichte Spaghetti pomodore schmecken können, wenn man die richtigen Zutaten hat. Ich bringe die Spaghetti immer aus Italien mit."

„Italienische Spaghetti gibt es doch in jedem Supermarkt", warf Kerstin ein. Sie hatte ja nicht viel Ahnung vom Kochen, aber italienische Spaghetti hatte sie immerhin schon gekauft. Allerdings nahm sie dazu ein Sugo aus dem Glas.

„Die aus dem Supermarkt können Sie vergessen. Die besten Spaghetti gibt es auf einem kleinen Weingut, etwa 50 km vom Haus meiner Großmutter entfernt. Wenn Sie die gegessen haben, wollen Sie keine anderen mehr. Ich bringe Ihnen nächstens eine Packung mit, sozusagen als Dankeschön für das Rezept."

Als Kerstin die Praxis verließ, dachte sie, dass die weltbesten Spaghetti mit dem Sugo aus dem Supermarkt vermutlich immer noch keine Sensation wären. Sollte Fritsch wirklich welche mitbringen, würde sie sie Elena schenken. Die hatte in letzter Zeit wieder richtig Spaß am Kochen.

*

„Wie komme ich denn zu dieser Ehre?", fragte Elena eine Woche später und legte das Paket mit den original italienischen Spaghetti auf die Küchenplatte.

„Hat Doktor Fritsch mir gestern mitgebracht. Wusstest du, dass er ein leidenschaftlicher Hobbykoch ist?"

„Ich meinte eigentlich die Ehre deines Besuches", sagte Elena und stellte einen großen Topf mit Wasser auf die Herdplatte, das sie kräftig salzte.

Kerstin notierte im Geist „viel Wasser, viel Salz", ehe sie antwortete: „Muss ich neuerdings einen Grund angeben, wenn ich meine Mutter besuchen will?"

Elena

Rezepte

Elena beschloss, auf Kerstins spitzen Ton nicht einzugehen. Aber irgendetwas steckte dahinter, wenn ihre Tochter sie unter der Woche besuchte, da war sie ganz sicher. Noch dazu um diese Zeit, es war knapp vor sieben. Roman beschwerte sich doch andauernd, dass Kerstin vor neun Uhr abends nie das Büro verließ.

„Hast du eigentlich Erfolge mit seiner etwas verrückt anmutenden Therapie?"

„Und ob! Erstens habe ich jetzt eine Liste aller Lebensmittel, die ich nicht vertrage, darunter waren übrigens Dinge, die ich nie vermutet hätte, beispielsweise Eier. Zweitens vertrage ich die Eier schon wieder, jetzt arbeiten wir an der Milch."

„Die Liste solltest du mir bei Gelegenheit zukommen lassen. Ich hoffe, es ist nichts dabei, was ich heute verkocht habe."

„Ich wollte doch nur Spaghetti pomodore. Beides kein Problem."

„Was meinst du mit beides?"

„Was wohl? Spaghetti und Tomaten."

„Und wie steht's mit Olivenöl, Zwiebeln, Salz, Zucker, Kräutern, Chili und Parmesan?"

„Ach so, ja", murmelte Kerstin und beförderte nach einigem Suchen das Handy aus ihrer riesigen Handtasche. Nach ein paar Minuten sagte sie: „Dürfte alles kein Problem sein, außer Parmesan, aber der kommt ja vermutlich ohnehin erst oben drauf."

Elena nickte und rührte das Sugo um, das schon seit einer guten Stunde vor sich hinköchelte. Dann kostete sie das Nudelwasser und gab die Spaghetti hinein. Aus dem Augenwinkel sah sie, dass Kerstin wieder auf ihrem Handy herumtippte. „Nur der Vollständigkeit halber. Was sagtest du, ist in diesem Sugo alles drin?"

Elena wiederholte die Zutaten und fügte hinzu: „Das Ganze sollte dann so ungefähr eine Stunde langsam vor sich hin köcheln."
„So lang? Das muss doch auch schneller gehen."
„Schon, aber dann schmeckt's nicht so gut. Der Tipp stammt übrigens von deinem Vater. Wenn du ihn das nächste Mal besuchst, solltest du ihn bitten, ein Gulasch zu machen - das ist ein Traum –, und er sagt, es sei nur deshalb so gut, weil er es fünf Stunden köcheln lässt."
„Wie du weißt, beschränkt sich unser Kontakt auf den schriftlichen Austausch von Glückwunschkarten: Ostern, Weihnachten und Geburtstag."
Natürlich wusste Elena das.
„Vielleicht vergesse ich es, weil ich es nicht verstehe. Du warst doch früher so ein Papa-Kind und du weißt, dass er darunter leidet."
Kerstin setzte ihre hochmütige Miene auf. „Seine Schuld, hätte er uns eben nicht verlassen dürfen."
„Unsinn! Er hat uns nicht verlassen, ich habe ihn hinausgeschmissen, das weißt du doch!"
„Weil er uns schon zuvor verlassen hat, geistig. Er hat den Hinauswurf verdient."
Während Elena die Pasta-Teller aus dem Küchenschrank holte, sagte sie: „Nachtragend bist du wohl gar nicht?"
„Doch."
So wie sie es sagte, schien sie es auch noch für einen Vorzug zu halten. Elena hielt den Mund, und das war gut so, denn bevor Kerstin ging, fragte sie doch tatsächlich um das Rezept für ihre Krautrouladen. Angeblich interessierte sich eine Kollegin dafür.
„Wer's glaubt", dachte Elena, während sie Kerstin zu ihrem Auto begleitete. Bevor Kerstin abfuhr, sagte Elena: „Grüß mir den Kollegen Fritsch. Seine Spaghetti waren eine Wucht. Wenn er nächstens nach Italien fährt, kann er gerne wieder welche mitbringen."

*

Als Elena später an ihrem Schreibtisch saß und sich durch die zahllosen Zinshaus-Exposés wühlte, dachte sie: „Langsam wird es Zeit, dass ich mich für ein Objekt entscheide, bevor Maren und Helmut Burger die Geduld verlieren."

Sie lächelte, als sie daran dachte, dass Maren noch immer keine Ahnung hatte, wer der geheimnisvolle Investor war, für den sie die unterschiedlichsten Angebote zusammentrug. Wenn es nach Elena ging, konnte das so bleiben. Reichte es nicht, wenn die Kinder eines Tages bei der Testamentseröffnung von dem Geld erfahren würden? Im Moment brauchte zum Glück keiner einen größeren Betrag. Beide hatten schließlich eine ordentliche Ausbildung, und solang alle leidlich gesund waren, konnten sie sich ihre Brötchen selbst verdienen.

Elena genügte es, im Hintergrund ein wenig die Fäden zu ziehen. Maren zum Beispiel hatte bisher zwar nur Arbeit mit der Sache gehabt – schließlich hatte die Arme die zahlreichen Exposés ausgearbeitet –, aber sie hatte auch erzählt, dass sie im Zuge dieser Arbeit zu einem anderen, recht einträglichen Geschäft gekommen war. Besonders witzig war, dass ausgerechnet Axel eines der Objekte verkauft und dabei diesen Schwamm kennengelernt hatte, dem er nun seinerseits einen Job verdankte. Ihr Geld hatte also schon Gutes bewirkt, ganz ohne es auszugeben. Der Gedanke gefiel ihr. Nannte man das etwa Umwegrentabilität?

Außerdem war es ihrem Gewinn zu verdanken, dass sie Helmut Burger wieder getroffen und erfahren hatte, dass er Witwer war.

Sie fand ihn schon damals ebenso klug wie attraktiv, auch wenn der Anlass nicht halb so erfreulich gewesen war, denn sie hatte die Scheidung zwar betrieben, aber deswegen nicht weniger darunter gelitten. Schließlich war das, was sie Ossi vorgeworfen hatte, auch Teil seines Charmes. Er verliebte sich rasch in einen Ort oder eine Idee – oder eben auch in einen Menschen.

Aber das war Schnee von gestern.

Morgen würde sie Helmut Burger wiedersehen. Sie wollten noch einmal zwei Zinshäuser besichtigen, anschließend etwas essen und dabei entscheiden, in welches der Objekte sie ihr schönes Geld investieren sollte.

Und dann?

Würde sie Burger auch noch treffen, sobald das Geschäft unter Dach und Fach war? Sie war sicher, dass sie das wollte, aber Burger verhielt sich immer noch sehr zurückhaltend; fast schon rätselhaft zurückhaltend, wenn man bedachte, dass er ebenso allein war wie sie selbst.

*

„Diese Gnocchi mit Wildfenchelpesto waren wirklich ein Traum. Danke für den Tipp", sagte Elena und spülte mit einem Schluck Rotwein nach. „Apropos Tipp. Ich fürchte, ich muss mich jetzt langsam entscheiden. Zu welchem Investment rätst du mir?"

Helmut Burger griff mit seinen langen schlanken Fingern zu seiner vornehmen Aktenmappe aus schwarzem Leder und holte eine Aufstellung heraus, die er vor Elena auf den Tisch legte. Dann rückte er etwas näher und legte seine Hand auf ihre Stuhllehne. „Deine liebe Schwiegertochter hat uns ja nicht nur sehr viele, sondern auch durchaus unterschiedliche Objekte angeboten. Ich habe sie hier sortiert und hoffe, diese Aufstellung bringt etwas Licht in die Sache."

Elena nickte. „Das Objekt sollte ein, zwei leer stehende Wohnungen haben. Die möchte ich für Flüchtlingsfamilien zur Verfügung stellen."

„Da würde ich dir zu dem Zinshaus in der Nelkengasse raten. Derzeit steht zwar nur eine Wohnung leer, aber sämtliche Wohnungen sind befristet vermietet, das wäre in diesem Fall von Vorteil. Außerdem verfügt das Haus über einen unbenützten Hoftrakt. Der müsste zwar saniert werden, bietet aber die Möglichkeit, weiteren Wohnraum zu schaffen."

„Was kostet das Objekt?"

„4,5 Millionen, mit Nebenkosten kommst du etwa auf die fünf Millionen, die du investieren willst."

„Wir müssen ja nicht gleich die ganze Summe ausgeben."
Er sah sie überrascht an.
Elena holte tief Luft. „Nun ja, ich dachte, solange wir ein gemeinsames Projekt haben, haben wir auch immer wieder Grund, einander zu treffen. Es ist immer sehr nett mit dir und es würde mir sehr leidtun, dich nicht mehr zu sehen."
Sein Gesichtsausdruck wechselte von überrascht zu amüsiert. Dann legte er seine Hand auf die ihre und sagte: „Wie sollte ich jemanden nicht treffen wollen, der so bezaubernd ist wie du?" In seiner Stimme lagen Zuneigung und eine gewisse Verlockung.
Die vertraute Geste und der Klang seiner Stimme verwirrten sie ein wenig, so dass ihr nichts anderes einfiel als: „Ehrlich?"
„Alles, was ich sage, meine ich ehrlich."
Dieser Mann war doch immer wieder für Überraschungen gut. Sie spürte, wie ihr Herz ein paar Takte schneller schlug, und sagte lächelnd: „Ja, gut, dann sehen wir uns das Haus in der Nelkengasse einmal genauer an."

Maren

Vermutungen

Maren stand an der roten Ampel und sah gelangweilt auf die gegenüberliegende Straßenseite. Nelkengasse 12. Das Haus hatte sie für diesen ominösen Anleger akquiriert und analysiert. Wurde langsam Zeit, dass der Mann sich für eines der Objekte entschied. Langsam zweifelte Maren daran, ob aus dem Geschäft überhaupt noch etwas werden würde. Dabei hatte sie eine Menge Zeit und Energie in die Sache investiert.

Kam da nicht Elena? Sie wollte schon hupen, als sie sah, dass Doktor Burger mit raschen Schritten auf Elena zuging und sie links und rechts auf die Wange küsste. Die Ampel hatte in der Zwischenzeit auf Grün geschaltet. Der Fahrer hinter ihr hupte. Ist ja schon gut. Maren fuhr los, bog jedoch nicht wie beabsichtigt nach rechts, sondern nach links ab, umkreiste den Häuserblock und suchte in der Nelkengasse nach einem Parkplatz.

Maren sah auf die Uhr. Sie hatte noch eine halbe Stunde Zeit bis zum nächsten Termin, abzüglich zehn Minuten Fahrtzeit blieb ihr eine gute Viertelstunde. Mal sehen, wann die beiden wiederkamen. Wenn sie, wie Maren vermutete, das Haus besichtigten, konnte es nicht allzu lang dauern. Ein saniertes Mittelhaus, nahezu alle Wohnungen vermietet, das Dachgeschoss bereits ausgebaut; außer einem unsanierten Hoftrakt gab es nicht viel zu sehen.

Sie sollte recht behalten. Wenige Minuten später kamen die beiden aus dem Haus und machten sich auf den Weg zu Elenas Wagen, der vis-à-vis parkte. Maren wartete, bis Elenas Mercedes außer Sichtweite war, dann fuhr sie ins Büro. Sie hatte genug gesehen.

*

Axel kam erst spät an diesem Abend. Diese unzähligen Versammlungen gingen Maren langsam auf die Nerven, besonders an einem Tag wie heute, wo sie ihm doch dringend von ihrer Beobachtung erzählen musste. Aber auch als er gegen zehn Uhr endlich die Tür aufschloss, musste sie sich noch gedulden. Erst hatte er Hunger, dann wollte er in Ruhe ein Bier trinken, das kannte sie schon. Sie zwang sich zur Ruhe, schenkte sich ein Glas Wein ein, ließ ihn erzählen, hörte anfangs nur mit einem halben Ohr zu. Erst als er mehrfach den Namen des Bürgermeisters nannte, wurde sie hellhörig. Es schien so, als würde Lennert erpresst werden. Aber womit? Es interessierte sie im Moment nicht allzu sehr.

Als Axel eine Nachdenkpause einlegte, sagte sie: „Hältst du es für möglich, dass deine Mutter der geheime Investor ist, für den ich seit Wochen Objekte heranschaffe?"

Axel warf ihr einen Blick zu, als hätte sie nicht alle Tassen im Schrank. „Wie kommst du denn darauf?"

Maren erzählte von ihren Beobachtungen.

„Das kann doch viele Gründe haben. Seit der Pensionierung ist Mutter chronisch unterbeschäftigt. Vielleicht ..."

„Ja?"

„Ich weiß auch nicht, vielleicht hat sie ihn einfach begleitet. Oder sie hilft bei ihm aus."

„Axel, bitte. Du glaubst doch nicht, dass einer Vollblutmedizinerin wie deiner Mutter nichts Besseres einfällt, als in einer Rechtsanwaltskanzlei Hilfsdienste zu leisten. Also wirklich."

„Weißt du, was ich glaube? Dieser Burger gefällt ihr."

„Das wäre einzusehen. Er sieht wirklich gut aus. Groß, nicht ganz schlank, aber auch nicht dick, eher stattlich, graue Schläfen, wirkt sehr sympathisch, vielleicht für meinen Geschmack ein klein wenig zu distinguiert, aber für deine Mutter ideal. Ich habe mir schon bei der Geburtstagsfeier gedacht, die beiden würden gut zusammenpassen."

„Na bitte", sagte Axel. Damit war das Thema für ihn erledigt.

Aber nicht für Maren. Sie wollte gern glauben, dass Elena eine Schwäche für Burger hatte, aber deswegen ging sie doch nicht mit ihm Zinshäuser besichtigen. Für derlei Dinge hatte sie sich doch nie interessiert.

*

Am Samstagnachmittag brachten sie Yvonne zu einer Geburtstagsparty und nutzten die freie Zeit für einen Spaziergang durch die Weinberge. Yvonne ging neuerdings nur höchst ungern mit ihnen spazieren. Sie fand das ebenso uncool wie peinlich.

Während Maren die letzten Sonnenstrahlen genoss und ihren Blick über das Tal schweifen ließ, überraschte Axel sie mit der Frage: „Ist Achim wieder fit?"

„Ja, schon, warum fragst du?"

„Na ja, vielleicht brauche ich in absehbarer Zeit wieder einen Job."

Maren musterte ihn argwöhnisch. „Du willst mir hoffentlich nicht schonend beibringen, dass du gekündigt hast?"

Er schüttelte langsam den Kopf. „Noch nicht, vielmehr möchte ich dich mit dem Gedanken vertraut machen, dass ich kündigen werde."

„Aber ... aber diese Arbeit für die Grünen, das ist doch genau das, was du immer machen wolltest."

„Das habe ich anfangs auch gedacht, aber in der Zwischenzeit habe ich erkannt, dass mein Interesse für Politik eher ein allgemeines ist. Ich möchte Politik aus einer objektiven Position betrachten und beurteilen. Das Spiel selbst ist mir zu schmutzig."

„Sagtest du nicht, du möchtest Politik auch mitgestalten?"

„Schon, ich dachte aber nicht daran, im Schlamm zu wühlen."

Maren spürte Zorn in sich aufsteigen, zwang sich aber zur Ruhe. „Das sind eben die Mühen der Ebene, mein Schatz. Du sagst doch immer, ohne Parteien sei eine Demokratie nicht denkbar."

„Das stimmt ja auch - im Prinzip. Aber ich sehe langsam ein, dass ich für das politische Tagesgeschäft einfach nicht gemacht bin, und jeder Mensch hat doch das Recht, seinem Wesen gemäß zu leben und sich seine Träume zu erfüllen."

„Wenn sie sich denn erfüllen lassen."

Als Axel darauf nicht antwortete, fragte sie: „Hängt das mit dieser vermuteten Erpressungsgeschichte zusammen?"

„Du kennst noch nicht die ganze Geschichte. Bisher wussten wir nur, dass Lennert erpresst wurde, aber wir wussten nicht, warum. Seit gestern steht so gut wie fest, dass die Liberalen bei der letzten Bürgermeisterwahl getrickst haben. Sie sollen aus ungültigen Stimmzetteln liberale gemacht haben. Wenn du dich erinnerst, hat Lennert den Bürgermeistersessel nur mit ein paar Hundert Stimmen für sich entschieden."

„Und jetzt vermutet ihr, andere Parteien haben davon gewusst und nichts dagegen unternommen, um ihn anschließend zu erpressen?"

„So schaut's aus."

Maren war stehen geblieben. „Versteh ich nicht. Warum haben sie ihm denn nicht auf die Finger geklopft? Man kann eine Wahl doch auch anfechten."

„Schon, aber weder Rot noch Grün hätten davon profitiert. Dazu waren ihre Ergebnisse zu schlecht, also haben sie lieber mit ihm koaliert."

„Und die Konservativen haben es nicht gewusst?"

Axel zuckte die Schultern. „Vermutlich nicht. Jedenfalls haben Rot und Grün, wie es aussieht, die Wahl bewusst nicht angefochten, um ihre persönlichen Vorteile daraus zu ziehen. Ich meine, dass Lennert ein Arschloch ist, haben wir ja gewusst, aber dass man ihn trotz offensichtlichem Betrug zum Bürgermeister werden lässt, das ist es, was mich wahnsinnig macht. Du, da vorn ist eine Buschenschank. Ich glaube, ich brauche jetzt ein Glas Sturm."

Als sie wenig später vor dem köstlichen süß-herben Getränk saßen, sagte Maren: „Aber es kann doch nicht sein, dass sich zwei Parteien in Geiselhaft nehmen lassen, nur weil einzelne Mitglieder davon einen Vorteil haben."

„Du meinst die Geschichte, die Kerstin uns erzählt hat? Das war doch nur ein Teil des Deals. Der wahre Skandal ist, dass sie eine Koalition mit ihm eingegangen sind. Außerdem vermuten wir, dass auch auf Ebene der Bundespolitik etwas abgetauscht wurde, was genau, wissen wir allerdings noch nicht. Die Recherchen sind nicht ganz einfach, weil die, die etwas wissen, meist auch etwas zu verbergen haben."

*

Maren hätte den Sonntag gern für sich gehabt – um nachzudenken. Sie sehnte sich nach etwas Ruhe, es gab so vieles, was in den letzten Tagen auf sie eingestürmt war. Sie glaubte immer noch nicht, dass sich Elena ganz zufällig in der Nelkengasse mit Burger getroffen hatte. Sie hatte ja damals schon nicht ganz verstanden, warum Burger sich ausgerechnet an sie gewandt hatte. Wäre Elena der geheime Investor, ergäbe das Ganze viel mehr Sinn. Nur in einem musste sie Axel recht geben: Es passte einfach nicht zu Elena.

Wie auch immer, an einen freien Tag war ohnehin nicht zu denken. Erst musste sie mit Yvonne Französisch lernen, denn Axel war am Vormittag unterwegs. Nachmittags mussten sie bei ihrer Großmutter antanzen, die hatte Geburtstag, und auf dem Weg dorthin wollte sie sich noch ein Bauernhaus ansehen, für das man ihr einen Vermittlungsauftrag versprochen hatte.

Für Mußestunden blieb also leider keine Zeit. Aus dem Sommerurlaub war, dank Achims Unfall, ja nichts mehr geworden. Im Moment war an Urlaub überhaupt nicht zu denken, schon weil Yvonne erst Weihnachten wieder Ferien hatte. Das Geschäft lief im Moment einigermaßen rund, die Steuerschuld war beglichen.

Als Nächstes wollte Maren sich um eine neue Wohnung kümmern, noch hatten sie die fünfzigtausend Euro, die Elena ihnen geschenkt hatte. Gemeinsam mit den fünfundzwanzigtausend, die der Eigentümer ihnen als Ablöse zahlen würde, falls sie auszogen, wäre das schon mal eine Anzahlung für eine Eigentumswohnung. Aber wenn Axel bald wieder arbeitslos wäre, würde die Bank ihnen den Rest vermutlich nicht finanzieren.

Elena

Only „bad News"

Elena fühlte sich müde und abgeschlagen. Das Wetter konnte daran nicht schuld sein, denn der Herbst zeigte sich von seiner schönsten Seite: blauer Himmel mit ein paar Schäferwölkchen, zwanzig Grad und ein laues Lüftchen. Mehr konnte man von einem Oktobertag nicht verlangen.

Elena hatte es mit einem Liebesroman versucht, aber der hatte sie erst recht melancholisch gemacht. Dann war sie shoppen gegangen, das hatte sie zwar einige Stunden gut unterhalten, doch jetzt stand sie vor dem neuen Herbstkostüm und den dazu passenden Schuhen und überlegte, wann sie es tragen sollte. Was nützte das feschste Kostüm, wenn man es nicht ausführen konnte? Schon war die Müdigkeit wieder zurück.

Also versuchte sie es in den nächsten Tagen mit Vitaminen und Spurenelementen, auch das blieb ohne durchschlagenden Erfolg.

Zuletzt hatte sie sich bei Doktor Fritsch angemeldet. Der hatte sie gründlich untersucht, Blutprobe, Belastungs-EKG, das volle Programm. Wie sie schon vermutet hatte, waren alle Untersuchungen ohne Befund geblieben. Kollege Fritsch hatte die Schultern gezuckt und gesagt: „Nun, liebe Kollegin, wenn man jahrelang nur gerannt ist, muss man das Gehen erst wieder lernen."

Klugscheißer.

Henriette hatte ihr zu sozialem Engagement geraten und sie in das Seniorenheim mitgenommen, für das sie seit Jahren ehrenamtlich tätig war. Elena fand das sehr lobenswert, hatte aber weder die notwendige Geduld noch Interesse an belanglosem Geplauder.

Tja, wenn sie dort einen Arzt gesucht hätten, das wäre etwas anderes gewesen. Sie hätte ihre Dienste auch gratis angeboten, aber dummerweise schienen die Herrschaften medizinisch gut versorgt zu sein.

Die Sache mit Helmut Burger entwickelte sich auch nicht nach ihren Vorstellungen. Er mochte sie, da war sie sicher, aber er war so verdammt zurückhaltend. Warum nur? Sie waren mehrfach ausgegangen, hatten einander berührt, viel miteinander gelacht, aber er blieb immer noch auf Distanz.

Dabei waren sie in ihren Träumen schon gemeinsam verreist, waren Hand in Hand vor isländischen Geysiren gestanden und hatten eng umschlungen den Indian Summer erlebt. Ausgerechnet sie, die nie gern gereist war, träumte sich mit ihm an die entlegensten Orte.

Manchmal dachte sie, sie sollte einfach aufhören zu träumen, aber an anderen Tagen sagte sie sich, dass sie mit Beharrlichkeit bisher immer gut gefahren war.

*

„Jedenfalls habe ich heute die Konsequenzen gezogen und gekündigt", erzählte Axel im Plauderton.

Elena hatte sich nach Abwechslung gesehnt, aber auf diese Neuigkeit hätte sie gut verzichten können.

„Hast du denn mit Maren darüber gesprochen?"

„Selbstverständlich. Ich habe noch jede wichtige Entscheidung mit ihr besprochen."

„War sie begeistert?"

Axel nippte an seinem Kaffee und verneinte mit stummer Geste.

„Was nützt es, mit ihr zu reden, wenn du nicht auf sie hörst?"

Darauf gab er keine Antwort.

Der Bub hatte aber auch Pech – oder war es nur seine Art, mit den Dingen umzugehen? Die Partei schien mit seiner Arbeit zufrieden gewesen zu sein – nur er selbst war es nicht.

So war er in der Schule schon gewesen. Hat ihn ein Thema interessiert, hatte er jede Menge Fleißaufgaben gemacht, wenn nicht, war er nur mit Donnerwetter dazu zu bringen gewesen, dafür auch nur die geringste Anstrengung zu unternehmen. Um ein Haar hätte er die Matura versemmelt, weil er für Geometrie nicht das geringste Interesse aufgebracht hatte. Dafür hatte er im Vorfeld via Schülerzeitung den zuständigen Professor vergrault. So ein Dummkopf. Der Gedanke daran machte sie heute noch wütend, deshalb sagte sie heftiger als beabsichtigt: „Vielleicht hättest du die Flinte nicht gleich ins Korn werfen, sondern zur Abwechslung einmal um etwas kämpfen sollen."

Axel schien das zu bedenken, denn er antwortete erst nicht. Er ging auf der Terrasse auf und ab, dann blieb er vor ihr stehen und sagte ganz ruhig: „Wenn man schon kämpfen muss, sollte man für das kämpfen, was man wirklich will."

Dummer Bub, als ob das Leben so einfach wäre.

*

Als Axel gegangen war, beschloss Elena, nicht weiter über die Sache nachzugrübeln. Sie konnte es ohnehin nicht ändern. Stattdessen würde sie einfach die letzten Sonnenstrahlen auf der Terrasse in Ruhe genießen.

Sie hatte es doch gut. Auch dass Axel gekündigt hatte, war nicht das Ende der Welt – selbst wenn Maren, verständlicherweise, nicht begeistert war.

Zumindest hatte er jetzt Stoff für sein Buch. Wer weiß, vielleicht wurde doch noch ein Bestseller daraus.

Verglichen mit all dem Leid, das Menschen in aller Welt sich gegenseitig zufügten, waren ihre Probleme geradezu lächerlich.

Sie griff nach der Tageszeitung. IS-Terroristen hatten neuerlich einen Anschlag verübt – hörte das denn nie auf – und in Amerika bewarb sich ein verhaltensoriginaler Milliardär um das höchste Amt im Staat. Wenn das nur gut ging. Sie blätterte weiter. Ein Landeshauptmann stand im Verdacht, Bestechungsgelder kassiert zu haben, und ein internationaler Konzern vertrieb seit Jahren vergiftetes Saatgut.

Elena legte die Zeitung beiseite. Gab es denn nur noch Korruption, Gewalt und Krieg? Und sie saß hier, mit all ihrem Geld, und wusste nicht, wie sie den Tag über die Runden bringen sollte. Das war doch verrückt.

Entschlossen stand sie auf, warf die Zeitung in den Papiercontainer und tigerte über die Terrasse. Sie musste etwas tun – jetzt gleich. Es musste doch etwas geben, was sie tun konnte. Verdammt noch mal, sie war Ärztin, gerade mal sechzig und noch lange nicht senil. Andere starteten in diesem Alter politische Karrieren. Sollte sie sich wieder in der Partei engagieren? Aber Bezirkspolitik war ihr im Grunde zu kleinkariert, außerdem wollte sie lieber in ihrem Fach arbeiten.

Ärzte ohne Grenzen – das war's!

Sie ging in ihr Büro, fuhr den Computer hoch und buchte das nächste Webinar „Bewerbung für medizinisches Personal", das zufällig schon am übernächsten Tag stattfand.

Danach fühlte sie sich besser. Sie hatte zumindest einen Schritt gesetzt.

Am Ende des Webinars war sie deutlich weniger hoffnungsfroh, dennoch meldete sie sich zu einem Einzelgespräch an.

Am Tag des Gesprächs ging sie zum Friseur, zog ihr neues Kostüm an und besah sich im Spiegel. Nicht ganz das Richtige, befand sie, tauschte das schöne Stück gegen Jeans und Blazer und fuhr in die Stadt.

Nach dem Gespräch stand fest, was sie auch schon vorher hätte wissen können: Sie wäre den Strapazen, die ein solcher Einsatz mit sich brachte, einfach nicht mehr gewachsen. Immerhin hatte man ihr die Mitarbeit im örtlichen Büro angeboten. Weltklasse. Büroarbeit hatte sie immer schon gehasst. Trotzdem würde sie es versuchen – irgendetwas musste sie schließlich tun.

Axel

Absolut lächerlich

Axel schaltete zufrieden den Computer aus und sah auf die Uhr. Schon fast Mitternacht. In den Tagen seit seiner Freistellung – die Partei hatte auf die Einhaltung der Kündigungsfrist wohlweislich verzichtet – hatte er mehr als hundert Seiten geschrieben. Immerhin musste er sich den Handlungsverlauf nun nicht mehr aus den Fingern saugen, er konnte aus dem vollen Schatz seiner Erfahrungen schöpfen, die Handlung floss nur so aus ihm heraus.

Er hatte sich vorgenommen, das Manuskript bis Weihnachten fertigzustellen, damit seine Testleser die Feiertage nutzen konnten.

„Spätestens zu Ostern fließen die ersten Tantiemen", hatte er Maren großkotzig versprochen. Er hatte zwar den leisen Verdacht, dass sie nicht daran glaubte, umso mehr wollte er es ihr beweisen. Da er sich nicht erst lang mit Verlagsbewerbungen aufhalten wollte, würde er das Buch als Selfpublisher herausbringen. Der Zeitplan zwar knapp, aber möglich. Sollte es ein Erfolg werden – und es musste einer werden –, würde sich später vielleicht der eine oder andere Verlag bei ihm melden.

Er sah aus dem Fenster. Es regnete immer noch, kein gutes Wetter, um mit dem Rad durch die halbe Stadt zu fahren. Also schrieb er neuerlich eine SMS an Maren, dass er im Büro schlafen würde. Dann ging er in das kleine angrenzende Bad, das er früher mit Kerstin geteilt hatte, und putzte sich die Zähne.

Sobald das Manuskript im Lektorat war, würde er mit dem Marketing beginnen. Pia hatte ihm wertvolle Tipps gegeben und Elena hatte ein Werbebudget von fünftausend Euro zur Verfügung gestellt. Nobel. So freizügig war sie früher nicht gewesen. Ob Maren vielleicht doch recht hatte mit ihrer Vermutung, Elena könnte zu Geld gekommen sein?

Blödsinn. Wie denn? Er kannte seine Verwandtschaft. Es gab weder einen Erbonkel noch eine Erbtante – und den Lottogewinn hatte sie doch weitgehend unter ihnen aufgeteilt.

Jedenfalls hatten sie vereinbart, dass Maren von diesem Werbebudget vorerst nichts erfahren sollte. Erstens würde das nur ihre unsinnige Vermutung untermauern, zweitens … was war eigentlich zweitens? Axel gähnte und schlief ein.

*

„Aber es war doch deine Idee, mein Büro bei Elena einzurichten", verteidigte sich Axel am darauffolgenden Vormittag.

Maren blitzte ihn zornig an: „Ich habe aber nicht gesagt, du sollst bei ihr wohnen."

„Himmelherrgott, ich kann doch auch nichts dafür, dass es zweimal hintereinander in der Nacht schüttete wie aus Kübeln."

„Warum arbeitest du auch bis Mitternacht? Als ich aus dem Büro kam, hat es noch nicht geregnet", entgegnete sie spitz.

„Du bist es doch, die mich ständig unter Druck setzt."

„Tatsächlich? Wie genau mache ich das?"

Gute Frage. Ganz genau konnte er das auch nicht sagen. Demgemäß milder fragte er: „Indem du mir nicht glaubst, dass mein Buch in Bälde ein Erfolg wird?"

Maren trat ans Fenster, es regnete immer noch.

„Und du meinst, wenn du die Nächte hier auf der Couch verbringst, erhöht das deine Glaubwürdigkeit?"

Axel atmete tief durch, dann stand er auf und stellte sich hinter Maren. „Bist du eigentlich gekommen, um mit mir zu streiten?"

Sie drehte sich zu ihm um. „Dummkopf, ich bin gekommen, um dir frische Wäsche zu bringen."

Na also. Er schlang seine Arme um sie. Eine Zeit lang standen sie einfach so da, eng umschlungen. Dann löste sich Maren. „Wo ist eigentlich Elena?"

„Ich glaube, beim Arzt."

Maren lächelte vielsagend. „Soviel ich weiß, findet heute Vormittag endlich die Vertragsunterzeichnung für das Zinshaus in der Nelkengasse statt."

„Du glaubst immer noch, dass sie dein geheimer Investor ist?"

„Ich bin fast sicher. Weißt du was, wir laden sie heute Abend zum Essen ein."

„Um sie zu fragen, ob sie für schlappe fünf Millionen ein Zinshaus gekauft hat? Sie wird sich totlachen."

„Das glaube ich weniger", meinte Maren und zückte ihr Smartphone.

*

„Natürlich kann es Zufall sein, dass Elena heute Abend keine Zeit hat, aber zählt doch mal eins und eins zusammen", riet Maren, während sie das gefüllte Brathuhn tranchierte.

Nach Elenas Absage für den Abend hatte Maren, ungeachtet Axels Protest, Kerstin angerufen, um sie und Roman zum Abendessen einzuladen.

Kerstin war allein gekommen. Besser so, dachte Axel und schenkte den Damen Wein ein. Kerstin konnte eine Nervensäge sein, aber zumindest war sie seine Schwester und man wusste bei ihr, woran man war. Dieser Roman hingegen schien ihm so glitschig wie ein Aal. Immer hübsch elastisch, nie ließ er sich auf einen Standpunkt festlegen. Sein Verhältnis zu Kerstin schien ebenso unbestimmt zu sein, und solange er nicht wirklich zur Familie gehörte, musste man Familienangelegenheiten auch nicht vor ihm besprechen.

„Ich bin schon gespannt, wer im Grundbuch eingetragen wird", nahm Maren den Gesprächsfaden wieder auf.

„Elena sicher nicht", antwortete Kerstin kauend.

„Schon klar. Vielleicht haben sie eine Gesellschaft gegründet. Könnten wir dann nicht über das Firmenbuch an die Gesellschafter kommen?"

„Das wäre natürlich möglich, aber so einfach werden sie es uns leider nicht gemacht haben. Ihr Anwalt wird als Treuhänder im Grundbuch stehen. Ganz einfach."

Axel blieb nahezu der Bissen im Hals stecken. Wie blöd konnten Mädels eigentlich sein? „Du glaubst doch nicht auch an diesen Blödsinn", wandte er sich an Kerstin. „Absolut lächerlich. Kein Grund vorhanden, warum Elena das tun sollte. Warum sollte sie uns so hinters Licht führen?"

„Mich darfst du nicht fragen. Du bist doch ihr Herzbube. Jedenfalls finde ich Marens Indizienkette schlüssig. Immerhin, einen Mini-Gewinn hat sie uns ja eingestanden."

„Hältst du 150.000 Euro für einen Mini-Gewinn?"

„Verglichen mit fünf Millionen schon."

„Wenn sie fünf Millionen in ein Zinshaus investiert, hat sie vermutlich noch etwas mehr gewonnen. Erinnert ihr euch an den Tag, an dem sie uns einfach nur so zum Essen eingeladen hat?"

Daran erinnerte Axel sich allerdings. Elena hatte sie reihum befragt, was sie mit einer bestimmten Summe tun würden. Waren es drei Millionen gewesen? Fing er jetzt auch schon zu spinnen an? Das schien ja ansteckend zu sein.

Yvonne, die bisher nur staunend zugehört hatte, erinnerte sich haarklein. „Tante Kerstin wollte sich eine Wohnung in der City kaufen, Paps wollte verreisen und Mama ... Das habe ich mir nicht gemerkt, aber Mama wollte etwas total Uncooles machen. Also, wenn Tante Kerstin recht hat, ich fänd's urcool. Hätte ich Oma gar nicht zugetraut. Soll ich sie fragen?"

„Untersteh dich!", warnte Maren.

Axel traute seinen Ohren nicht. Er schüttelte den Kopf, nahm einen großen Schluck Bier und murmelte: „Ihr habt doch einen Knall, alle drei."

Kerstin

Spießig und peinlich

Warum hatte sie Roman von Marens Vermutungen überhaupt erzählt? Er schien deren Überlegungen zwar schlüssig zu finden, doch am Ende fragte er: „Und warum fragt ihr Elena nicht einfach?"

Jetzt fragte der schon genauso dumm wie Yvonne, aber die war noch ein Kind. Wenn Kerstin etwas nicht ausstehen konnte, dann war das Romans Art, komplexe Sachverhalte einfach lösen zu wollen. Diese Schlichtheit seiner Gedanken machte sie ganz krank.

Apropos krank, sie musste los. Wenn Fritsch schon einen Abendtermin für sie einschob, wollte sie wenigstens pünktlich sein. Also ignorierte sie Romans Bemerkung und griff nach ihrer Handtasche. „Ich muss los, wir sehen uns morgen."

„Du scheinst ja mächtig angetan zu sein von diesem Fritsch und seiner komischen Therapie. Geht das nicht mächtig ins Geld?"

„Hast du sonst noch Sorgen?"

„Eigentlich nicht, ich muss es ja nicht bezahlen."

„Genau", sagte Kerstin, drückte ihm einen flüchtigen Kuss auf die Wange und verließ im Eilschritt das Büro.

Das war ja wieder typisch. Das Einzige, was Roman zu interessieren schien, waren die Kosten ihrer Therapie. Zum Glück ging ihn das nichts an. Warum sprach er nicht von ihren Erfolgen? War er etwa eifersüchtig? Das konnte sie sich nicht vorstellen. Es gab ja auch keinen Grund.

*

„Sie sehen nicht gut aus, wenn ich mir diese Bemerkung erlauben darf."

Kerstin warf Fritsch einen vernichtenden Blick zu.

„Üben Sie sich neuerdings in der Holzhammermethode?"

Er lächelte. „Nur wenn ich der Meinung bin, dass meine Patienten die Message auch verkraften können. Habe ich mich geirrt?"

Zu blöd, dass ihr keine gepfefferte Antwort einfiel. War wohl nicht ihr Tag. Ohne zu antworten, legte sie sich auf die Behandlungsliege. Wortlos testete er, ob die letzte Behandlung gegriffen hatte.

„Sieht gut aus", meinte er dann. „Sie können ab sofort versuchen, Milch und Milchprodukte in kleinen Mengen zu essen. Im Großen und Ganzen sollte das funktionieren. Beim nächsten Mal beginnen wir mit dem Käse."

„Und heute?"

„Heute, würde ich vorschlagen, lassen wir die Behandlung ausfallen. Das hätte den Vorteil, dass wir ein Glas Wein trinken könnten."

Kerstin setzte sich auf. „Wein auf leeren Magen bekommt mir nicht gut."

„Wir haben hier einen sehr netten Italiener, mit einer wunderbaren Antipasti-Platte. Der Mann macht auch köstliche Pizzen, nach original-neapolitanischem Rezept. Wussten Sie eigentlich, dass Pizzateig über Nacht ruhen muss?"

Nein, das wusste Kerstin nicht. Es interessierte sie auch nicht brennend, sie hatte nicht vor, ihre Pizzen selbst zu backen.

„Mögen Sie Pizza?", fragte er.

„Schon, auch wenn ich sie in letzter Zeit ohne Käse essen muss. Aber müssen Sie denn nicht nach Hause?"

„Nicht unbedingt."

Na dann.

*

Kerstin bestellte Minestrone und eine gebratene Goldbrasse mit Blattsalat.

„Keine Milchprodukte?", neckte er.

„Der Fisch könnte doch in Butter gebraten sein", gab Kerstin mutig zurück.

Fritsch lächelte. „Theoretisch möglich. Haben Sie mein Kürbisgnocchi-Rezept schon ausprobiert?"

„Leider noch nicht, vielleicht dieses Wochenende, mal sehen." Kerstin hatte sich das Rezept mehrfach durchgelesen. Sie dachte nicht einmal daran, sich die Sache mit dem Kartoffelteig anzutun, aber vielleicht konnte sie Elena dazu überreden, oder Maren.

„Was war das Letzte, das Sie gekocht haben?"

Kerstin überlegte. Spiegeleier? Sie sagte aber: „Gefülltes Brathuhn. Ich habe eine steirische Poularde mit einer Semmelpilzmasse gefüllt. Mein Bruder war ganz hingerissen." Zumindest der Teil stimmte, dachte Kerstin und wunderte sich über sich selbst. Was erzählte sie hier für einen Blödsinn? Hatte sie das nötig? Ein Themenwechsel musste her.

„Ist Ihre Frau schon wieder verreist?"

„Ganz im Gegenteil. Sie ist seit mehr als zwei Wochen in Wien. Deshalb habe ich ja Ausgang."

„Muss ich das jetzt verstehen?"

„Meine Frau und ich, wir sind wie Öl und Wasser, da ist es besser, nicht immer zusammen zu sein. Aber wenn sie auswärts ein Engagement hat oder bei ihren Eltern in Salzburg ist, bemühe ich mich, der Kinder wegen abends daheim zu sein."

„Ihre Frau ist Schauspielerin? Vielleicht kenne ich sie?"

„Unwahrscheinlich. Adriane hat in Österreich Schauspiel studiert und danach am Landestheater Salzburg einige kleinere Rollen gespielt. Noch bevor sie richtig Fuß fassen konnte, haben wir geheiratet, weil unser Sohn Roland zur Welt kam. Der Umzug hat ihrer Karriere geschadet – das hat sie mir übrigens bis heute nicht verziehen."

Der Kellner brachte ihre Getränke, sie prosteten einander zu, tranken einen Schluck von dem leichten Weißwein, den er bestellt hatte, dann erzählte er weiter: „Unsere Ehe war von Anfang an ein Fehler gewesen, auch wenn sie jetzt schon zwölf Jahre dauert. Es war dumm von mir, wegen des Kindes heiraten zu wollen."

„Normalerweise ist es eher umgekehrt."

Er nickte, sah versonnen in sein Glas. „Es gab für Adriane keinerlei wirtschaftliche Notwendigkeit, mich zu heiraten. Ihre Eltern sind nicht ganz unvermögend."

„Gehen Sie immer aus, wenn ihre Frau da ist? Ich stelle mir das ziemlich anstrengend vor."

Er lachte, wirkte aber nicht besonders fröhlich. „Nicht immer, aber manchmal ist es eben besser, Abstand zu halten."

Er war also nicht glücklich verheiratet. Warum bereitete ihr das so ein wohliges Gefühl? Es ging sie doch gar nichts an. Vermutlich kam das seltsame Kribbeln ohnehin nur vom Wein. Sie war ihn nicht gewohnt, besser, sie hielt sich an Mineralwasser. Zum Glück brachte der Kellner ihre Vorspeisen, dennoch würde sie ihr Auto heute besser stehen lassen.

Nach dem Essen tranken sie Bruderschaft, dann zeigte er ihr Fotos von den Kindern.

„Du bist wohl ein sehr stolzer Papa", sagte sie, nur um irgendetwas zu sagen.

Er zuckte die Schultern. „Was sagt das schon? Die Frage ist doch eher, ob unsere Kinder auf uns stolz sind."

„Und? Sind sie es?"

Er warf einen letzten Blick auf ein Foto seiner Tochter, dann steckte er das Handy wieder ein. „Bienchen vermutlich schon noch, sie ist erst sechs. Ohne sie wären wir längst geschieden. Mein Sohn ist zwölf, er findet mich spießig, pedantisch und peinlich."

„Fandest du deine Eltern mit zwölf nicht auch spießig, pedantisch und peinlich?"

Er grinste. „Möglich, aber ich kann mich nicht erinnern, es ihnen gesagt zu haben."

Elena

Unerwartetes

Das Grau der Novembertage verbesserte Elenas Laune ebenso wenig wie die Menge schlechter Nachrichten, die sie täglich in der Zeitung las. Die Grünen hatten ihr Pulver scheinbar umsonst verschossen. Lennert saß immer noch fest im Sattel. Da hatte der Bub also recht gehabt. Vielleicht war sein Informant doch nicht so gut, wie er gedacht hatte. Dabei fiel ihr ein, sie wusste immer noch nicht, von wem seine Informationen stammten. Na ja, nicht ihr Problem.

Ihr Problem war, dass sie zu wenig zu tun hatte. Zwar arbeitete sie nun an zwei Halbtagen für Ärzte ohne Grenzen, aber erfüllend war das auch nicht. Besonders schlimm empfand sie die Wochenenden. Da kam weder Axel ins Büro noch konnte sie einkaufen gehen oder mit dem netten Mann vom Kiosk ein Schwätzchen halten.

Umso froher war sie, dass Kerstin für kommenden Sonntag ihren Besuch angekündigt hatte. Sie würde vermutlich allein kommen, und sie wünschte sich Kürbisgnocchi in Salbeibutter. Das Rezept hatte sie per Mail geschickt.

Irgendwie erstaunlich. Elena konnte sich nicht daran erinnern, dass sich Kerstin in irgendeiner Phase ihres Lebens besonders dafür interessiert hatte, was es zu essen gab. Als sie klein war, hatte sie einfach alles gegessen, was da war, später hätte sie am liebsten gar nichts gegessen, um schlank zu sein. Schlank war sie geworden und geblieben, kochen hielt sie für Zeitverschwendung. Elena hatte einmal den Verdacht geäußert, dass ihre diversen Nahrungsmittelunverträglichkeiten damit im Zusammenhang stünden, aber davon hatte Kerstin natürlich nichts hören wollen.

Es konnte natürlich sein, dass es Fritsch, anders als ihr selbst, gelungen war, Kerstin davon zu überzeugen, wie ungesund diese Light-

Produkte waren, die sie immer wieder gegessen hatte. Sie selbst hatte das Kochen zwar auch lange Zeit vernachlässigt, aber zumindest hatte sie sich nicht von Fertigsuppen ernährt, sondern sich wenigstens ein Käsebrot gemacht oder Eier im Glas.

Wenn es etwas gab, das sie am Ruhestand schätzte, so war es die Zeit, die sie sich fürs Kochen nahm. Seit Axel wieder in seinem Büro saß, kochte sie wochentags fast täglich. Nicht aufwendig, aber frisch.

Je länger sie darüber nachdachte, umso überzeugter war Elena, dass Kerstins Interesse am Kochen mit Klaus Fritsch zu tun hatte. Was genau, das wollte sie am Sonntag herausfinden.

*

Elena war nicht entgangen, dass Kerstin sie anfangs bei der Zubereitung dieses überaus klebrigen Teigs beobachtet hatte. Anscheinend hatte sie mittlerweile das Interesse verloren, denn während Elena sich weiter mit dem Teig für die Kürbisgnocchi abmühte, nahm Kerstin sich die Zeitung vor.

„Manchmal hat man wirklich den Eindruck, diese Journalisten sind mehr an Skandalen als an Berichterstattung interessiert", hörte Elena sie nach einiger Zeit sagen.

„Da sind wir ausnahmsweise einer Meinung", gab Elena zurück, um dann ganz en passant hinzuzufügen: „Wo hast du denn dieses Rezept her? Der Teig ist furchtbar klebrig."

„Von Klaus Fritsch. Klaus meint, ich sollte mehr basische Lebensmittel zu mir nehmen."

Klaus also, hört, hört.

„Basen bekommen wir heute allerdings reichlich, auch wenn ich noch ordentlich Mehl und Grieß dazugeben musste, dafür habe ich noch Rucola-Salat mit Tomaten gemacht, der sollte die Basenbilanz wieder ausgleichen. Braucht Roman denn keine Basen?"

„Roman isst heute bei seiner Großmutter – ich will gar nicht daran denken."

„Kocht sie denn so schlecht?"

„Sie kocht vor allem mit viel Fett, furchtbar – aber Roman findet es großartig."

„Gibt es eigentlich etwas, das ihr beide großartig findet?"

Kerstin dachte eine Weile nach. „Ich würde es nicht großartig nennen, aber wir gehen beide ganz gern ins Fitness-Center."

Vielleicht ging Kollege Fritsch auch ins Fitness-Center, überlegte Elena. Schade eigentlich, dass er verheiratet war.

Als hätte Kerstin ihren Gedanken erraten, sagte sie: „Wusstest du eigentlich, dass Klaus' Frau Schauspielerin ist?"

„Ich dachte, sie hätte ihre Karriere für die Familie aufgegeben. Zumindest hat sie mir bei der Praxiseröffnung etwas Ähnliches erzählt."

„Offenbar versucht sie, wieder Fuß zu fassen. Die Ehe der beiden scheint nicht besonders glücklich zu sein."

„Warum lässt er sich dann nicht scheiden?", fragte Elena, während sie den Salat auf den Tisch stellte.

„Da musst du ihn schon selbst fragen", antwortete Kerstin mit einem kühlen Achselzucken, dann streute sie den frisch geriebenen Parmesan über die Kürbisgnocchi, ihre neueste Errungenschaft aus der Therapie. Sie vertrug zwar noch nicht alle, aber immerhin einige Käsesorten.

Nach einigen Bissen sagte Kerstin: „Vielleicht hofft Klaus, dass seine Schwiegereltern sich an seinem Reha-Projekt beteiligen."

„Welches Reha-Projekt?"

„Klaus möchte gern so eine Art Reha-Klinik für Allergiebekämpfung machen. Ich habe dir ja erzählt, wie schwierig es oft ist, die 25-stündige Karenzzeit einzuhalten. Klaus plant eine Klinik, in der spezielle Diätköche die Patienten mit den passenden Gerichten versorgen. Dazu sollte ein breites Angebot von Entspannungstechniken und ein moderates Bewegungsprogramm kommen, um den Erfolg der Therapie zu beschleunigen."

„Klingt vernünftig, vorausgesetzt, die Methode taugt etwas."

„Das siehst du doch an mir", entgegnete Kerstin spitz.

Auf diese Debatte wollte Elena sich vorerst lieber nicht einlassen. Sie sah zwar, dass es Kerstin besser zu gehen schien, da sie die Wirkungsweise der Therapie aber nicht nachvollziehen konnte, sagte sie: „Wenn er keinen Investor an der Hand hat, wird das Projekt, wie viele ähnliche, vermutlich an der Finanzierung scheitern.".

„Das fände ich dann doch sehr schade. Eine wirklich sinnvolle Sache, leider viel zu wenig bekannt. Damit könnte vielen Menschen geholfen werden."

„Das klingt ja mächtig engagiert", dachte Elena mit einem leisen Lächeln.

*

Kaum war Kerstin gegangen, läutete Elenas Telefon.

„Hallo Elena, ich brauche deine Hilfe."

„Ossi? Was ist denn los?"

„Das genau sollst du herausfinden. Meiner Mutter geht es von Tag zu Tag schlechter. Sie isst kaum noch etwas und wird täglich schwächer, aber unser Arzt hat keine Ahnung, was ihr fehlt."

„Warum überweist er sie dann nicht an einen Spezialisten oder ins Krankenhaus?"

„Du kennst doch meine Mutter, sie behauptet, sie hätte einfach nur eine Magenverstimmung."

„Und seit wann hat sie das?"

„Seit ich aus Südfrankreich zurück bin, etwa drei Wochen."

Elena sah gewohnheitsgemäß auf ihren Terminkalender. Viel stand ohnehin nicht darauf. Die paar Bürostunden bei den Ärzten ohne Grenzen konnte sie leicht verschieben.

„Reicht es, wenn ich morgen Vormittag komme?"

„Das würdest du wirklich tun?"

„Was meinst du?"

„Doch, du würdest es tun, obwohl du weißt, dass Mutter von deinem Besuch nicht gerade begeistert sein wird."

„Dann ist es eben so. Sieh zu, dass sie ausreichend trinkt. Wir sehen uns morgen."

Elena

Rosalia, die Schwiegermutter

Elenas Verhältnis zu ihrer Schwiegermutter war nie ganz einfach gewesen, doch seit der Scheidung war es auf einem Tiefpunkt angelangt.

Anfangs war Elena über Rosalias Verhalten empört gewesen – schließlich war nicht sie es gewesen, die eine Liebschaft nach der anderen gehabt hatte. Mit den Jahren war sie nachsichtiger geworden. Rosalias Leben war auch nicht einfach, jetzt nicht und früher erst recht nicht.

Während sie durch die nebelige Landschaft Richtung Waldgau fuhr, ließ sie das, was sie vom Leben ihrer Schwiegermutter wusste, Revue passieren.

Rosalia war die jüngste Tochter einer angesehenen Bauernfamilie und hatte noch einen älteren Bruder gehabt. Ihr Vater hatte den Hof von seinen Eltern übernommen, seine jüngere Schwester war in die Stadt gegangen, um Lehrerin zu werden, und auch Rosalia wollte Lehrerin werden. Da sie eine gute Schülerin gewesen war und die Tante, selbst kinderlos, nichts dagegen einzuwenden gehabt hatte, Rosalia bei sich aufzunehmen, schien ihr Weg dahin geebnet.

Nach vier Klassen Volksschule war Rosalia in die Stadt gekommen, um das Gymnasium zu besuchen. Ein Jahr später hatte der Zweite Weltkrieg begonnen.

Erst hatte ihr Onkel an die Front gemusst, zwei Jahre später ihr Bruder. Rosalia und ihre Tante hatten in den Ferien so gut sie konnten auf dem Hof geholfen, doch im Herbst waren beide in die Stadt zurückgekehrt. Mit zwei Blaustrümpfen sei ihm eh nicht geholfen, hatte der Vater gesagt – Rosalia war ihm dankbar gewesen.

1944 war es dann Schlag auf Schlag gegangen. Erst hatte ihr Onkel als vermisst gegolten, dann war das Haus, in dem Rosalia mit ihrer Tante gewohnt hatte, von Bomben getroffen worden. Kurz darauf erhielten sie die Nachricht, dass Rosalias Bruder in Russland gefallen war, für Führer und Vaterland. Das hatte alles verändert, denn nun hatten die Eltern erwartet, dass Rosalia nach Hause kam, um später den Hof zu übernehmen.

Das war ein Schock gewesen. Da sie aber kein Dach über dem Kopf mehr gehabt hatten und das Leben in der Stadt täglich schwieriger geworden war, hatten die beiden ihre letzten Habseligkeiten zusammengepackt und waren zurückgekehrt in das Dorf, das Rosalia mit so großen Hoffnungen verlassen hatte. Vorübergehend, hatte ihre Tante gesagt. Doch auch nach Kriegsende waren sie auf dem Land geblieben, dort hatte es wenigstens zu essen gegeben.

Dann war alles ganz anders gekommen. Ihre Tante hatte eine Anstellung im Nachbarort bekommen und Rosalia hatte sich in einen jungen Mann verliebt, den es auch in die Stadt gezogen hatte. Kunstmaler hatte er werden wollen. Seine Familie hatte ihn nur ausgelacht. Über Maler und Anstreicher hätte man noch reden können, denn sein älterer Bruder sollte einmal den Hof übernehmen, aber seine Leidenschaft war es gewesen, Landschaftsbilder zu malen.

Erst hatten ihre Eltern vom Heiraten nichts hören wollen, als sich aber Klein-Ossi ankündigte, hatte es ihnen nicht schnell genug gehen können.

Das junge Paar hatte zwar auf dem Hof von Rosalias Eltern gewohnt und gearbeitet, aber immer noch davon geträumt, eines Tages in die Stadt zu ziehen und ihre Träume wahr zu machen. Wie genau das gehen sollte, hatten sie nicht gewusst.

Doch dann war der Tag gekommen, an dem Rosalias Mann mit dem Motorroller tödlich verunglückt war. Damit waren auch Rosalias Träume ausgeträumt gewesen.

Um ihren Schmerz zu betäuben, hatte sie fortan wie eine Besessene gearbeitet und nur noch für den Hof und ihren Sohn gelebt. Genau in der Reihenfolge, wie Ossi heute noch anmerkte.

Ihren Ehrgeiz hatte Rosalia auf Ossi übertragen. Der hatte darunter nicht wenig gelitten, denn er kam ganz nach seinem Vater. Er war zart gewesen, am bäuerlichen Leben vollkommen uninteressiert und hatte die schönen Künste geliebt. Davon hatten anfangs weder Rosalia noch der Großvater etwas wissen wollen. Immerhin waren sie der Überzeugung gewesen, der Bub müsste etwas lernen, mit dem Bauernstand ging es bergab. Zu Ossis Glück war in der nahen Kreisstadt ein Gymnasium gebaut worden, sodass ihm zumindest das Internat erspart geblieben war. Außerdem war er ein guter Schüler gewesen, die Matura kein Problem für ihn.

Das befriedigte Rosalia fürs Erste. Zwar hätte sie es gern gesehen, wenn er Lehrer geworden wäre, aber an diesem Scheitelpunkt seines Lebens hatte Ossi sich zum ersten Mal durchgesetzt. Seufzend hatte Rosalia schließlich dem Studium an der Kunstakademie zugestimmt.

Da sollte man meinen, dass alles doch noch gut ausgegangen war. Elena bezweifelte das. Als sie Ossi kennengelernt hatte, war er immer noch damit beschäftigt gewesen, sich von der Dominanz seiner Mutter zu befreien. Elena hatte das seine verspätete Pubertät genannt und manchmal gedacht, er wäre ihr nie ganz entwachsen.

Dennoch war der Beginn ihrer Ehe vielversprechend gewesen, denn eine angehende Ärztin war Rosalia als Schwiegertochter gerade recht gekommen. Umso mehr hatte sie Elena später die Scheidung verübelt. Trotzdem zweifelte Elena nicht daran, dass Rosalia auch Ossi, als er als geschiedener Mann in den Waldgau zurückgekehrt war, die Hölle heiß gemacht hatte.

*

Als Elena am Montagvormittag Rosalias Zimmer betrat, saß die vollständig bekleidet in ihrem Schaukelstuhl. Üblicherweise strahlte sie ein Selbstvertrauen und eine Autorität aus, die schwer zu beschreiben waren. Diesmal sah sie blass aus und hatte dunkle Ringe unter den Augen, nur ihre Stimme klang gewohnt resolut, als sie sagte: „Was machst denn du hier?"

„Ich mache dir einen Besuch", gab Elena zurück und zog sich einen Sessel heran.

„Ach ja. Deswegen hast du vermutlich auch deine Arzttasche mitgebracht."

Elena hatte nicht erwartet, ihre Schwiegermutter über die wahre Absicht täuschen zu können, und nahm den Blutdruckmesser aus ihrer Tasche. „Na schön, dann können wir ja in medias res gehen."

„Geh doch, wohin du willst", antwortete Rosalia, ließ sich aber anstandslos den Blutdruck messen.

„107 zu 65. Das ist eindeutig zu niedrig. Schon einmal ein Grund, sich schlapp zu fühlen."

„Habe ich gesagt, dass ich mich schlapp fühle?", knurrte ihre Schwiegermutter.

„Vorige Woche hatte sie 180 zu 110", sagte Ossi von der Tür her. Elena nickte. „Welche Medikamente bekommst du denn?"

„Z'vü."

„Ja, vermutlich sind es zu viele", dachte Elena. „Darf ich sie sehen?"

„Sind unten, in der Küche, die ganz Tischlade ist voll davon."

„Dann schau ich mir die einmal an, aber später möchte ich dich noch genauer untersuchen."

Rosalia gab keine Antwort, aber sie widersprach nicht, das war ein gutes Zeichen.

Während Elena hinter Ossi die schmale Holztreppe hinunterstieg, sagte er: „Ich möchte eine Hühnersuppe machen und danach einen Semmelschmarren mit Kompott. Meinst du, Mutter kann das vertragen?"

„Die Hühnersuppe auf jeden Fall. Zeigst du mir erst mal die Medikamente?"

„Sind alle in der Küchenlade. Bedien dich."

Elena zog die Lade des alten Holztisches auf und sah ungläubig hinein. „Das alles nimmt sie ein?"

„Schon, aber nicht alles täglich. Es müsste eine Liste dabei sein."

Elena fand die Liste, auf der ihre Schwiegermutter fein säuberlich notiert hatte, welche Pillen sie wann und wie oft nehmen musste. Sie zählte siebzehn Medikamente und murmelte: „Das kann ja nicht gut gehen. Das ist viel zu viel."

*

Nach dem Mittagessen präsentierte Elena ihrer Schwiegermutter eine Liste von nur sieben Medikamenten, die sie noch einnehmen sollte. Anders als Ossi verstand Rosalia sich üblicherweise sehr gut darauf, ihre Gefühle zu verbergen, doch diesmal vermeinte Elena aus ihren Worten Besorgnis herauszuhören: „Und du bist sicher, dass das reicht?"

„Das bin ich. Wenn es dir recht ist, werde ich zwei, drei Tage hierbleiben, um die Wirkung zu überwachen. Es waren mehrere Wirkstoffe doppelt, vermutlich von verschiedenen Ärzten verschrieben, andere haben sich gegenseitig aufgehoben."

Rosalia schwieg eine Weile, dann sagte sie leiser als sonst: „Ich weiß schon, dass ich alt bin und eines Tages gehen muss, aber jeden Tag, den ich länger lebe, ist der Bub weniger allein."

„Du machst dir Sorgen um Ossi? Aber …"

„Machst du dir denn keine Sorgen um deine Kinder?", unterbrach Rosalia.

Elena überlegte. „Nicht allzu viele. Sie sind erwachsen. Kerstin wusste immer schon, was sie wollte, und Axel hat Maren."

„Und wen hat Ossi?"

„Ossi hat dich, sicher noch eine ganze Weile, er hat seine Kinder – und er hat mich."

Ihre Schwiegermutter sah sie aufmerksam an: „So, hat er das? Kerstin war schon ewig nicht mehr hier."

„Stimmt, das Verhältnis der beiden ist seit der Scheidung schwierig."

„Dabei war sie doch immer sein Mäuselchen."

„Und er ihr Held. Das macht die Sache ja so schwierig. Was willst du machen, beide sind erwachsen, das müssen sie selbst regeln. Aber ich bin sicher, im Ernstfall …"

„Axel kommt auch nur alle heiligen Zeiten", grummelte Rosalia dazwischen.

„Ihr wohnt zwei Autostunden von uns entfernt, für einen kurzen Sonntagsausflug ist das einfach zu weit. Aber die beiden halten immerhin Kontakt. Und ich bin ja auch noch da."

„Du? Ich dachte, ihr seid geschieden."

„Das heißt ja nicht, dass ich zusehe, wie er …"

Elena stockte. Sie konnte nicht sagen, was sie eben hatte sagen wollen, nicht zu ihrer Schwiegermutter, schon gar nicht in ihrer jetzigen Verfassung. Aber Rosalia konnte man nur schwer etwas vormachen. „Du meinst, wie er vor die Hunde geht?"

„Wie kannst du so etwas sagen? Ich wollte sagen, wie er … wie er allein hier herumsitzt."

„Pah. Das wäre mein geringstes Problem. Gesellschaft findet er immer. Weibliche fürs Schlafzimmer, männliche fürs Gasthaus. Aber die Zeiten werden schlechter. Denkst du, das krieg ich nimma mit? Wenn die Leut weniger Geld haben, werden sie es nicht für sein Geschmiere ausgeben. Dann wird er nach und nach alles verkaufen. Aber die Äcker bringen nicht mehr viel ein, und wenn er das Haus verkauft, wo soll er dann wohnen?"

Elena schluckte. Was sollte sie sagen? Dass Geld seit Neuestem ihr geringstes Problem war, konnte sie nicht sagen.

„Darüber reden wir morgen", antwortete sie stattdessen. „Jetzt musst du dich erst einmal ausruhen."

*

Drei Tage später war Rosalias ständige Übelkeit wie weggeblasen, der Blutdruck wieder normal. Elena telefonierte mit dem Hausarzt, versicherte Rosalia, dass sie spätestens zu ihrem Neunziger wiederkäme, und verabschiedete sich.

„Komm lieber früher", meinte Rosalia. Und als Elena sie erstaunt ansah, setzte sie hinzu: „Wer weiß, ob das was wird mit dem Neunziger, vielleicht hast dich ja geirrt."

Auf dem Weg zu Elenas Mercedes meinte Ossi amüsiert: „Das war ja fast schon eine Einladung. Sag ehrlich, was hast du ihr gegeben?"

„Eine Beruhigungspille", antwortete Elena lachend, dann winkte sie und fuhr davon.

Die Sache mit der Beruhigungspille war gar nicht so weit hergeholt. Sie hatte ihrer Schwiegermutter erzählt, dass sie sich, sozusagen zu Anlagezwecken, eine Vorsorgewohnung angeschafft hatte, in der Ossi notfalls wohnen könnte. Dann waren die beiden – in seltener Übereinstimmung – zum Schluss gekommen, dass sie Ossi davon vorerst besser nichts sagen sollten.

Wohnungen besaß sie nun tatsächlich, dreiunddreißig, in ihrem Zinshaus in der Nelkengasse. Im Falle des Falles konnte sie Ossi also helfen. Kein schlechtes Gefühl.

Maren

Überraschungen

„Na, wie findet ihr unsere Wohnung jetzt?", fragte Maren und rückte den Adventskranz in die Mitte des Couchtisches.

„Mir hat sie vorher auch schon gefallen", meinte Axel, ohne von seinem Buch aufzuschauen.

„Deine Begeisterung ist ja kaum auszuhalten. Und was sagst du, Yvonne?"

Yvonne nahm wenigstens ihre Augen für einen kurzen Moment von ihrem Smartphone. „Ziemlich retro", war aber alles, was sie zu Marens Weihnachtsdekoration sagte.

Dabei hatte Maren sich so viel Mühe gegeben, und der Adventskranz, diesmal ganz in Lila und Gold, hatte ein Vermögen gekostet. Sie wollte schon eine entsprechende Bemerkung machen, doch dann dachte sie: „Was soll's? Mir gefällt es."

Nachdem sie den Rest der Deko wieder im Kasten verstaut hatte, fragte sie: „Was haltet ihr davon, wenn wir auf den Weihnachtsmarkt gehen?"

„Könnt ihr machen. Ich treffe mich später mit Biggy", antwortete Yvonne.

„Und was macht ihr dann?"

„Erst chillen, später gehen wir auf den Weihnachtsmarkt in die Altstadt."

Maren sparte sich weitere Anmerkungen. Sie hatte auch so verstanden, dass ihre Anwesenheit dort nicht erwünscht war. Also wandte sie sich an Axel: „Was ist mit dir? Wir beiden könnten den Weihnachtsmarkt in den Blumengärten besuchen und anschließend eine Kleinigkeit essen gehen."

„Ach Schatz, hier ist es so gemütlich und draußen so kalt, und dann die vielen Leute. Geh doch allein und bring uns was Nettes zu essen mit."

„Soll ich dir ein Lebkuchenherz bringen?"

„Ich dachte eigentlich mehr an Speck und Käse."

„Igittigitt", kam es von Yvonne. „Da gehe ich mit Biggy lieber auf einen Burger. Gibst du mir bitte Geld?"

„Und was ist mit deinem Taschengeld?"

„Mama! Heute ist der 28.!"

*

Yvonne hatte zehn Euro bekommen, Axel einen Abschiedskuss, dann hatte Maren sich auf den Weg gemacht. Die riesigen Parkplätze rund um die Blumengärten waren weitgehend ausgelastet. Gut, dass Axel nicht dabei war, sonst hätte er ihr wieder einen Vortrag über die Vorzüge öffentlicher Verkehrsmittel gehalten. Objektiv gesehen mochte er recht haben, trotzdem mied Maren Öffis wie der Teufel das Weihwasser. Möglich, dass das nicht ganz umweltfreundlich war, aber sie fand es eben bequemer. Zumindest, wenn man von der Parkplatzsucherei absah.

Endlich fand sie eine Parklücke. Den Weg zum Weihnachtsmarkt konnte sie nicht verfehlen, eine Art Völkerwanderung war dorthin unterwegs.

Sie schlenderte an den Buden vorbei zu einer der Hallen, in der jährlich eine Weihnachtsausstellung stattfand. Dieses Jahr war das Thema „Weihnachten in aller Welt". Es gab auch schon Weihnachten in den Alpen, Weihnachten um 1900, Weihnachten im Dorf, Weihnachten in der Stadt usw. So verschieden die Themen auch waren, immer gab es unterschiedlich geschmückte Christbäume in angedeuteten Wohnstuben, dazwischen prachtvolle Weihnachtssterne und andere Blumenarrangements. Maren ging es ohnehin nur darum, die weihnachtliche Atmosphäre einzufangen und ein wenig Vorfreude zu genießen. Axel war nicht gerade ein Romantiker, er machte sich wenig aus diesen Dingen, und Yvonne war zurzeit sowieso das meiste peinlich, das Maren gefiel. Erst gestern hatten sie eine Debatte zum Thema Adventskalender gehabt. Maren hatte seit ihrem sechsten Lebensjahr einen, und früher hatte Yvonne sich gefreut, neben ihrem eigenen, der immer mit kleinen Näschereien gefüllt war, auch noch den altmodischen Kalender ihrer Mutter bedienen zu dürfen, obwohl es dort nur kleine Bildchen zu sehen gab. Beide Kalender hatten in friedlicher Eintracht nebeneinander im Flur gehangen. Doch diesmal hatte sich Yvonne jegliche Art von Adventskalender verbeten, und als Maren den ihren aufhängen wollte, hatte sie lautstark protestiert. Da könnten Besucher ja meinen, der Adventskalender gehöre ihr. Das wäre ja sowas von peinlich, sie sei schließlich kein Baby mehr.

Also hatte Maren ihren Kalender in der Küche montiert, dorthin verirrte sich nur selten jemand.

Mit einer gewissen Wehmut dachte sie an die Zeit, in der Yvonne am liebsten schon im Oktober sämtliche Weihnachtsdekoration aufgehängt hätte. Während sie weiterschlenderte, beobachtete sie einen Vater, der sich zu seiner kleinen Tochter beugte und ihr ganz offensichtlich etwas erklärte. Der Mann sah aus wie Doktor Fritsch – nein, das war Doktor Fritsch. Daneben stand – das durfte doch nicht wahr sein! – ihre Schwägerin Kerstin.

Während Maren noch überlegte, ob sie sich bemerkbar machen oder lieber davonstehlen sollte, hatte Kerstin sie bereits gesehen und ihr zugewinkt. Wo war Roman?

*

Maren kehrte mit zwei riesigen Einkaufstaschen vom Weihnachtsmarkt zurück. Sie hatte nicht nur Speck und Käse gekauft, sondern auch noch Bauernbrot, Honig, Krampusäpfel, diese auf Empfehlung von Klaus Fritsch, und jede Menge Kekse.

„Bin wieder daa-a. Du errätst nie, wen ich auf dem Weihnachtsmarkt getroffen habe!", rief sie schon aus dem Vorzimmer.

„Du wirst es uns sicher gleich erzählen", kam es aus dem Wohnzimmer zurück.

Uns? Wieso denn uns? Sie stellte ihre Einkaufstaschen in die Küche, warf im Vorbeigehen einen Blick in den Spiegel und betrat das Wohnzimmer. Axel saß am Esstisch, neben ihm Pia Moser, attraktiv wie immer, vor ihnen zwei Rotweingläser und ein Laptop. Das musste ja ein besonderer Besuch sein, Axel trank sonst nie Rotwein – schon gar nicht am Nachmittag. War denn heute der Tag der überraschenden Begegnungen?

„Hallo, ich bin der Überraschungsgast", winkte Pia.

„Das ist in der Tat eine Überraschung", antwortete Maren und versuchte zu lächeln. Sie mochte keine Überraschungsgäste, schon gar keine weiblichen.

„War eine meiner spontanen Eingebungen", lachte Pia und Axel fügte hinzu: „Wie gut, dass ich nicht mitgekommen bin."

Ja, wie gut. Wäre ja nichts auszuhalten gewesen, wenn er ausgerechnet diesen Besuch verpasst hätte.

„Möchtest du auch einen Schluck Wein?" Axel war bereits aufgestanden, um ein Glas für sie zu holen.

Doch, einen Schluck Wein konnte sie jetzt vertragen.

*

Als Pia Moser endlich gegangen war, war es bereits acht.

„Die hat ja Sitzfleisch", knurrte Maren, während sie die Teller in den Geschirrspüler stellte.

„Zumindest ist sie unterhaltsam, das musst du doch zugeben. Ich finde die Gespräche mit ihr schon deshalb besonders interessant, weil sie als Mitarbeiterin im Innenresort immer bestens informiert ist."

„Ich dachte, sie schreibt für die Stadtzeitung."

„Ja, aber eben über Innenpolitik. Die Geschichten, die sie mir über unseren Bürgermeister erzählt hat, waren nicht ohne. Der Mann scheint wirklich zu glauben, er stünde über dem Gesetz."

Maren hielt in der Bewegung inne. „Was ist daran neu? Darüber beschwerst du dich, seit er im Amt ist."

Axel ging darauf nicht ein. „Wusstest du, dass er eine Affäre mit einer Stadträtin hat?"

Maren traute ihren Ohren nicht. So etwas hatte Axel doch noch nie interessiert. Und warum fiel ihr ausgerechnet jetzt wieder der dumme Spruch ein: „Die Konkurrenz schläft nicht"?

Hat Tante Irmi immer gesagt, wenn sie sich Onkel Kurt zuliebe aufgetakelt hatte. Tante Irmi hatte bestimmt gewusst, wovon sie sprach, denn Onkel Kurt war Hochschulprofessor gewesen und bei seinen Studentinnen außerordentlich beliebt.

Maren beschloss, diese Pia im Auge zu behalten – sicherheitshalber.

Axel

Vorsätze

"Puh, das war knapp", dachte Axel, während er Marens Atemzügen lauschte. Sie schlief ganz friedlich, also dürfte sie keinen Verdacht geschöpft haben.

Aber die Sache mit Pia musste ein Ende haben, bevor sie richtig angefangen hatte – und angefangen hatte sie doch auch nur, weil Elena in den Waldgau gefahren ist. Wäre sie zu Hause geblieben, hätte er doch nie und nimmer ein Verhältnis mit Pia angefangen. Nicht in Elenas Haus – zumindest nicht, wenn sie zu Hause gewesen wäre.

Genau genommen war die Initiative von Pia ausgegangen – aber er musste die Affäre beenden, und zwar schleunigst. Pia sagte heute, sie lebe in einer offenen Beziehung. Schön für sie – er leider nicht. Wenn Maren dahinterkam, dann … Nein, das wollte er sich lieber gar nicht erst vorstellen.

Besser er dachte darüber nach, was er Maren zu Weihnachten schenken konnte. Er hatte da neulich in einem Dessous-Laden ein ganz wundervolles Ensemble gesehen, da hatte er … ehrlicherweise an Pia gedacht. Maren trug solche Wäsche ja nicht und bisher hatte ihm dieser dekadente Firlefanz auch nicht gefehlt. Aber als er neulich an Pia etwas Ähnliches gesehen hatte, war ihm schon ziemlich warm geworden. Er schätzte ihre weichen Rundungen ebenso wie ihren überlegenen Geist und ihre spitze Zunge, und dann noch … Schluss jetzt. Daran würde er gar nicht erst denken. Er hatte ohnehin vorgehabt, ihr heute schon zu sagen, dass es keine Wiederholung geben würde. Ein Ausrutscher, nichts sonst. Nur deshalb hatte er ihrem Besuch überhaupt zugestimmt - aber dann war Maren früher als erwartet zurückgekommen. Genau genommen war also Maren schuld daran, dass er noch nicht mit Pia gesprochen hatte. Mit diesem tröstlichen Gedanken schlief er endlich ein.

*

An den nächsten Abenden versuchte Axel, immer rechtzeitig daheim zu sein. Maren schätzte ein gemeinsames Abendessen. Am Montag überlegte er sogar, ihr Blumen zu bringen – aber das hatte er dann doch lieber sein lassen. Nicht, dass sie noch meinte, er hätte ein schlechtes Gewissen. Warum auch? Pia war am Sonntagnachmittag zu Besuch gekommen. Daran war nichts Ehrenrühriges. Sonntagnachmittag - unverfänglicher ging es doch gar nicht.

Es war dann Maren, die das Gespräch auf Pia brachte.

„Frau Moser hat doch erzählt, dass sie Ende Januar eine Lesung halten wird. Ich finde, da sollten wir hingehen."

„Echt? Und ich dachte, du magst Pia nicht so besonders."

Darauf ging Maren nicht ein. „Es geht ja auch nicht um Pia, aber sie hat doch erwähnt, dass ihr Lektor extra aus München kommen wird. Das wäre doch eine gute Gelegenheit, den Mann kennenzulernen."

Das mochte ja stimmen, er hatte selbst schon daran gedacht, aber wenn Axel etwas nicht leiden konnte, dann waren das Frauen, die ihm sagten, was er zu tun hatte. Das hatte nichts mit seinem Frauenbild zu tun. Er mochte kluge und initiative Frauen, sonst hätte er Maren nicht geheiratet. Aber er hatte zwei dominante Großmütter und eine nicht weniger dominante Mutter erlebt. Alle drei hatten ihm ständig gesagt, was er zu tun und zu lassen hatte. Erst heute wieder hat seine Mutter ihm aufs Brot geschmiert, wie schlecht es seinem Vater finanziell nun ging, weil er sich nie Gedanken um seine persönliche Vorsorge gemacht hatte.

Danke, sein Bedarf an weiblicher Lenkung war bis auf Weiteres gedeckt.

Da er aber Maren gegenüber nicht unfreundlich sein wollte, antwortete er unbestimmt: „Ist ja noch eine Weile hin. Wenn wir Lust haben, können wir ja vorbeischauen."

Damit gab Maren sich natürlich nicht zufrieden.

„Ich habe es jedenfalls schon in meinen Kalender eingetragen und dir eine Erinnerung geschickt. Du solltest eine Leseprobe und ein Exposé mitnehmen."

Er hätte ihr nicht so viel von seiner Arbeit erzählen sollen.

Zum Glück kam Yvonne und wollte wissen, was sie Elena zu Weihnachten schenken sollte. Maren schlug vor, sie könnte ihr einen Schal stricken. Selbstgestricktes sei wieder modern, sagte sie, und Elena liebe lange Schals.

Ihr Vorschlag wurde abgeschmettert. Axel griff die Idee, etwas selbst zu gestalten, auf und schlug vor, sie könnte eine Zeitung für Elena machen. Eine Zeitung mit ausschließlich positiven News, weil Elena sich doch täglich darüber beschwere, dass ausschließlich schlechte Nachrichten zu lesen waren – das mache sie depressiv. Dieser Vorschlag wurde zumindest nicht augenblicklich verworfen, Yvonne sagte sogar zu, darüber nachzudenken. Wenigstens ein weibliches Wesen, das an ihn glaubte und ihn nicht gängeln wollte – noch nicht.

*

Das Weihnachtsfest warf seine Schatten voraus. Axel war der Meinung, dieses Fest werfe mehr Schatten, als es Licht spendete, denn mit dem Glauben ans Christkind war ihm auch der Zauber des Weihnachtsfestes abhandengekommen. Seither hielt er das ganze Theater eher für faulen Zauber und konnte nicht verstehen, warum die Frauen seiner Familie gar so scharf darauf waren. Einzig Kerstin, sonst nicht gerade seine beste Freundin, war diesbezüglich eine Spur entspannter.

Yvonne lehnte zwar neuerdings Adventskalender ab, sehr vernünftig, und fand Marens Deko „retro", da war was dran, aber ihre Weihnachtswunschliste hatte sie ihnen bereits zur Verfügung gestellt. Zwar nicht wie früher zwischen Innen- und Außenflügel des Kinderzimmerfensters (ein Lob auf die alten Kastenfenster!), nein, sie hatte die Liste praktischerweise auf ihrem Tablet erstellt und an alle Beteiligten per WhatsApp versandt. Kluges Kind. Die Nachricht war eben gekommen. Es war ihr wohl wieder fad in der Schule. Er verstand das ja, war ihm auch nicht anders gegangen. Elena hielt Yvonne deshalb für hochbegabt, aber davon wollte er nichts wissen. Sie war zugegebenermaßen ganz gut in der Schule. Wenn man ihren Lernaufwand in Rechnung stellte, waren die Ergebnisse sogar erstaunlich gut, aber deswegen war sie doch nicht gleich hochbegabt.

Als er die Wunschliste dann im Detail studierte, schwankte er zwischen Belustigung und Empörung. Was immer Weihnachten war, es sollte jedenfalls kein Fest übermäßigen Konsums sein. Die Liste war nicht eben kurz und die bescheidenen Wünsche waren deutlich in der Minderheit. Was las er da? Ein I-Phone? Kam nicht infrage, sie hatte doch ein Smartphone. Eine Handtasche von Michael Kors? Wer zur Hölle war Michael Kors? Ein Schminkset, na gut, eine Jeans von Miss Sixty …

Elena klopfte. Mittagessen sei fertig.

Seit er sein Büro in ihrem Haus hatte, wurde er zweimal täglich bekocht, mittags von Elena, abends von Maren. Zum Glück neigte er nicht zum Zunehmen.

Bei Elena gab es Kohlgemüse, Würstel und Kartoffelschmarrn.

Während des Essens sagte Elena: „Deine Prinzessin hat mir eine Nachricht zukommen lassen."

„Mir auch."

„Wenn es euch recht wäre, würde ich das I-Phone übernehmen."

„Hast du eine Ahnung, was das kostet? Außerdem hat sie ein Smartphone."

„Ein No-Name-Gerät aus der Steinzeit."

Axel stellte das Kauen ein und sah seine Mutter erstaunt an. „Sagt Yvonne", fügte Elena erklärend hinzu.

Ach so.

„Trotzdem bin ich nicht der Meinung, dass man diesen Markenwahn auch noch unterstützen soll. Unser Konsumverhalten muss endlich nachhaltiger und verantwortungsbewusster werden. Da rede ich mir seit Jahren den Mund fusselig, aber anscheinend hört mir kein Mensch zu."

„Dann weißt du ja jetzt, wie das ist", stellte Elena trocken fest. „Magst du auch einen Schluck Bier?"

„Zu Mittag?"

„Heiliger Himmel, du musst dich ja nicht betrinken. Vielleicht verkraftest du Yvonnes Weihnachtsliste mit einem Glas Bier besser", meinte Elena und stellte eines vor ihn hin.

Bevor er am Abend nach Hause fuhr, fragte Elena: „Was ist jetzt mit dem I-Phone?"

Axel verdrehte die Augen. „Ich werde mit Maren darüber reden – falls ich es nicht vergesse."

*

Maren sah Yvonnes Wunschliste gelassen. „Wenn Yvonne sich das Ding wünscht und Elena es kaufen will, ist doch alles in Ordnung."

„Und was kann dieses I-Phone, was ihr Handy nicht kann?"

„Das fragst du mich jetzt nicht im Ernst? Ich weiß es nicht. Ist aber auch egal, trifft ja keinen Armen."

„Du glaubst wohl immer noch, Elena sitzt auf ein paar Millionen Euro. Du spinnst ja!"

„Versteh mich recht, ich gönne es ihr – wie immer sie dazu gekommen sein mag. Ich finde es nur kindisch, dass sie es vor uns geheim hält."

„Das fände ich allerdings auch komisch. Aber warum sollte sie das tun und, vor allem, woher sollte sie das Geld haben?"

„Das überlege ich schon länger. Vielleicht hat sie noch einmal Lotto gespielt oder ein Patient hat ihr etwas hinterlassen."

„Unwahrscheinlich."

„Ich weiß. Übrigens, Kerstin hat recht gehabt, im Grundbuch Nelkengasse 12 ist dieser Doktor Burger eingetragen."

„Natürlich ist er das, er hat das Haus doch treuhändig erworben – für wen auch immer."

Elena

Stille Nacht

Elena mochte den Trubel der Vorweihnachtszeit, heuer hatte sie sich sogar dazu hinreißen lassen, Weihnachtskekse zu backen. Der Erfolg hielt sich leider in Grenzen. Der Lebkuchen war steinhart, die Vanillekipferl eindeutig zu groß, einzig ihre Rumkugeln konnten sich sehen lassen. Allerdings sollte man nach dem Genuss von mehr als einem Stück besser nicht mehr Auto fahren.

Das ewige Hin und Her, wer am Heiligen Abend wann, mit wem und wo feiert, hatte Elena schon vor Jahren geklärt, indem sie einfach alle zu sich einlud.

Solange sie verheiratet war, hatten sie und Ossi stundenlang in der Küche gestanden. Das hatte beiden einen Riesenspaß bereitet. Nach der Scheidung war sie dazu übergegangen ein Catering zu beauftragen. Anfangs beim Fleischer ums Eck, später etwas aufwendiger. Heuer hatte sie Tage damit zugebracht, die verschiedenen Angebote zu vergleichen, und am Ende ein richtig teures Cateringunternehmen ausgewählt. Nur die Sache mit den Austern hatte sie dann doch lieber sein lassen. Die aß man doch am besten frisch aus dem Meer, nicht dass sich noch einer eine Vergiftung zuzog. Aber ein wenig gekochter Hummer durfte es schon sein, und dieser Kaviar, der neuerdings ganz in ihrer Nähe gezüchtet wurde, schmeckte wirklich vorzüglich und gar nicht salzig.

Darauf musste man erst einmal kommen. Die sibirischen Störe des Herstellers schwammen im hochmineralisierten Quellwasser eines wunderschönen Baches vor den Toren der Stadt.

Der Tipp war übrigens von Helmut Burger, der sie vor Weihnachten in ein ziemlich edles Lokal eingeladen hatte. Ein sehr netter Abend. Schade, dass Helmut Weihnachten bei seiner Tochter in Wien verbrachte, sie hätte ihn gern mit dabei gehabt.

Dafür hatte sie zum ersten Mal nach der Scheidung Ossi und seine Mutter eingeladen, als Überraschungsgäste. Sie war schon gespannt, wie Kerstin darauf reagieren würde. Vielleicht ließ sich ja ein Schock mit einem anderen therapieren, so wie die Homöopathen Ähnliches mit Ähnlichem behandeln wollten. Elena hatte das schon immer für Schwachsinn gehalten. Wobei, Erfolge hatten sie ja. Vielleicht sollte sie sich im neuen Jahr einmal genauer damit befassen. Ebenso wie mit dieser seltsamen Methode, mit der Klaus Fritsch Kerstin behandelte. Klang abenteuerlich, war aber erfolgreich. Kerstin vertrug bereits wieder Eier, Milch und Käse. Schon erstaunlich.

Wie war sie jetzt darauf gekommen? Ach ja, wegen Kerstin. Die hatte sie telefonisch davon informiert, dass sie sich von Roman getrennt hatte. Einvernehmlich, ohne besonderen Grund und ohne großes Trara, wie sie ausdrücklich betonte. Ging das? Konnte man sich einfach so trennen, ganz ohne Seelenschmerz? Wenn es jemand konnte, dann vermutlich Kerstin und Roman. Kerstin ließ Gefühle nicht zu, und bei Roman war Elena nie sicher, ob er überhaupt welche hatte. Vielleicht hatten die beiden deshalb nicht zueinander gepasst, weil jeder intuitiv nach einem Partner suchte, der zu mehr Emotionalität fähig war?

Ob Kerstins neu erwachtes Interesse an Kochrezepten etwas damit zu tun hatte? Und hatte Axel neulich nicht erwähnt, dass Maren Kerstin mit Fritsch auf dem Weihnachtsmarkt getroffen hatte? Ein interessanter Mann, wirklich schade, dass er verheiratet war, wenn auch – angeblich – nicht besonders glücklich.

Wie dem auch sei, jetzt war erst einmal Weihnachten. Morgen würde sie Axel bitten, ihr beim Aufstellen des Weihnachtsbaumes und des Buffettisches behilflich zu sein, dann konnte das Christfest endlich kommen.

*

Kaum zu glauben, dachte Elena, während sie versuchte, sich an den Text der dritten Strophe von „Stille Nacht, heilige Nacht" zu erinnern. Ossi, der weltgewandte Bonvivant, wirkte beinahe schüchtern, wie er da vor dem riesigen Christbaum stand, die Hände in die Taschen seines nicht mehr ganz neuen Sakkos gesteckt. Sobald der letzte Ton verklungen war, trat er einen Schritt vor, wandte sich den anderen zu und sagte mit belegter Stimme: „Ich wünsche euch allen ein recht frohes Weihnachtsfest und ein paar nette Geschenke. Aber was immer da unter dem Weihnachtsbaum auf euch wartet, das größte Geschenk hat Elena mir gemacht, weil ich mit euch feiern darf. Das habe ich mir in den letzten Jahren oft gewünscht."

Niemand konnte daran zweifeln, dass er meinte, was er sagte, und einen Moment herrschte betretenes Schweigen. Dann trat er auf Elena zu und küsste sie links und rechts auf die Wangen. Schon hob das allgemeine Beglückwünschen und Händeschütteln an und Yvonne machte sich wie jedes Jahr daran, die Päckchen zu verteilen. „Dazu ist sie also noch nicht zu groß", dachte Elena schmunzelnd.

Da es Tradition war, dass jeder jedem etwas schenkte, und sei es nur eine Kleinigkeit, gab es nicht nur einen Berg von Päckchen, sondern in der Folge einen beinah noch größeren Berg von Geschenkpapier. Dass Axel das nicht gutheißen konnte, war klar, aber Elena wollte an einem solchen Tag keine Grundsatzdebatten über Sinn und Unsinn von Geschenken im Allgemeinen und Geschenkpapier in Besonderen. Sie wollte einfach nur genießen, was sie hatte: einen Abend im Kreis ihrer Lieben. Deshalb raunte sie Axel zu: „Du sagst jetzt bitte nichts", ehe sie begann, dass ehemals so wunderschöne Papier in die vorbereiteten Müllsäcke zu stecken.

*

„Die Überraschung ist uns jedenfalls gelungen", resümierte Elena am nächsten Vormittag zufrieden, während sie den Tisch für vier Personen deckte.

Ihre ehemalige Schwiegermutter hatte es sich nicht nehmen lassen, den Weihnachtsgottesdienst zu besuchen. Ossi hatte sie in die nächstgelegene Kirche bringen müssen und sollte sie auch wieder abholen. In der Zwischenzeit leistete er Elena Gesellschaft. Genau genommen war er ihr ständig im Weg, weil er unaufhörlich auf und ab ging. Endlich blieb er vor dem Esstisch stehen: „Bist du denn sicher, dass Kerstin kommt?"

„Ziemlich sicher."

Er brummte etwas, sah auf die Uhr und machte sich auf den Weg, seine Mutter abzuholen.

Kaum war er weg, läutete das Telefon. Kerstin teilte mit, dass sie leider nicht kommen könne, sie hätte Kreislaufprobleme. Nichts Schlimmes, aber ihr Blutdruck sei im Keller, da wollte sie nicht Auto fahren.

„Also, ich sehe das so", antwortete Elena gedehnt. „Entweder es ist so schlimm, dass du wirklich nicht kommen kannst, dann lasse ich hier alles stehen und liegen und komme zu dir. Wenn du das nicht möchtest, setzt du dich besser in ein Taxi. Ich habe diese Gans, eine echte Bauerngans aus dem Waldgau, extra deinetwegen gefüllt, mit dieser getrüffelten Semmelfülle, deren Rezept du mir neulich hast zukommen lassen. Also hoppauf, wir erwarten dich mit einem Glas Prosecco, das ist gut für deinen Kreislauf."

Dann ging sie in die Küche, um nach der Gans zu sehen.

*

Kerstin war zwar gekommen, aber sie gab sich ziemlich zugeknöpft. Das war am Vorabend nicht anders gewesen, doch im Trubel der größeren Gesellschaft war es nicht weiter aufgefallen.

Die Gans war wirklich gut gewesen, alle hatten tüchtig zugegriffen, doch mittlerweile hatte sich eine träge Müdigkeit über die kleine Gesellschaft gelegt. Nur Ossis Mutter schien noch recht munter, dabei war Elena ziemlich sicher gewesen, dass sie nach dem Essen ein Mittagsschläfchen halten würde. Doch nun verlangte sie nach einem zweiten Likörchen. Elena goss ihr großzügig ein, vielleicht würde das sie müde machen. Elena hatte nämlich einen Plan.

Sobald Rosalia sich zurückzog, würde sie ebenfalls verschwinden. Irgendein Vorwand würde sich schon ergeben. Hoffentlich nutzten Ossi und Kerstin dann die Gunst der Stunde, um sich endlich einmal auszusprechen, das würde sicher beiden gut tun.

„Dieser Orangenlikör schmeckt wirklich sehr gut. Wie, sagtest du, heißt er?"

„Cointreau."

Rosalia wandte sich an Ossi: „Kannst du dir das merken?"

Er nickte. „Ich kenne Cointreau."

„So, so. Dann hättest du mir ja längst mal einen mitbringen können", sagte Rosalia streng.

„Ich wusste ja nicht, dass du so eine Schnapsdrossel bist", versuchte er zu scherzen. Elena lachte pflichtschuldigst, dann war es wieder ruhig. Im Hintergrund sehnte sich Frank Sinatra nach weißer Weihnacht.

Elena hatte seit dem Aperitif schon ein gutes Dutzend Themen angerissen, bisher waren weder von Ossi noch von Kerstin mehr als höfliche, aber uninteressierte Antworten gekommen. Das war ungewöhnlich, weil sich eigentlich beide gern reden hörten.

Endlich sagte Rosalia: „Bevor mir dieser Likör endgültig in den Kopf steigt, werde ich mich ein wenig hinlegen."

Elena reichte ihr die Hand und sagte zuvorkommend: „Komm, ich begleite dich in dein Zimmer."

Rosalia maß sie mit einem strafenden Blick. „So besoffen bin ich auch wieder nicht."

„Ich muss ohnehin in den ersten Stock. Ich fürchte, ich habe im Schlafzimmer noch das Fenster gekippt", improvisierte Elena und folgte Rosalia aus dem Zimmer.

Kerstin

Väter

„Was für ein durchsichtiges Manöver", dachte Kerstin wütend. Sie hatte es ja geahnt, dass sie nicht hätte kommen sollen. Auch wenn sie jetzt wusste, dass diese Semmelfülle, für die Klaus so schwärmte, wirklich sehr gut war.

Ihr Vater räusperte sich. „Wir haben das nicht abgesprochen, aber ich bin Elena sehr dankbar, dass wir beide nun ein wenig Zeit haben, um miteinander zu reden."

„Bist du sicher, dass das Schließen eines Fensters lange genug dauert?"

Er versuchte, ihre schnippische Antwort wegzulächeln, räusperte sich abermals und sagte: „Ich hoffe aufrichtig, dass dieses Weihnachtsfest uns alle, aber vor allem uns beide, wieder etwas näher bringt."

„Warum sollte es?", fauchte Kerstin. Mochte ja sein, dass er manches bedauerte, wie Elena neuerdings behauptete, aber das hätte er sich früher überlegen müssen. Jetzt konnte er sich seine Schuldgefühle sparen. Als hätte er ihre Gedanken erraten, sagte Ossi: „Glaub mir, alles, was geschehen ist, tut mir leid, sehr leid sogar. Aber im Grunde verstehe ich nicht, was das mit uns beiden zu tun hat. Elena hat mir längst verziehen."

„Das kann jeder halten, wie er will."

„Ach, Mäuselchen, wir beide, wir waren doch immer ein super Team."

Doch, das waren sie, und Mäuselchen hatte sie schon lang niemand mehr genannt. Elena war kein Fan von Kosenamen. Der Klang seiner Stimme und wie er „Mäuselchen" sagte, hatten sie seltsam berührt, dennoch straffte sie die Schultern. Eine Erinnerung, nichts weiter, kein Grund, sentimental zu werden. Kerstin stand auf und sagte in geschäftsmäßigem Ton: „Ich hole mir ein Glas Wasser, soll ich dir eines mitbringen?"

„Wenn du unseren Friedenspakt mit Wasser besiegeln willst, dann gerne", lächelte er.

Friedenspakt? Welchen Friedenspakt?

*

„Wie war dein Weihnachtsfest?", fragte Klaus Fritsch, während Kerstin mit einer Glasviole in der linken Hand auf der Behandlungsliege ruhte.

„Das willst du nicht wissen."

„Doch, schon", lächelte er und nahm ihr gegenüber Platz.

„Kurz- oder Langfassung?"

„Beginnen wir mit der Kurzfassung."

„Ich habe von meiner Familie die Nase wieder einmal gestrichen voll."

„Jetzt hätte ich doch gerne die Langfassung."

„Na gut. Meine Mutter hatte die Schnapsidee, meinen Vater samt Oma Rosalia einzuladen. Mein Vater hatte die Kühnheit, die Einladung auch noch anzunehmen und die ganze Familie hat sich aufgeführt, als wäre der verlorene Sohn nach Hause zurückgekehrt, für den man nun ein besonderes Festmahl ausrichten müsse. Mein Bruder hat getan, als wäre Ossi, mein Vater, von den Toten auferstanden, dabei besucht er ihn doch eh andauernd, und meine Mutter hat ein Buffet auffahren lassen, so etwas habe ich bei ihr noch nicht gesehen. Von Hummer über Kaviar bis zu Gänseleber war alles dabei. Mein Bruder, der grüne Axel, hat erst alles gefuttert, was das Buffet hergegeben hat, um uns anschließend mit einem Vortrag über Bescheidenheit und Nachhaltigkeit zu langweilen, was seinen Schwiegervater dazu veranlasste, sich mit einem Monolog über Leistungsbereitschaft zu revanchieren. Meine Schwägerin Maren, sonst noch eine der Vernünftigeren, hat sich – möglicherweise infolge all dessen – ein Glas mehr genehmigt und ständig gekichert, was meine Nichte unfassbar peinlich fand, wie sie uns mehrfach wissen ließ. Als wäre das alles nicht genug, habe ich von meinem Vater ein Buch über Versöhnung und von meiner Mutter einen pinkfarbenen Aktenkoffer bekommen. Kannst du dir das vorstellen?"

„Was jetzt genau? Den Aktenkoffer, das Versöhnungsbuch oder das ereignisreiche Fest in seiner Gesamtheit?"

„Mach dich nur lustig."

„Niemals, aber ich weiß ehrlich gesagt nicht, worüber du dich aufregst. Es ist doch erfreulich, wenn deine Eltern das Kriegsbeil endlich begraben haben. Wie lange sind sie geschieden?"

„Dreizehn Jahre."

„Dann würde ich sagen, es war sogar höchste Zeit."

„Meine Eltern streiten schon lange nicht mehr, aber deswegen muss Elena Ossi doch nicht zu Weihnachten einladen."

„Du hast wohl kein besonders gutes Verhältnis zu deinem Vater."

„Jetzt nicht mehr."

„Früher schon?"

„Es gab bei uns klare Fronten. Papa und ich auf der einen Seite, Mutter und Axel auf der anderen."

„Und was ist dann passiert?"

„Dann ist mein heiß geliebter Vater fremdgegangen und Mutter hat sich scheiden lassen."

„Verstehe. Das heißt, im Grunde verstehe ich es eigentlich nicht. Du sagst, deine Mutter hat sich scheiden lassen. Was hat das mit dir zu tun?"

„Das fragst du noch?"

„Na ja, ich meine, er hat nicht dich betrogen, sondern deine Mutter."

„So sieht er das auch."

„Du nicht?"

„Nein. Aber warum interessiert dich das so brennend?"

„Das erzähle ich dir gerne, vielleicht anschließend bei einer Tasse Tee? Wein darfst du ja heute leider keinen trinken."

„Aber Fisch dürfte ich doch essen?"
Er lächelte. „Wenn du dich dazu mit einem Mineralwasser begnügst, stünde einem Besuch beim Italiener nichts im Wege."

*

„Erzähl mir jetzt aber bitte nicht, dass das schlechte Verhältnis zu meinem Vater an einer meiner Allergien schuld ist", sagte Kerstin, nachdem sie ihre Bestellungen aufgegeben hatten.
„Wie kommst du darauf?"
„Weil mir einer deiner werten Kollegen einmal einreden wollte, meine Milchallergie ließe ihn vermuten, ich hätte ein schlechtes Verhältnis zu meiner Mutter."
„So ist das natürlich Quatsch. Es kann aber sein, dass ein früheres Ereignis als Auslöser für eine Allergie oder Unverträglichkeit infrage kommt. Wenn in einer Familie beispielsweise häufig am Sonntagmittag gestritten wird und es Sonntagmittag oft Huhn gibt, dann kann es sein, dass der eine oder andere Jahre später Probleme mit Hühnerfleisch und Eiern bekommt."
„Meine Eltern haben kaum in unserem Beisein gestritten und Huhn gab auch nur selten. Aber reden wir von dir. Wie war dein Weihnachtsfest?"
„Auch nicht so prickelnd. Adriane war sauer, weil ich Weihnachten zu Hause feiern wollte. Nur wir und die Kinder, verstehst du?"
Kerstin schüttelte den Kopf: „Bei uns war Weihnachten immer etwas los. Als ich klein war, kamen die Großeltern und die Uroma, später kam dann Maren dazu, dann ihre Eltern, dazwischen war einige Jahre eine von Mutters Freundinnen dabei, die sonst allein gewesen wäre."
„Und hast du dir nie gewünscht, nur mit deinen Eltern zu feiern?"
„Nur wir vier? Ich weiß nicht, ich stelle mir das irgendwie traurig vor, so ganz allein."
Klaus schien darüber nachzudenken. „Ich fand das immer sehr schön. Am Heiligen Abend waren immer nur die Eltern und wir

Kinder beisammen, erst am Christtag kamen die Verwandten. Jedenfalls habe ich das diesmal durchgesetzt, was aber Blödsinn war. Erst war Adriane stinksauer auf mich, und als wir am Christtag zu ihren Eltern kamen, waren die auch nicht besonders erfreut, weil sie am Heiligen Abend allein gewesen sind. Das hat Adriane natürlich ausgenutzt und mich zum Tyrannen der Sonderklasse hochstilisiert."

„Aber deine Schwiegereltern kennen dich ja auch nicht erst seit gestern."

Er lächelte, aber es war ein trauriges Lächeln. „Das ist es ja. Erst habe ich ihnen die Tochter weggenommen, dadurch deren hoffnungsvolle Schauspielerkarriere ruiniert, jetzt will ich ihr Geld verzocken und tyrannisiere das arme Kind auch noch."

„Wieso willst du ihr Geld verzocken?"

„Mein Reha-Projekt. Adrianes Vater sollte ursprünglich als Investor einsteigen. Aber Adriane ist neuerdings dagegen. Sie hält meine Therapie für Hokuspokus und die Rehaklinik für eine Schnapsidee. Das war natürlich auch immer wieder ein Thema. Als Sahnehäubchen hat mein lieber Sohn Roland diese Situation weidlich ausgenutzt und keine Gelegenheit ausgelassen, mich zu provozieren."

„Wie alt?"

„Bald dreizehn."

„Armer Klaus", lächelte Kerstin. „Aber du hast ja immer noch deine Tochter."

„Ja, zum Glück. Aber wenn ich mir vorstelle, dass die sich im Falle einer Scheidung ebenfalls von mir abwenden könnte, so wie du es gemacht hast ..."

„Du willst dich scheiden lassen?"

„Darauf wird es hinauslaufen. Gäbe es Bienchen nicht, wären wir längst geschieden."

Axel

Ideen

Es soll ja Menschen geben, die glauben, dass zum Leben mehr gehört als nur zu arbeiten und zu funktionieren. In seiner Familie waren die allerdings in der Minderheit, dachte Axel, während er lustlos seine wenigen Belege für Marens Steuerberater fertig machte. Er hatte vor Weihnachten noch einmal so richtig Gas gegeben, um das Manuskript vor den Feiertagen an seine Testleser weitergeben zu können. War es seine Schuld, dass es bisher nur Maren gelesen hat und er nicht weiterarbeiten konnte?

Das war zweifelsohne sehr nett von Maren, aber bei aller Liebe, sie war weder ein Sprachgenie noch interessierte sie sich ernsthaft für Politik. Immerhin, zwei Logikfehler hatte sie aufgedeckt.

Wirklich neugierig war er auf Pias Reaktion. Das lag jetzt weder an ihren verführerischen Rundungen noch an anderen Vorzügen, sondern einfach nur daran, dass ihm ihre Meinung sehr wichtig war. Schließlich war sie vom Fach.

Wie dem auch sei. Ausgerechnet jetzt, wo er endlich ein wenig Zeit hatte, sich Gedanken über sein nächstes Projekt zu machen, fuhr Maren wieder dazwischen. Achim wollte mit Lisa, einer Angestellten, drei Wochen in die Karibik. Maren meinte, da Axel nun ohnehin nichts zu tun hatte, könnte er doch wieder einspringen. Was heißt schon nichts zu tun? Er hatte da ein paar neue Ideen, und er brauchte endlich etwas Zeit, seine Gedanken und Ideen zu sortieren.

Da war einmal die Online-Zeitung.

Elena hatte ihn darauf gebracht, mit ihrem ständigen Gejammer über das Übermaß an schlechten Nachrichten. Dass nur schlechte Nachrichten gute Nachrichten waren, das wusste heute jedes Kind. Was aber, wenn man, gerade in Zeiten von Krieg, Terror und Angst, eine Zeitung machte, in der gute und schlechte Nachrichten sich die Waage hielten? Für jeden korrupten Politiker einen, der etwas Gutes bewirkte, für jeden Flüchtling, der seine Leute in Misskredit brachte, einen, der etwas Positives leistete. Das könnte ein Erfolg werden, auch wirtschaftlich.

Und dann war da immer noch die Idee, eine eigene Partei zu gründen. Er hatte bisher mit niemandem darüber gesprochen, aber er war sicher, dass er von Start weg ein paar Profis für sein Projekt gewinnen konnte. Es stimmte ja nicht, dass alle Politiker korrupt waren, es waren nur mehr als gut war für das Land, für Europa und für die Welt.

Für diese Projekte würde es sich lohnen, am Morgen aufzustehen und zu kämpfen. Er musste heute Abend mit Maren darüber in aller Ruhe reden, dann würde sie es bestimmt verstehen. Früher hatte sie doch auch davon geträumt, die Welt zu verändern.

*

Er hätte es sich ja denken können.

Maren hatte seinen Ideen wieder einmal nichts abgewinnen können. Diese Frau dachte in letzter Zeit einfach nur noch ans Geld. Die Online-Zeitung fand sie zwar eine nette Idee, mehr aber als die journalistische Arbeit interessierte sie die Frage der Finanzierung.

Natürlich musste man die Sache durch Werbeeinnahmen finanzieren, das wusste er auch, aber das würde sich doch alles finden, wenn es die Zeitung erst einmal gab.

Mit der Partei sei überhaupt kein Geld zu verdienen, hatte sie geschrien. Ja, sie hatte ihn angeschrien. Aber so ging das nicht - nicht mit ihm.

Jetzt saß er hier, in dieser rauchigen Spelunke, und trank schon das zweite Bier. Sein Handy zeigte eine Nachricht von Pia an. Sie hätte sein Manuskript endlich fertig und würde ihm ihre Anmerkungen gern persönlich erläutern. Ob das in den nächsten Tagen möglich wäre?

Aber ja, sehr gern sogar, auch sofort, wenn sie wollte.

*

Axel rieb sich die Augen. So hell schon? Warum hatte Maren ihn denn nicht geweckt? Ein weiterer Blick ließ seine Erinnerung blitzartig zurückkommen. Er lag auf dem Sofa seines Büros, und neben ihm … niemand. Zum Glück. Pia war schon gegangen. Der Aschenbecher, die leere Rotweinflasche und zwei Gläser standen noch auf dem kleinen Besuchertisch am Fenster. Komisch, dass ihn bei Pia der Rauch gar nicht so störte. Vermutlich lag das an ihrer Zigarettensorte. Er zweifelte nicht, dass es eine sehr edle Sorte war. Pia benutzte auch stets ein edles Zigarettenetui und ein ebenso edles Feuerzeug.

Er drehte sich noch einmal zur Seite, doch das schlechte Gewissen ließ ihn nicht wieder einschlummern, also stand er auf und ging ins Bad.

Frisch geduscht und rasiert klopfte er bei Elena. Sie war gestern im Theater gewesen, aber früher als sonst zurückgekommen. Ob sie etwas mitbekommen hatte?

Elena öffnete wortlos – sie brauchte auch nichts zu sagen. So, wie sie ihn ansah, war klar: Sie wusste alles.

„Gibt's noch Frühstück?", fragte er betont heiter.

„Für wie viele Personen?"

„Elena, was denkst du von mir?"

„Das willst du nicht wissen. Tee?"

Trotz ihrer schlechten Laune befüllte sie den Wasserkocher und stellte Brot, Butter und Marmelade vor ihn hin.

„Schinken und Käse gefällig?"

Er schüttelte den Kopf. Er hatte keinen Appetit.

Sollte er es ihr erklären? Ach, egal was er jetzt sagte, Elena würde es ohnehin nicht verstehen. „Wirst du es Maren sagen?"

„Darüber denke ich noch nach."

Ob sie das ernst meinte? Das durfte nicht passieren. Was war er nur für ein unfassbarer Trottel. Wollte er seine Ehe nicht gefährden, musste er verhindern, dass Maren etwas erfuhr und die Affäre so schnell wie möglich beenden.

Aber - wollte er das?

Pia war eine erstaunliche Frau, auch wenn sie im Grunde all das repräsentierte, was er bisher abgelehnt hatte. Verglichen mit Maren war Pia ein Luxusweib. Ihre Kleidung musste eine Stange Geld kosten und der Rotwein, den sie gestern mitgebracht hatte, war vermutlich teurer gewesen als alles, was Maren im Laufe der Woche für Lebensmittel ausgab. Wobei er, genau genommen, keine Ahnung hatte, wie viel Maren für Lebensmittel ausgab.

Dann hatte sie ihm auch noch zwei Karten für die Lesung dagelassen, und sie beide zur anschließenden Feier eingeladen.

Wie stellte sie sich das nur vor? Das konnte er doch nicht machen!

Anderseits wollte gerade Maren unbedingt zu dieser Lesung, um seine Karriere als Schriftsteller voranzutreiben.

Hallo? Er hatte ein Buch geschrieben. Das hatte Spaß gemacht und er hoffte von ganzem Herzen, dass es ein Erfolg werden würde. Aber wer sagte, dass er fortan Schriftsteller sein wollte? Warum planten alle Frauen immer sein Leben?

Er musste mit jemandem reden, am besten mit einem Freund. Aber diesen einen besten Freund, mit dem man alles besprechen konnte, den hatte er nicht. Er hatte Freunde, das schon. Aber alle kannten Maren, alle mochten Maren.

Er würde zu Ossi in den Waldgau fahren. Am besten jetzt gleich. Der konnte ihn vermutlich noch am ehesten verstehen, zumindest war er mehr als einmal in seiner Lage gewesen.

Elena

Loyalität

Natürlich würde sie es Maren nicht sagen. Was dachte der dumme Bub eigentlich von ihr? Aber der Schock war ihm doch in die Glieder gefahren, als sie andeutete, es könnte auch anders sein. Gut so. Vielleicht war es ein heilsamer Schock – obwohl die Sache mit der Schocktherapie ja ziemlich aus der Mode gekommen war.

Maren nichts zu sagen, war für Elena nicht sosehr eine Frage der Loyalität zu Axel – ein derartiges Verhalten verdiente keine Loyalität –, aber sie wusste, wie es sich anfühlte, betrogen zu werden.

Waren denn alle Männer gleich? Gab es keinen, der treu sein konnte? Ob Helmut seiner Frau immer treu gewesen war? Er hatte erzählt, sie hätten eine sehr gute Ehe geführt. Aber was sagte das schon, Männer sahen solche Dinge oft lockerer, zumindest, wenn nicht sie es waren, die betrogen wurden.

Eigentlich passte dieser Betrug gar nicht zu Axel, er war doch sonst ein grundehrlicher Mensch. Aber – hatte er etwa zu Ossi gepasst?

Wie mochte es zu diesem Rendezvous überhaupt gekommen sein? Hatte der Bub wieder einmal Streit mit Maren gehabt? Hatte er gewusst, dass sie im Theater war und gedacht, sie würde länger ausbleiben? Dumm gelaufen. Früher waren sie nach dem Theater immer noch essen gegangen, aber in letzter Zeit wollte Henriette lieber vorher eine Kleinigkeit essen, und gestern waren sie beide sogar zu müde, um hinterher zumindest noch ein Glas Wein zu trinken.

Sie glaubte übrigens zu wissen, wer sein Damenbesuch war. Zumindest fuhr Pia Moser ebenfalls ein rotes BMW-Cabrio.

Pia und Axel – so ein Quatsch. Die beiden passten doch überhaupt nicht zueinander. Pia war ein Luxusgeschöpf und kein Kind von

Traurigkeit. Außerdem dachte sie ganz bestimmt nicht daran, ihren Mann zu verlassen. Dachte Axel etwa daran, Maren zu verlassen?

„Ich hätte mit ihm darüber reden müssen", überlegte Elena, aber erst war sie zu wütend gewesen, weil sie seinetwegen die halbe Nacht nicht geschlafen hatte, und dann war er einfach aufgestanden und gegangen. Auch so eine Unart.

Wo er wohl hingegangen war? Das Rad hatte er jedenfalls stehen lassen. Kein Wunder, seit einer Stunde peitschte der Regen gegen die Fenster - aber er fuhr doch sonst bei jedem Wetter. Sie spürte, wie eine leichte Nervosität sich in ihr breit machen wollte. Unsinn. Der Bub war ja kein Kind mehr. Resolut wandte sie sich anderen Dingen zu.

Helmut Burger.

Tagelang hatte sie überlegt, unter welchem Vorwand sie ihm einen Besuch abstatten konnte. Natürlich hätte sie ihn auch einfach anrufen können, schließlich waren sie beide erwachsen, und im vergangenen Herbst waren sie einander doch schon sehr nah gewesen. Dann war Weihnachten gekommen, Helmut war zu seiner Tochter nach Wien gereist und erst im neuen Jahr wiedergekommen. Seither schien die Vertrautheit verflogen zu sein.

Aber damit wollte Elena sich nicht abfinden. Sie plante ein Wiedersehen, allerdings sollte es nicht so aussehen, als würde sie sich aufdrängen. Es schien ihr raffinierter, ihn an einem späten Nachmittag in seiner Kanzlei zu besuchen. In der Zwischenzeit hatte sie eine Liste von Fragen über Mietverhältnisse, Renditen und ähnlichen Kram zusammengestellt, die sie ihm stellen konnte. Fragen, deren Antworten Elena nicht wirklich interessierten.

Sie kannte Helmuts Gewohnheiten in der Zwischenzeit gut genug, um zu wissen, dass er die Kanzlei meist erst gegen zwanzig Uhr verließ, während seine Sekretärin üblicherweise schon gegen achtzehn Uhr ging.

Sie würde so gegen halb sechs kommen, das gab ihrem Auftritt einen geschäftlichen Anstrich, inkludierte aber auch die Möglichkeit eines gemeinsamen Abendessens.

Ja, das war gut.

*

„Guten Abend, Frau Doktor Prinz. Haben Sie denn einen Termin?"
„Nein, den habe ich heute leider nicht, aber ich war gerade in der Gegend und hätte noch ein paar Fragen an Herrn Doktor Burger."
„Es tut mir leid, aber der Herr Doktor ist in einer Besprechung. Kann ich Ihnen vielleicht weiterhelfen?"
Nein, das konnte sie nicht.
„Kann ich warten?", fragte Elena honigsüß und nahm, ohne eine Antwort abzuwarten, in der Wartezone Platz.
„Ich fürchte, das wird heute länger dauern."
„Vorzimmerdrachen", dachte Elena und sagte etwas weniger süß als zuvor: „Wollen Sie ihm einfach sagen, dass ich da bin?"
„Gerne", antwortete der Vorzimmerdrachen. Es klang allerdings nicht danach. Zwei Minuten später stand sie wieder vor Elena.
„Der Herr Doktor bedauert. Er meldet sich morgen bei Ihnen", lächelte der Drachen. Kein Zweifel, die freute sich darüber.
So etwas hat man als Frau doch im Gefühl.

Axel

Späte Erkenntnis

„Wenn ich heute zurückschaue, weiß ich erst, was ich damals verloren habe", sagte Ossi am Abend desselben Tages zu Axel und sah dabei gedankenverloren in sein Rotweinglas. Dann fügte er leise hinzu: „Am vergangenen Weihnachtsabend habe ich das erst so richtig gespürt. Für mich war das so ein ‚Tag der Erkenntnis'. Kennst du das? Wenn es dir plötzlich wie Schuppen von den Augen fällt: So hätte es sein müssen. Aber meistens ist es dann zu spät."

Axel konnte sich beim besten Willen an keine derartige Situation erinnern, aber er nickte und Ossi fuhr fort: „Damals, als ich so alt war wie du, hielt ich das Leben für ein Spiel, und ich gehörte zu den Gewinnern. Heute weiß ich es besser. Meine kleinen Affären haben mir vor allem Bestätigung verschafft. Vielleicht war es die Bestätigung, die ich von Elena nie bekommen habe. Warum auch? Sie war um so vieles zielstrebiger und tüchtiger als ich."

„Kenn ich", warf Axel ein. „Nicht besonders gut für das Selbstvertrauen."

Diesmal nickte Ossi und schenkte nach. „Sonst haben diese Liebschaften mir nicht viel bedeutet - und Elena hat mir stets verziehen. Dann kam einmal der Tag, da war es einfach zu viel und für jede Entschuldigung zu spät."

„Eigentlich ungerecht", sinnierte Axel weinselig.

Ossi zuckte die Schultern. „Ich weiß nicht. Erst dachte ich, das würde sich wieder einrenken. Bekanntlich habe ich mich getäuscht. Sobald ich das verstanden hatte, war ich vollkommen am Boden. Ich hatte keine Vision, keinen Mut und keinen Plan. Nicht einmal Bilder hatte ich im Kopf. Deine Großmutter hat mir das Leben auch nicht leichter gemacht, wie du dir vielleicht vorstellen kannst."

Axel nickte, das konnte er sich sogar recht gut vorstellen. „Elena war heute auch nicht besonders gut auf mich zu sprechen."

Eine Weile war es still, dann sagte Axel: „Maren ist auch so verdammt tüchtig und zielstrebig. Wenn sie sich einmal zu etwas entschlossen hat, dann zieht sie das durch, ohne Rücksicht auf Verluste, auch ohne Rücksicht auf sich selbst."

Ossi nickte wissend: „Genau wie Elena, die konnte arbeiten bis zum Umfallen. Allein der Gedanke daran hat mich fertiggemacht."

Diesmal schenkte Axel nach. „Auf die Liebe!"

Ossi prostete ihm zu. „Oder das, was wir dafür halten."

Dumpfes Brüten, ehe Axel meinte: „Ist wohl nicht ganz einfach, herauszufinden, wen man wirklich liebt."

Ossi schüttelte den Kopf: „Nein, ist es nicht."

Dann sah er auf die Uhr und fügte gähnend hinzu: „Lass uns morgen weiter darüber nachdenken."

*

Über Nacht hatte es geschneit. Nach dem Frühstück machte Axel mit seinem Vater einen langen Spaziergang durch den winterlichen Wald.

Die frische, kalte Luft tat ihnen gut. Sie sprachen nicht viel, jeder schien seinen Gedanken nachzuhängen. Auf dem Heimweg kaufte Ossi Bratwürstel, die sie zu Mittag brieten und mit Sauerkraut und Röstkartoffeln aßen.

Nach dem Essen fragte seine Großmutter: „Weiß Maren eigentlich, wo du bist?"

Axel nickte. „Ich habe ihr gestern Abend eine SMS geschickt."

„Und wie lange willst du hier noch herumhängen?" Es klang nicht besonders freundlich, aber Axel kannte sie gut genug, er hatte nichts anderes erwartet. Frauensolidarität – oft gab es sie nicht, aber in seiner Familie schien sie über Generationen zu wirken.

Axel griff über den Tisch und tätschelte ihre Hand. „Eine Nacht musst du mich noch ertragen, liebste Oma. Morgen fahre ich wieder zurück."

Sie nickte, schien zufrieden und murmelte: „Könnt' ja sein, dass'd wo fehlst." Dann machte sie sich von seiner Hand los und ging, um ihren Mittagsschlaf zu halten.

*

Vierundzwanzig Stunden später saß Axel im Zug und ließ die tief verschneite Landschaft an sich vorüberziehen. In der vergangenen Nacht hatte es noch einmal geschneit, beinah hätte er noch einen Tag bleiben müssen, weil Ossis Wagen erst nicht angesprungen war. Axel wäre es recht gewesen, er riss sich ohnehin nicht darum, Maren gegenüberzutreten. Was sollte er auch sagen?

Während er vor sich hin stierte, hörte er eine Stimme, die ihm bekannt vorkam. War das nicht der ehrenwerte Herr Bürgermeister? Wenn Axel sich nicht täuschte, saß er hinter ihm und telefonierte. Er schien sich zu ärgern, denn mit jedem Satz wurde er lauter. Wahrscheinlich dachte er, er wäre allein im Waggon.

„Natürlich weiß ich, dass der Vorschlag der Sozis nicht so blöd war. Ich weiß auch, dass Hartmuth ein Trottel ist, aber darum geht es nicht."

Hartmuth war also ein Trottel. Welcher Hartmuth? Axel würde einmal nach einem Hartmuth in der Stadtregierung googeln. Er notierte den Namen und lauschte weiter. Der Herr Bürgermeister schien zuzuhören, denn Axel hörte nur gelegentliches Grunzen, dann durchfuhren sie einen Tunnel und die Geräusche verhinderten weitere Erkenntnisse. Später hörte Axel ihn sagen: „Mir wurscht, was im Gesetz steht. Es wird so gemacht, wie ich gesagt habe."

Bürgermeister Lennert versuchte also wieder einmal, das Recht zu beugen. War nicht das erste Mal – aber die Wähler schien das nicht zu stören, seine Umfragewerte waren immer noch gut.

Axel spürt plötzlich eine Riesenlust auf eine eigene Partei oder eine eigene Zeitung – am besten beides! Eine Partei, in der Recht Recht blieb, eine Partei, die dem politischen Gegner auch einmal recht gab und nicht reflexartig alles ablehnte. Als Parteizeitung könnten sie ein

Blatt herausbringen, das in einem ausgewogenen Maß über positive und negative Ereignisse berichtete. Die Menschen würden die Zeitung vielleicht schon deswegen kaufen. Das war genial, das war die Idee! Das war genau das, was er tun wollte.

Allerdings würde er gut daran tun, Maren nicht gleich heute Abend davon zu erzählen.

*

Wenig überraschend war Maren ziemlich sauer. Durch vorsichtiges Nachfragen hatte Axel allerdings bald herausgefunden, dass er nicht der einzige Stein des Anstoßes war. Das war gut. Das war sogar sehr gut, das war beinah so gut wie ein Sechser im Lotto.

Offenbar hatte sie auch Zoff mit Achim, ihrem werten Geschäftspartner. Das hörte Axel gern.

„Achim ist zweifellos ein begnadeter Verkäufer, aber er ist manchmal so oberflächlich. Wir haben einfach vollkommen unterschiedliche Vorstellungen davon, was ein gelungenes Geschäft ausmacht."

Axel wollte schon darauf hinweisen, dass er den Mann schon immer für einen gänzlich oberflächlichen Typen gehalten hatte, aber das war einfach nicht der Moment für Besserwisserei. Stattdessen fragte er: „Was ist der aktuelle Anlass für deine weise Erkenntnis?"

„Ich habe vorgeschlagen, dass wir uns einen Betriebsberater holen, um unsere Arbeitsabläufe durchleuchten zu lassen, da gibt es sicher hier und da noch Potenzial, und auch, um unseren Service zu verbessern. Das wollte ich schon lange, und jetzt könnten wir es uns leisten."

Axel schwieg. Wenn das Geschäft so gut ging, fiele ihm auch etwas Besseres ein, als das Geld einem dieser oberschlauen Berater in den Rachen zu schieben. „Man könnte beispielsweise in eine Online-Zeitung investieren", schoss es ihm durch den Kopf, doch er hütete sich, etwas Ähnliches auszusprechen. Maren schien ohnehin keine Antwort zu erwarten und fuhr weiter fort: „Wenn wir nicht mehr leisten als ein Immo-Portal, haben wir unsere Existenzberechtigung verloren. Mir kommt es vor, als ob wir alle auf der Titanic sitzen, uns selbst feiern und den Eisberg vor uns gar nicht sehen wollen."

„Wenn ich dich richtig verstehe, siehst du die Zukunft deiner Branche infrage gestellt."

„Nicht unbedingt, aber wie gesagt, wir müssen mehr leisten als ein x-beliebiges Internet-Portal. Vielleicht müssen wir auch den Fokus auf einen anderen Kundenkreis richten."

„Und was meint Achim dazu?"

„Achim meint, das Geschäft läuft, wir machen es, solange es profitabel ist, und wenn es das nicht mehr ist, machen wir etwas anderes."

„Was schwebt ihm vor?"

„Ich glaube, dass weiß er selbst nicht."

„Und jetzt?"

„Jetzt fährt er bekanntlich in den Urlaub – mit Lisa. Womit wir bei unserem Thema wären. Du hast geschrieben, du wolltest über alles nachdenken. Was ist dabei herausgekommen?"

Täuschte er sich oder hatte ihre Stimme bei dieser Frage etwas gezittert? Er drückte ihr einen Kuss auf die Wange. „Lass uns das beim Essen besprechen. Ich lade euch ein, zum Italiener", sagte er heroisch und warf einen Blick aus dem Fenster. In der Zwischenzeit hatte es auch in der Stadt angefangen zu schneien und er hatte wenig Lust, noch einmal in die Kälte hinauszugehen.

„Bei dem Wetter", maulte auch Yvonne. Kluges Kind.

Maren warf ebenfalls einen Blick aus dem Fenster. „Gegenvorschlag. Ich mache uns heute Spaghetti, und wir gehen morgen zum Italiener."

Der Vorschlag wurde einstimmig angenommen, das Abendessen verlief erstaunlich friedlich. Danach verzog Yvonne sich in ihr Zimmer und Maren setzte sich erwartungsvoll in ihren Lieblingssessel. Axel ging noch ein paar Mal im Zimmer auf und ab, dann nahm er vis-à-vis Platz und sagte: „Es tut mir leid, dass ich einfach davongerannt bin, das war dumm."

„Stimmt. Rechnet sich aber gegen mein hysterisches Geschrei. War auch nicht ganz comme il faut. Aber in der Sache selbst …"

„Maren, natürlich werde ich dir helfen, aber was hältst du davon, auch Elena einzuspannen? Sie langweilt sich ganz schrecklich."
„Wie stellst du dir das vor? Elena ist Ärztin. Ich kann sie doch nicht fragen, ob sie bei mir Hilfsarbeiten erledigen möchte."
„Bei mir hast du ja auch keine Bedenken. Schau, Elena ist genauso über- und unterqualifiziert wie ich. Wir haben beide keine Ahnung von deinem Geschäft, aber wir können – wie du im Sommer so treffend formuliert hast - eine Tür aufsperren, ein Exposé übergeben und höflich darauf hinweisen, dass wir nur Aushilfskräfte sind. Ich werde sie fragen."
„Von mir aus, aber vergiss nicht dazu zu sagen, dass es deine Idee war."

Elena

Einmal Ärztin, immer Ärztin

Als Axel mit einem schalkhaften Funkeln in den Augen Elenas Wohnzimmer betrat, wusste sie gleich, dass er wieder einmal mit einem blauen Auge davon gekommen war. Glückskind – irgendwie. Hoffentlich war es ihm dennoch eine Lehre.

Ganz überrascht war sie nicht, sie wusste ohnehin schon das meiste. Erst hatte Maren sie darüber informiert, dass Axel zu seinem Vater gefahren war, dann hatte Ossi ihr, nach einigem Drängen, den Rest erzählt. Es war zwar nicht ganz die detailreiche Schilderung gewesen, die sie sich gewünscht hatte, aber immerhin anschaulich genug, um sich ein Bild zu machen.

Axel beugte sich zu ihr und küsste sie auf die Wange.

Elena gab sich zugeknöpft. „Was verschafft mir die Ehre deines Besuches?"

„Ich komme, um dich zu fragen, ob du Zeit und Lust hättest, Maren ein wenig im Büro auszuhelfen."

Sie warf ihm einen misstrauischen Blick zu: „Statt dir? Kommt nicht infrage."

„Gemeinsam mit mir."

„Und was müsste ich da tun?"

Axel berichtete.

„Das lässt sich machen."

Sie vereinbarten, dass Maren ihre neuen Aushilfskräfte am Sonntagvormittag schulen sollte, danach würden sie einen Spaziergang machen und essen gehen.

Während sie in der Küche herumwerkelte, dachte Elena: „Aushilfskraft in einer Immobilienkanzlei. Weit habe ich es gebracht", aber dann freute sie sich doch. Zumindest hätte sie in den nächsten drei

Wochen keine Langeweile und dachte nicht ständig darüber nach, ob und wie die Sache mit Helmut weitergehen könnte. Die aufgelisteten Fragen waren in der Zwischenzeit beantwortet, und auch das gemeinsame Abendessen war – wie immer – sehr angenehm gewesen. Doch es war ihr nicht gelungen, den Faden weiterzuspinnen, und nun schien neuerlich Funkstille eingetreten zu sein. Der Mann machte sie noch wahnsinnig.

*

Wenige Tage nachdem Axel und Elena ihren Aushilfsdienst angetreten hatten, meldete sich auch noch ein weiterer Mitarbeiter krank. Da im Gegenzug auch zahlreiche Kundentermine ausfielen – die Grippeperiode hatte ihren Höhepunkt erreicht und das Wetter war einfach nur schlecht –, blieb immer wieder ein wenig Zeit, um über Axels Projekte zu diskutieren.

Seine Ideen klangen wirklich ganz gut. Eine Partei, deren Mitglieder nicht nur von Leistungswillen und Ehrlichkeit faselten, sondern wirklich etwas leisteten und ehrliche Aussagen machten, das brauchte das Land, keine Frage.

Leistung wieder gesellschaftsfähig zu machen, ein Schulsystem, das fördert und fordert, das alles war ganz nach ihrem Geschmack.

Auch Maren hatte ihm aufmerksam zugehört und dann gesagt: „Ich verstehe dich ja, aber es ist einfach der falsche Zeitpunkt. Du hast keinen Job, und bevor unser Wohnungsproblem nicht gelöst ist, will ich über diese Dinge nicht einmal nachdenken."

Elena verstand beide. Das Haus würde sie auch wahnsinnig machen, nicht nur wegen des fehlenden Liftes und der prekären Parkplatzsituation. Der Hauseigentümer hatte offenbar einen Zahn zugelegt. Nachdem er das Haus erst verkommen ließ, hatte er nun damit begonnen, leer gewordene Wohnungen mit zwielichtigem Publikum zu besiedeln.

„Wir lassen uns von dem doch nicht verjagen", meinte Axel.

„Doch, lassen wir. Hast du die neuen Mieter gesehen, die in die Erdgeschoss-Wohnung eingezogen sind?"

„Zugegeben, die sind gewöhnungsbedürftig."

„Irrtum, mein Schatz, wir werden uns nicht an diese Leute gewöhnen. Denkst du vielleicht auch einmal an unsere Tochter?"

Das Argument hatte scheinbar gestochen, denn in den folgenden Tagen hatten sie sich einige Objekte angesehen, allerdings ohne Erfolg. Entweder war das Objekt zu teuer gewesen oder es hatte einem der beiden nicht gefallen. Elena hätte ihnen das Geld für eine neue Wohnung wirklich gern gegeben. Aber wie sollte sie das erklären, ohne ihren Gewinn einzugestehen?

In der Zwischenzeit waren sie auf eine Mietwohnung umgeschwenkt. Das Thema Partei hatte Axel in den letzten Tagen nicht wieder angesprochen. Aber Elena kannte ihn. Er mochte seine Schwächen haben, aber wenn er sich erst einmal in ein Thema verbissen hatte, verfolgte er es hartnäckig. Das Projekt würde über kurz oder lang wieder aufleben, da war sie sicher.

*

„Hatschi. Ha-a-atschi!"

„Junger Mann, so geht das nicht. Sie stecken uns ja noch alle an", herrschte Elena den Studenten an, der sich für diese ziemlich unsanierte Zwei-Zimmer-Wohnung interessierte, die bisher kein Mensch haben wollte.

„Halb so wild, ha-atschi!"

Elena stand auf, griff rasch nach seiner Hand und maß seinen Puls. Dann legte sie ihm kurz die Hand auf die Stirn. „Sie haben Fieber und gehören ins Bett."

„Schon möglich, aber ich will mir vorher noch diese Wohnung ansehen."

„Gegenvorschlag: Sie gehen jetzt nach Hause und legen sich ins Bett, und wenn Sie wieder fit sind, machen wir einen neuen Besichtigungstermin."

„Aber – hatschi – bis dahin ist die Wohnung sicher weg."

Elena schüttelte den Kopf. „Ich hebe sie für Sie auf. Versprochen." Dann kritzelte sie etwas auf einen Zettel.

„Das sollten Sie sich noch in der Apotheke besorgen. Alles rezeptfrei."

Erstaunlicherweise nickte der junge Mann, steckte den Zettel ein, murmelte „Danke – ha-atschi", und ging.

Elena lächelte, dann drehte sie sich zu Maren um. Deren scheele Blicke waren ihr nicht entgangen. „Der kommt wieder, wirst sehen, sobald er gesund ist."

„Ohne Fieber wird er die Wohnung vermutlich nicht mehr wollen", seufzte Maren.

„Wieso nicht? Sie passt doch zu ihm. Also im Vergleich zu seinem Outfit ist die Wohnung echt super."

Maren

Plusminus

Wegen des schlechten Wetters und der Grippewelle war in den letzten Tagen im Maklerbüro nicht viel los. Maren war es ausnahmsweise recht, so hatte Elena weniger Gelegenheit, die Interessenten anstelle von Objektdetails mit Gesundheitstipps zu versorgen. Axel hatte seine Spinnereien um Zeitung und Partei vorerst aufgegeben und widmete sich der Überarbeitung seines Romans. Langsam war sie selbst schon gespannt, wie das Buch ankommen würde. Als Testleserin hatte sie es durchaus spannend gefunden, wenn auch an manchen Stellen schwer lesbar. Es war nicht so düster wie der „Ladenroman", die gesellschaftspolitische Relevanz war dem Buch trotzdem nicht abzusprechen.

Nächste Woche kamen Achim und Lisa wieder zurück, dann herrschte hier wieder Normalbetrieb. Sie hätte nicht gedacht, dass sie noch einmal froh sein würde, Lisa am Telefon sitzen zu haben. Elena gab lieber medizinische Tipps als Auskünfte über Wohnungen. Die Grippewelle, die die Stadt immer noch fest im Griff hatte, kam ihr da gerade recht.

Ein wenig enttäuschend fand Maren, dass Elenas Interesse am Wohnrecht nach wie vor ziemlich lau war. Wäre sie Hausbesitzerin, beispielsweise der Nelkengasse, müsste sie sich doch deutlich mehr für derartige Fragen interessieren. Vielleicht lag Maren doch falsch. Jedenfalls war Elena in den letzten Wochen, von Weihnachten einmal abgesehen, weder durch Extravaganzen noch durch wohnrechtliches Interesse aufgefallen – eher im Gegenteil.

Maren versuchte an diesem verregneten Vormittag, die Steuerunterlagen zu verstehen, die der Steuerberater ihr vorbeigebracht hatte. Keine einfache Aufgabe.

Nebenbei hörte sie Elena sagen: „Ich glaube nicht, dass es in Ihrem Zustand gut für Sie ist, alleine in eine Wohnung zu ziehen. Suchen Sie sich eine Freundin, einen Mitbewohner, was weiß ich. Besser noch zwei. Dann können Sie sich gegenseitig unterstützen."
Das ging jetzt aber wirklich zu weit. Elena konnte doch nicht die Kunden davon abhalten, eine Wohnung zu mieten. Maren stand auf und wollte in den Verkaufsraum gehen, als sie die ältere Dame, die an Elenas Schreibtisch saß, sagen hörte: „Da sagen Sie etwas. Meine Freundin und ich haben tatsächlich über so eine Art Senioren-WG gesprochen. Aber es ist gar nicht so einfach, eine passende Wohnung zu finden, und ich bleibe keinen Tag länger in diesem Heim. Wissen Sie, als mein Mann gestorben war, da wollte ich einfach nur raus aus unserer alten Wohnung, wo mich alles an ihn erinnert hat, und in diesem Seniorenheim war gerade ein Platz frei. Ich sage ja nicht, dass das Heim schlecht ist, meine Tischnachbarin ist sogar ganz begeistert, aber für mich ist es einfach nicht das Richtige."
„Ich mache Ihnen einen Vorschlag. Reden Sie noch einmal mit Ihrer Freundin und dann kommen Sie gemeinsam vorbei, wir finden sicher etwas Passendes. Sollte ich nicht da sein, wenden Sie sich an meine Schwiegertochter, die ist hier die Chefin."
Maren ließ sich wieder in ihren Sessel sinken. Auch das noch. So leicht, wie Elena sich das vorstellte, war es leider nicht. Das Problem war ja nicht ganz neu. Wohnungen für Senioren-WGs waren in letzter Zeit schon öfters nachgefragt worden, aber nur schwer zu finden.
Elena steckte ihren Kopf zur Tür herein und wedelte mit einem Zettel: „Ich habe da etwas für eure Sucher-Datei. Drei, vier Zimmer, Küche und zwei Bäder sollten allerdings schon sein."
Maren nahm den Zettel entgegen. „Ich hab's gehört. Dafür hast du die Kundin davon abgehalten, eine dieser topsanierten Zweizimmerwohnungen zu mieten."
Elena winkte ab. „Für die findest du schon jemanden, aber es wäre einfach falsch gewesen, diese ältere Dame allein in einer Wohnung sitzen zu lassen. Gerade ältere Menschen brauchen Gesellschaft. An-

genehme Gesellschaft und positive Lebenseinstellung verlängern die Lebenszeit um 20%. Dazu gibt es Studien."

„Das glaube ich dir ja, aber wir sind hier leider nicht der psychosoziale Dienst."

Elena nickte zustimmend. „Aber ein Maklerbetrieb mit medizinischer Betreuung. Wenn das kein Mehrwert ist. Habe ich dir eigentlich schon gesagt, dass gleich der Student kommen wird, den ich vorige Woche ins Bett geschickt habe? Er will sich deinen Ladenhüter noch einmal ansehen."

„Na dann, viel Glück."

Als Maren sich wieder ihrem Computer zuwandte, kam eine Mail der Kanzlei Dr. Burger. In der Nelkengasse stand eine Wohnung zur Vermietung. Maren konnte sich ein Grinsen nicht ganz verkneifen, ehe sie zu Elena sagte: „Ich glaube, ich habe da etwas für dich. Dein Anwalt bietet uns die Vermietung einer Dachgeschosswohnung in der Nelkengasse an. Willst du dir die Wohnung einmal ansehen? Du könntest auf dem Rückweg jedenfalls den Schlüssel aus der Kanzlei Burger mitnehmen."

Täuschte sie sich oder hatten sich Elenas Wangen eben leicht ins Rötliche verfärbt, als sie von der Nelkengasse sprach? Nein, sie täuschte sich nicht. Wäre nur noch zu klären, ob die zarte Röte Doktor Burger galt oder dem Haus in der Nelkengasse.

„Vermutlich beiden", dachte Maren. Dann überlegte sie zum x-ten Mal, ob an ihrer Vermutung nicht doch etwas dran war und wie sie Elena auf die Schliche kommen konnte.

*

Kaum war Elena mit ihrem Studenten weggegangen, kam Axel ins Büro. Maren war bereits wieder in ihre Steuerunterlagen vertieft und verstand daher nicht, wovon Axel sprach, als er sagte: „Was hältst du von Plusminus?"

Sie sah ihn irritiert an.

„Der Name für unsere Zeitung: Plusminus."

„Ach, haben wir schon eine Zeitung?", fragte sie pikiert.

„Haben wir. Vorerst wird es allerdings nur eine Online-Zeitung sein. Pia hat mir da einige interessante Tipps gegeben. Das Blatt könnte gleichzeitig das offizielle Organ unserer neuen Bewegung sein."

„Nennst du deine noch zu gründende Partei jetzt eine Bewegung? Denkst du, das ändert irgendetwas?"

„Hör zu, es gilt als sicher, dass Lennert in den nächsten Stunden das Handtuch werfen wird. Daraufhin werden die Koalitionsparteien die Zusammenarbeit aufkündigen. Weißt du, was das bedeutet?"

„Neuwahlen. Aber warum so plötzlich?"

„Neuwahlen kommen meistens plötzlich. Diesmal aber geht die Rathauskoalition an ihrer eigenen Korruption zugrunde. Das ist der ideale Zeitpunkt, eine Partei zu gründen, die sich Ehrlichkeit, Redlichkeit und Anstand auf ihre Fahnen schreibt."

Maren winkte ab. „Tun sie das nicht alle?"

„Aber wir werden es wahr machen, und das werden die Menschen bald merken. Ich habe auch schon einige Mitstreiter. Keine Grünschnäbel, sondern Politiker, die von ihrer eigenen Partei einfach die Nase voll haben."

„Wendehälse also, gratuliere!"

„Du irrst, wirst schon sehen. Aus der grünen Bezirksorganisation haben sich gleich zwei Kollegen angeschlossen, dann Harald Weiß, du kennst ihn, der Universitätsdozent."

„War der nicht bei den Christdemokraten?"

„War er, hat genauso die Schnauze voll wie Daniela Blume von den Sozialdemokraten."

„Wird Pia Moser auch dabei sein?"

„Sie ist noch unentschieden."

„Aber du hast bereits mit ihr gesprochen."

„Musste ich ja wohl, schon wegen der Zeitung."

Maren atmete tief durch. Es gab nicht vieles, um das Axel kämpfte, aber wenn ihm etwas ernst war, dann konnte ihn niemand davon abbringen, das wusste sie aus Erfahrung. Um ihren Gedanken mehr

Nachdruck zu verleihen, stand sie auf und stellte sich ihm gegenüber.
„Na schön, aber bedenkst du dabei auch, dass du Familie hast? Diese Parteigründung bringt vorerst keinen Groschen Geld, im Gegenteil, sie wird Geld kosten. Geld, das du nicht hast. Außerdem wird sie unser aller Leben verändern. Ich rede nicht von mir, ich komme damit klar, aber denkst du auch an Yvonne?"

„Gerade weil ich an Yvonne denke, werde ich es durchziehen. Es ist ja nicht nur unsere Welt, es ist noch viel mehr die Welt unserer Kinder. Es genügt einfach nicht, vor dem Fernsehapparat zu sitzen und über das Establishment zu schimpfen."

„Verstehe. Du hältst es für besser, in Zukunft dazuzugehören."

„Red' keinen Unsinn. Wir werden eine Bewegung der redlichen Mitte sein."

„Mitte? Mitte hast du doch bisher immer abgelehnt. Mitte war der faule Kompromiss."

„Heute ist die Mitte ein Gebot der Stunde, sie war noch nie so wichtig. Deswegen ist es auch ein richtiges Signal, dass unsere Mitglieder aus allen möglichen Parteien kommen."

Maren setzte sich wieder. „Von mir aus, aber wie willst du deine Bewegung finanzieren? Hast du darüber auch schon nachgedacht?"

„Daran könnte die Sache allerdings noch scheitern. Wir brauchen nicht nur Wähler, sondern auch Mitglieder und Paten. Bürger wie du und ich, aber auch Prominente mit ein bisschen Kohle und … und Firmen, große und kleine. Wir brauchen schließlich Spendengelder."

Maren warf ihm einen giftigen Blick zu. „Wenn du glaubst, dass ich mein Sauerverdientes in eure ‚Bewegung' stecke, bist du auf dem Holzweg, mein Lieber. Von mir bekommst du keinen Euro, schon gar nicht, bevor wir eine neue Wohnung haben."

„Mit deiner Unterstützung habe ich ohnehin nicht gerechnet."

Das klang gekränkt. Sie wollte ihn nicht kränken, nur ihre Prioritäten festlegen.

„Ich hatte auch nicht die geringste Absicht, sie dir anzubieten", antwortete sie leichthin.

Er zuckte die Achseln, wandte sich seinem Schreibtisch zu und murmelte: „So setzt eben jeder seine Prioritäten."

Maren seufzte. Es war nicht davon auszugehen, dass Wohnungsvermittlung in dieser Woche noch auf seiner Prioritätenliste stand. Sie würde es überleben, mit Elenas Hilfe, und nächste Woche war zum Glück Achim wieder da.

Elena

Der Kandidat

In den nächsten Tagen berichtete die Presse kaum über etwas anderes als die Neuwahlen in der Hauptstadt und die Frage, ob diese möglicherweise auch Neuwahlen im Bund nach sich ziehen könnten. Axel hielt das für möglich, wie er Elena fast täglich referierte, wenn er zwischendurch ein paar Bissen in ihrer Wohnküche aß.

Die Idee mit der neuen Partei, oder Bewegung, wie er sie nannte, hatte ihm einen Energieschub verpasst, den kaum jemand für möglich gehalten hätte. Er arbeitete mehr oder weniger rund um die Uhr. Maren engagierte sich zwar nicht für seine Partei, aber sie hielt ihm den Rücken frei. Manche seiner Ideen schienen Elena erstaunlich vernünftig, andere hingegen eher kraus. Jedenfalls war es ihm, mit Pias Hilfe, wie Elena wusste, gelungen, einige durchaus positive Berichte in der Presse zu lancieren.

Weniger klar war Elena, inwieweit da sonst noch etwas lief zwischen Axel und Pia. Jedenfalls schien Maren keinen Verdacht zu hegen. Die beiden hatten sogar Pias Lesung besucht und tatsächlich einen Kontakt zu diesem Lektor bekommen. Allerdings scherte Axel sich im Moment keinen Deut um sein Buch. Maren war es, die ihn dazu gezwungen hatte, ein Exposé zu verfassen, und anschließend alle notwendigen Unterlagen an den Verlag geschickt hatte. Der Bub war aber auch sowas von sprunghaft. Ob die Partei mehr als ein Strohfeuer war? Elena wünschte es sich, nicht nur seinetwegen, aber sie glaubte nicht so recht daran.

Nach den drei Wochen, die sie in Marens Büro ausgeholfen hatte, war sie erst einmal ganz froh, wieder etwas Ruhe zu haben. Dabei fiel ihr ein, dass sie eine vernünftige Hausapotheke samt Blutdruckmesser für Marens Büro besorgen musste. Ein Defibrillator könnte auch nicht schaden.

Das wäre sozusagen ihr Abschiedsgeschenk, aber auch ein Dankeschön, weil Maren es sich nicht hatte nehmen lassen, ihr die verdienten Provisionen auszuzahlen. Sie ließ sich für ihre Hilfe doch nicht bezahlen.

Apropos Maren. Die hatte sich doch tatsächlich in diese Dachgeschosswohnung in der Nelkengasse verliebt. Zum Glück wollte Axel davon nichts wissen. Wenn er schon umziehe, dann ins Umland, oder zumindest an den Stadtrand. Wäre ja auch zu blöd, wenn sie von ihren eigenen Kindern Miete verlangen müsste.

Elena setzte die Apotheke auf ihre To-do-Liste, gleich unter den Eierlikörkuchen, den sie Kerstin versprochen hatte.

Das war auch etwas, dem sie nachgehen musste. Ausgerechnet Kerstin, die in der Küche außer Kaffee und hart gekochten Eiern kaum etwas zustande brachte, überhäufte sie neuerdings mit Rezepten, die Elena unbedingt ausprobieren müsse. Machte sie ja, machte sie gerne. Aber sie hätte auch gern gewusst, warum.

Während sie versonnen in ihrer heißen Limonade rührte, kam Axel.

„Schon 3.142 Unterstützungserklärungen in knapp zwei Wochen, was sagst du dazu?"

„Ich weiß nicht, ist das viel?"

„Wir sind zufrieden. Zum Antreten reicht es jedenfalls. Auch sonst sind wir optimistisch. Bei rund 500.000 Wahlberechtigten und einer Wahlbeteiligung von etwa 80% bräuchten wir um die 20.000 Stimmen, um in den Stadtrat einzuziehen. Bis zum Wahltag sind es noch etwas mehr als sechs Wochen, das ist zu schaffen."

„Und wie steht es mit euren Finanzen?"

„Na ja, bisher hatten wir noch kaum Ausgaben."

„Ich dachte ohnehin mehr an die Einnahmen." Elena war seinem Spendenaufruf bisher noch nicht gefolgt, wenn man von den zweihundert Euro absah, die sie in die Spendenbox geworfen hatte, die auf seinem Schreibtisch stand. Die Sache war ihr noch zu unsicher, viel zu unsicher. Außerdem konnte sie sich Axel beim besten

Willen nicht als Spitzenkandidaten vorstellen. Da wäre Pia schon die bessere Wahl, aber die hielt sich im Hintergrund. Sie hatte in der Stadtzeitung einmal sehr ausführlich über die Parteigründung berichtet und Axels Bewegung immer wieder einmal wohlwollend am Rande erwähnt, mehr nicht. Axel sagte, das wäre taktisch sehr klug, so könnte sie ihm, dann und wann, mit positiven Berichten helfen. Elena hielt es eher für vorsichtiges Abwarten. Soweit sie Pia kannte, würde die nie ihre Kräfte in eine aussichtslose Sache investieren.

„Was passiert, wenn ihr nicht genügend Spenden zusammenbekommt?"

„Dann haben wir ein Problem", sagte Axel, zwinkerte, schnappte sich einen Apfel aus der Obstschale und ging. Das war typisch für ihn, Dinge, die ihm unangenehm waren, mit einem Schulterzucken abzutun.

„Bist du zum Mittagessen da?", rief sie ihm nach.

Er kam noch einmal zurück. „Immer doch!"

*

Als Axel endlich zum Mittagessen kam, war es schon fast zwei Uhr.

„Wo bleibst du denn solange? Ich muss doch heute noch ins Büro", sagte Elena ärgerlich und nahm die Alufolie ab, die sie zum Warmhalten über die Schüssel mit den Semmelknödeln gegeben hatte. Dazu gab es Champignonsauce. Elena kostete die heiße Soße, ehe sie sie über die gerade noch warmen Knödel goss. Schmeckte trotzdem gut.

„In welches Büro gehst du? Zu Maren?"

„Nein, zu den grenzenlosen Ärzten."

Axel nahm einen Bissen, verbrannte sich die Zunge an der heißen Soße. „Ich hatte ein längeres Gespräch mit der zuständigen Redakteurin unseres Stadtfernsehens. Man hat uns zur Elefantenrunde eingeladen."

„Was haben die Elefanten damit zu tun?"

„Das ist die Abschlussrunde, wo alle wahlwerbenden Gruppierungen am Tisch sitzen."

„Das ist mir bekannt, ich weiß nur nicht, warum das Elefantenrunde heißt. Nimmst du dir einen Medien-Coach?"

„Sicher nicht. Gestatten, Axel Prinz. Spitzenkandidat der Ökologischen Mitte. Der bin ich und der bleibe ich."

Als Elena nur zweifelnd den Kopf wiegte, fügte er hinzu: „Kennst du die drei A der erfolgreichen Kommunikation? Authentizität, Autorität und Aura. Was davon könnte ich bei einem Coach lernen?"

Das konnte Elena auch nicht sagen.

Kaum saß sie im Auto, meldete sich Kerstin.

„Hast du heute Abend für mich Zeit?"

„Wo brennt's denn?"

„Du musst mir zeigen, wie man Grammelknödel mit Sauerkraut macht."

„Warum in drei Teufels Namen willst du plötzlich Grammelknödel machen?"

„Weil ich … weil ich für morgen Abend einen … Kollegen zum Essen eingeladen habe."

„Mach ihm eine kalte Platte oder Wurstsalat, der gelingt dir doch immer."

„Schon verstanden, aber ich habe ihm leider Grammelknödel versprochen."

Elena überlegte. „Hör zu, ich habe heute weder Zeit noch Lust auf Grammelknödel. Außerdem glaube ich nicht, dass es dir hilft, wenn du mir einmal dabei zusiehst. Aber wenn du willst, mache ich dir morgen die Grammelknödel und das Kraut. Du holst dir das Zeug bei mir ab und ich erkläre dir, wie du die Knödel kochen musst. Einverstanden?"

„Einverstanden", sagte Kerstin. Es klang erleichtert. Interessant. Kerstin versprach also Grammelknödel mit Sauerkraut. Der Mann musste ja etwas ganz Besonders sein.

Kerstin

Knödel und Kraut

Während Kerstin sich darauf konzentrierte, das Sauerkraut beim Wärmen nicht anbrennen zu lassen, lehnte Klaus Fritsch mit einem Glas Bier in der Hand an der Anrichte, die die Küche vom übrigen Wohnraum trennte, und fragte: „Faschierst du die Grammeln eigentlich oder lässt du sie ganz?"

Kerstin versuchte, die Frage zu ignorieren. „Schenkst du mir bitte auch einen Schluck Bier ein?"

„Ich dachte, du magst kein Bier", sagte Klaus, während er ein zweites Bierglas aus dem Schrank holte.

„Besondere Gerichte erfordern besondere Getränke", antwortete Kerstin leichthin.

Klaus reichte ihr lächelnd das Bierglas. „Wie ist das jetzt mit den Grammeln?"

Kerstin hatte in der Zwischenzeit nachgedacht. Jetzt antwortete sie leichthin: „Sei doch nicht so ungeduldig. In acht Minuten kannst du das Geheimnis meiner Grammelknödel selbst lüften", dann nahm sie einen Schluck Bier – war das grauslich! - und zündete die Kerzen auf dem Esstisch an.

Minuten später sagte Klaus: „Ah, du hackst die Grammeln scheinbar gemeinsam mit dem Knoblauch und einigen Kräutern. Sehr raffiniert. Wirst du mir deine Kräutermischung verraten?"

Kräuter in Grammelknödeln? Kerstin hatte nicht viel Ahnung vom Kochen, aber sie hatte nicht den Eindruck, dass Kräuter zu schmecken waren. Also stellte sie eine Gegenfrage: „Was außer Grammeln und Knoblauch schmeckst du heraus?"

„Wenn man es herausschmecken würde, wäre es ja nicht so raffiniert", zwinkerte er.

Konnte der Mann auch noch über etwas anderes reden als über diese dumme Kocherei? Was für eine blöde Idee, ihm vorzuspielen, dass sie kochen konnte. Wie sollte sie aus dieser Nummer je wieder herauskommen?

„Was hältst du davon, wenn wir einen gemeinsamen Kochabend machen?", fragte Klaus.

Gar nichts hielt Kerstin davon, doch sie sagte: „Wie stellst du dir das vor?"

„Wir laden ein paar Freunde ein und kochen gemeinsam ein exquisites Menü. Was meinst du?"

„Ich wusste gar nicht, dass wir gemeinsame Freunde haben."

„Wir könnten deine Familie einladen."

Das fehlte noch, dass sie sich vor der ganzen Familie zum Trottel machte. Aber Familie war immerhin ein gutes Stichwort, das sie sogleich aufgriff. „Apropos Familie. Wolltest du mir nicht etwas erzählen?"

Er nickte, nahm noch einen Schluck Bier. „Adriane und ich haben uns endlich auf eine Vorgehensweise geeinigt."

„Und wie sieht die aus?"

„Ich werde mir eine Wohnung suchen, möglichst in der Nähe unserer Wohnung. Wenn Adriane ein Engagement hat, ziehe ich in die Familienwohnung, um mich um die Kinder zu kümmern. Meinst du, deine Schwägerin könnte etwas Passendes für mich finden?"

„Ich wüsste nicht, was sie lieber täte. Werdet ihr euch scheiden lassen?"

„Wir betrachten das vorerst einmal als Versuch. Mal sehen, wie wir alle damit klarkommen." Dann hob er sein Glas, lächelte ihr zu und fragte: „Was ist jetzt mit unserem Kochabend?"

*

Gleich am nächsten Tag rief Kerstin Maren im Büro an, um den Suchauftrag weiterzugeben.

„Hört sich nach Trennung an", mutmaßte Maren.

„Gut kombiniert."
„Freut dich das?"
„Freuen wäre zu viel gesagt, aber in der Zwischenzeit finde ich den Mann doch ganz sympathisch. Apropos Mann. Was macht deiner?"
„Der macht Politik."
„Das habe ich bereits mitbekommen. Wie findest du das?"
„Was soll ich sagen? Er ist ständig unterwegs und verdient keinen Groschen. Wie fändest du das?"
„Ökonomisch betrachtet unsinnig, aber das ist nun mal mein Bruder. Du wolltest ihn."
„Ich will ihn noch immer, das ist ja mein Problem. Außerdem sind seine Ideen wirklich erfrischend und sein Engagement ist bewundernswert."
„Meinst du, dass er es durchhält?"
„Bis zur Bürgermeisterwahl? Auf jeden Fall."
Kerstin kicherte. „Du hast recht, das könnte klappen. Wünschst du dir eigentlich, dass er die 5-%-Hürde überspringt und in den Stadtrat einzieht?"
„Ach Kerstin, ich weiß es nicht. Aus pragmatischen Überlegungen bin ich neuerdings beinah dafür. Weißt du, was ich mir wirklich wünsche? Dass wir endlich aus dieser Wohnung ausziehen. Habe ich dir schon erzählt, dass in dem Haus, in der Nelkengasse, von dem wir vermuten, dass es Elena gehören könnte, eine super Dachgeschosswohnung frei geworden ist?"
„Und?"
„Erst hat Axel das strikt abgelehnt, aber dann ist ihm aufgefallen, dass die Nelkengasse nur wenige Gehminuten vom Rathaus entfernt ist, und gestern konnte ich ihn dazu bringen, sie einmal zu besichtigen. Sollte er tatsächlich in den Stadtrat einziehen, hätte er zumindest ein regelmäßiges Gehalt, dann könnten wir uns die Wohnung sogar leisten."
„Ich sollte mir sein Parteiprogramm vielleicht doch einmal durchlesen."
„Mach das. Am Sonntagabend kannst du ihn übrigens im Fernsehen bewundern."

„Ich weiß, Elena ist schon ganz aufgeregt. Aber zurück zur Nelkengasse. Wenn wir recht haben und das Haus doch Elena gehört, würde ich mir an deiner Stelle über die Miete keine allzu großen Sorgen machen."

„Ich will die Wohnung aber nicht deshalb! Trotzdem wird es interessant sein zu sehen, wie Elena sich verhält. Versteh' mich richtig, ich erwarte nicht, dass Elena uns die Wohnung zum Nulltarif überlässt. Das möchte ich auch gar nicht. Allerdings muss ich Axel ohnehin erst einmal zu einem klaren Ja bewegen."

„Vorausgesetzt, wir haben recht."

„Zweifelst du neuerdings daran?"

„Sagen wir, ich bin unentschlossen. Deine Indizienkette ist bestechend, aber ich kann mir einfach nicht vorstellen, dass Mutter einen solchen Gewinn vor uns geheim hält. Warum sollte sie das auch tun? Ist ja schließlich ihr Geld."

Axel

Die Wahl

Axel, der auf dem Schreibtisch gedöst hatte, hob vorsichtig den Kopf. Der Nacken tat ihm weh und die Nachmittagssonne ließ ihn blinzeln. Kein Wunder, dass er nach dem Mittagessen eingeschlafen war, in den letzten Wochen litt er an chronischem Schlafmangel. Sein Blick fiel auf die Bankauszüge, die er heute ausgedruckt hatte. Hoffentlich lohnte sich der ganze Aufwand. Wenn Maren wüsste, welchen Minussaldo das Konto der Ökologischen Mitte aufwies, würde sie ihm entweder den Kopf abreißen oder ihn auf der Stelle verlassen.

Dabei hatten sie wirklich gespart. Keine unnötigen Ausgaben, kein Mediencoach, keine Spesenverrechnung, kein eigenes Büro. Jeder arbeitet von zu Hause, bezahlte seinen Kaffee, sein Bier und seine Fahrtkosten selbst. Nur ein paar Tausend Flyer, ebenso viele Give-aways – sie hatten sich für Blumenzwiebeln entschieden, die in Elenas Keller lagerten – eine Handvoll Plakate und gegen Ende des Wahlkampfs diese Dreiecksständer. Trotzdem hatten sie über 50.000 Euro Schulden. Er haftete höchstpersönlich dafür. Warum der Bankmitarbeiter sich überhaupt darauf eingelassen hatte, war ihm sowieso ein Rätsel. „Weil Sie's sind, Herr Doktor Prinz", hatte er mit einem Zwinkern gesagt. „Genau deshalb hätte ich mir an seiner Stelle den Rahmenkredit nicht eingeräumt", überlegte Axel kopfschüttelnd.

Dann hatte der gute Mann noch hinzugefügt: „Schließlich ist die Frau Mama ja keine Unbekannte für uns." Na, wie schön, dass er Elena kannte. Er würde doch wohl nicht annehmen, dass sie, im Falle des Falles … Nein. Obwohl, wenn Maren mit ihrer verrückten Idee tatsächlich recht haben sollte, dann konnte es schon sein, dass man davon ausging, dass Elena für seine Schulden aufkommen würde. So weit durfte es einfach nicht kommen.

Vielleicht sollten sie künftig keine Blumenzwiebeln verteilen, sondern mit der Sparbüchse durch die Fußgängerzone ziehen. Ein Punkt mehr, um sich von den Mitbewerbern zu unterscheiden.

Er schob die Bankauszüge zur Seite. Seine Kollegen hatten versprochen, sich um Spenden zu bemühen und notfalls selbst finanziell etwas beizutragen. Das würde schon noch werden.

Er musste sich jetzt auf das Wahlkampffinale konzentrieren.

Pia meinte, alles hinge davon ab, wie er sich am kommenden Sonntag präsentierte und ob er die Nerven behielt. Der Gedanke verursachte ihm schweißnasse Hände und ein flaues Gefühl im Magen. Er wusste, dass er im Gespräch überzeugend sein konnte, vor großem Publikum zu reden war hingegen nicht sein Fall. Er musste einfach versuchen, sich einzureden, dass er nicht in einem Fernsehstudio saß, sondern am Stammtisch. Ob ihm das gelingen konnte, würde sich weisen. Jedenfalls hatte er vor, die neue Art von Politik, die sie machen wollten, schon bei der Elefantenrunde zu demonstrieren. Er würde keine leeren Versprechungen machen und seine Positionen vertreten, ohne auf denen der anderen herumzureiten. Vielleicht sollte er dem einen oder anderen sogar recht geben – wenn er recht hatte. Das wäre doch einmal etwas anderes. Darüber würden möglicherweise sogar Journalisten schreiben.

Trotzdem musste er sich auf seine Mitbewerber einstellen. Gewinnen kann nur, wer seine Gegner ernst nimmt. Die anderen würden es ebenso machen und auf seiner politischen Vergangenheit herumreiten. Was konnte man ihm sonst noch zum Vorwurf machen? Lennert würde ihm vermutlich vorwerfen, dass er sich im Vorjahr für die Flüchtlinge eingesetzt hatte, die zu Tausenden ins Land geströmt waren. Mit seinem damaligen Wissenstand würde er es heute wieder tun. Allerdings hatte er in der Zwischenzeit einsehen müssen, dass es der falsche Weg war, die Zuwanderung mit Hurra-Geschrei zu unterstützen. Kriegsflüchtlinge mussten natürlich aufgenommen werden, allen übrigen konnte man nur vor Ort helfen.

Die Moderatorin der Sendung war für ihre außergewöhnliche Fragestellung bekannt. Pia meinte, er müsse sich sämtliche Diskussionssendungen ansehen, die sie bisher geleitet hat.

Ach, Pia. Sie hatte ihm angeboten, es gemeinsam zu machen und anschließend das Gespräch zu trainieren. Ihr Mann sei auf Kur, die Zeit wäre günstig.

Das Angebot klang verlockend, beinah hätte er ja gesagt, zum Glück nur beinah. Eheprobleme konnte er sich jetzt nicht leisten. Nicht nur aus politischen Gründen. Das Letzte, was er wollte, war, seine Ehe aufs Spiel zu setzen. Außerdem brauchte er Maren. Wie sehr, das war ihm erst in den letzten Wochen wieder klar geworden.

Zudem überstieg Pias Plan ohnehin sein Zeitbudget, ein paar Sendungen mussten auch genügen – und die würde er sich alleine ansehen. Axel machte sich an die Arbeit.

Je länger er die Aufzeichnungen verfolgte, desto mehr verflüchtige sich seine Aufmerksamkeit. Sinnlos. Was sollte er daraus lernen? Er war weder so hübsch wie die Chefin der Grünen, noch so abgebrüht wie Lennert. Er musste vor allem er selbst bleiben und einen Stil entwickeln, der ganz und gar aus ihm selbst kam.

*

Am Abend vor der Elefantenrunde betrug der Kontostand noch immer minus 45.387 Euro. Es waren zwar einige Spenden eingegangen, doch sie hatten weitere Plakate und Flyer drucken lassen müssen. Das Interesse der Passanten war groß, auch ihre Zeitung kam gut an, wenn „Plusminus" vorerst auch nur einmal wöchentlich online erscheinen konnte.

Axel beschloss, erst nach der Wahl über sein finanzielles Desaster nachzudenken. Sollte die Ökologische Mitte in den Stadtrat einziehen, wäre das seine Rettung. Dann gab es Parteiförderung und ein monatliches Gehalt als Abgeordneter. Allerdings hatte er Maren auch versprochen, in einem solchen Fall das Mietangebot für diese Dachgeschosswohnung zu unterzeichnen. Es lag fertig ausgefüllt auf seinem Schreibtisch, Maren hatte bereits unterschrieben. Es stimmte ja, das Haus, in dem sie derzeit wohnten, verkam zusehends, ihre Nachbarn waren auch bereits ausgezogen.

Sollte der Einzug in den Stadtrat nicht gelingen, wäre nicht nur Marens Wohnungstraum dahin, er wäre auch auf die Solidarität seiner Mitstreiter angewiesen. Kein gutes Gefühl. Er beschloss, nicht daran zu denken.

Elena

Die Elefantenrunde

Obwohl Axel Elena eingeladen hatte, mit ins Fernsehstudio zu kommen, beschloss sie, sich die Elefantenrunde daheim vor dem Fernsehapparat anzusehen. Dazu hatte sie Henriette und Kerstin eingeladen, aber Kerstin hatte bereits eine Verabredung – mit wem, hatte sie leider nicht gesagt. Ob sie sich wieder mit Roman traf? Sie hatte neulich erwähnt, dass sie gemeinsam im Fitnessstudio waren, außerdem arbeiteten die beiden weiterhin in einer Kanzlei, sahen sich also täglich – wer weiß, vielleicht hatten sie ja doch eingesehen, dass Liebe ein kleines bisschen mehr war als ein biochemischer Vorgang?

Elena hatte versucht, den Abend so gemütlich wie nur möglich zu gestalten, hatte eine Platte mit Sandwiches vorbereitet und überall Kerzen angezündet. Trotzdem konnte sie, je näher der Sendetermin rückte, eine gewisse Nervosität nicht leugnen.

„Alles andere wäre auch abnormal", sagte Henriette und lehnte sich gemütlich zurück.

„Tee oder Wein?", fragte Elena.

„Tee, bitte. Ich muss ja noch nach Hause fahren."

Elena stellte Teewasser auf und füllte den edlen Schwarztee in ein Tee-Ei. Sie selbst würde sich besser ein Glas Wein nehmen. Als sie die feine Teetasse aus dem Schrank nahm, merkte sie, dass ihre Hand zitterte. Sie arrangierte alles auf dem Couchtisch und warf einen verstohlenen Blick auf die Uhr – noch drei Minuten.

Endlich erklang die bekannte Melodie. Sechs Kandidaten und die Moderatorin saßen um einen runden Tisch. Axel wirkte angespannt. Der arme Bub war ja ganz blass. Sie hatte ihm Beruhigungstropfen mitgegeben, war aber ziemlich sicher, dass er sie nicht genommen hatte – so, wie er jetzt aussah.

Hoffentlich kippte er nicht vom Stuhl. Das wäre das Ende seiner Politikerkarriere.

„Guten Abend, meine sehr geehrten Damen und Herren im Studio und an den Fernsehgeräten. Ich möchte heute einmal mit jenem Kandidaten beginnen, dem die wenigsten Chancen auf den Einzug in den Stadtrat eingeräumt werden. Herr Doktor Prinz, laut Meinungsumfragen liegt Ihre Bewegung bei 3,1%. Sehen Sie noch eine Möglichkeit, die 5-%-Hürde zu überspringen?"

Axel nickte. „Selbstverständlich."

„Und wie wollen Sie das machen?"

„Unsere Bewegung und unsere Ziele sind bisher noch wenig bekannt, ich gehe davon aus, dass die heutige Sendung dazu beiträgt, das zu ändern."

Die Moderatorin wandte sich an die Chefin der Grünen: „Frau Doktor Knecht. Herr Prinz war Bezirksrat Ihrer Partei und auch als Berater für die Grünen tätig. Wie würden Sie Ihren Mitbewerber beschreiben und wie schätzen Sie seine Chancen ein?"

„Also, die Chancen der Ökologischen Mitte schätze ich eher gering ein, weil es ja bereits eine Partei gibt, die diese Anliegen vertritt, nämlich unsere."

„Und wie würden Sie Ihren ehemaligen Parteikollegen beschreiben?"

„Dazu kenne ich ihn leider zu wenig."

„Dumme Kuh", murmelte Elena. Natürlich kannte sie ihn.

Die Moderatorin wandte sich noch einmal an Axel. „Und Sie, Herr Doktor Prinz, wie würden Sie ihre ehemalige Chefin beschreiben?"

„Ich habe Frau Doktor Knecht als besonders zielstrebig und sehr durchsetzungsstark kennengelernt."

„Gut gekontert", freute sich Elena. Er hatte damit klargestellt, dass die beiden einander sehr wohl kannten, und zielstrebig und durchsetzungsstark konnte alles Mögliche bedeuten. Die Moderatorin wandte sich nun den anderen Kandidaten zu.

Während sich alle Übrigen bemühten, in einem guten Licht zu erscheinen, gab Lennert den übel gelaunten Stadtvater.

Er war ein kleiner Mann, streitlustig, und hatte eine durchdringende Stimme. Was ihm an Körpergröße fehlte, machte er mit Körpergewicht wieder gut. Lennert war jedenfalls weder zu übersehen noch zu überhören.

Es dauerte einige Zeit, bis Axel wieder an die Reihe kam. Anders als seine Mitstreiter fiel er niemandem ins Wort, sondern wartete, bis er wieder gefragt wurde.

Die Frage, die ihm nun gestellt wurde, lautete: „Wie steht die Ökologische Mitte zu Reformen im Bereich der Stadtverwaltung."

Axel räusperte sich. „Es ist bekannt, dass diejenigen am meisten verhindern, die am meisten verlieren können. Wir haben nichts zu verlieren."

„Guuut!", rief Henriette. „Das war gut!"

Elena atmete auf. Der Bub sah auch nicht mehr ganz so blass aus.

Am Ende der Sendezeit waren beide Damen der Meinung, Axel hätte sich gut geschlagen. Auch in der Presse wurde sein erster Fernsehauftritt in den folgenden Tagen durchaus positiv kommentiert.

Elena beschloss, dass es nun an der Zeit war, Axel mit einer entsprechenden Spende zu unterstützen. Einmal spendete sie tausend Euro als Dr. Elena Prinz, dann wies sie die Kanzlei Burger an, von ihrem Treuhandkonto einen Betrag von fünfundzwanzigtausend Euro abzuheben. Sie würde den Betrag morgen abholen.

Kerstin

Der Kochchampion

„Dein Bruder war echt gut", meinte Klaus Fritsch, während er die Teströhrchen aus den entsprechenden Schachteln holte.

Kerstin nickte. Es stimmte schon, Axel hatte seine Sache gut gemacht, aber es widerstrebte ihr, ihn vor anderen zu loben.

„Er hätte durchaus etwas angriffslustiger sein können. Mit vornehmer Zurückhaltung kommt man bei solchen Sendungen nicht weit."

„Aber genau das hat ihn mir so sympathisch gemacht. Vielleicht sollten wir ja unser gemeinsames Menü für ihn kochen? Nach der Wahl, versteht sich."

„Um ihm die Niederlage schmackhafter zu machen?"

„Oder um seinen Einzug in den Stadtrat zu feiern."

„Dazu fehlen ihm, laut Meinungsumfragen, etwas über zwei Prozent."

„Mit seinem Fernsehauftritt hat er bestimmt einiges an Terrain gut gemacht. Ich habe jedenfalls beschlossen, ihn zu wählen. Du auch?"

„Schon."

„Wir könnten uns einen gemütlichen Wahlabend machen und deine Mutter dazu einladen. Was meinst du? Allerdings sollten wir uns an diesem Abend eher an leichte Gerichte halten, die auch für den nervösen Magen gut zu vertragen sind. Was schlägst du vor?"

Dieses ewige Gerede ums gemeinsame Kochen ging Kerstin langsam auf die Nerven. Sie nutzte die aufsteigende Ungeduld, um endlich einmal reinen Tisch zu machen.

„Wie wär's mit Wurstsalat? Ist nicht so schwer verdaulich und gelingt mir ohne Probleme."

„Keine schlechte Idee. Du hast recht, Wurstsalat gelingt eigentlich immer, vorausgesetzt, dass man die Mayonnaise nicht verrührt."

„Meiner ist ohne Mayo."

„Tja dann", meinte Klaus und begann mit der Behandlung.

Eine Zeit lang war es still, dann sagte Kerstin: „Sag, hast du mir eigentlich zugehört?"

„Selbstverständlich, ich höre immer zu."

War der Mann denn schwer vom Begriff? „Ich habe gesagt, Wurstsalat gelingt mir immer."

„Ich hab's gehört. Aber jetzt bitte nicht reden und ganz entspannt ein- und ausatmen."

Komiker. Wie sollte sie ganz entspannt atmen, wenn sie endlich ihre Lüge beichten wollte?

Als der erste Teil der Behandlung abgeschlossen war und Kerstin mit geschlossenen Augen auf der Liege ruhte, fragte sie: „Ist dir die Bedeutung meiner Worte in der Zwischenzeit klar geworden?"

„Glasklar", antwortete er. Das klang irgendwie amüsiert. Kerstin öffnete die Augen. Klaus stand neben der Behandlungsliege und lächelte auf sie herab. Ein Lächeln, das ihr ein ganz komisches Gefühl verursachte.

„Ich meine, für jemanden, der Zabaione, gefülltes Brathuhn und Grammelknödel aus dem Effeff beherrscht, ist Wurstsalat ja eine lockere Übung", sagte er leichthin.

Kerstin wollte sich aufsetzten, doch Klaus drückte sie sanft wieder auf die Liege.

„Ich beherrsche gar nichts aus dem Effeff, außer Wurstsalat."

„Ich dachte mir schon etwas Ähnliches."

„Du hast es gewusst und quälst mich wochenlang mit diesem dämlichen Plan, gemeinsam ein exquisites Menü zu kochen?"

„Gewusst wäre wirklich zu viel gesagt", lächelte Klaus. „Sagen wir, ich habe es geahnt."

„Seit wann?"

„Och, das kam so nach und nach."

„Wann genau?"

„Es waren Kleinigkeiten. Stutzig wurde ich, als du gemeint hast, der Fisch könnte in Butter gebraten worden sein."

„Könnte er nicht?"
„Butter verträgt hohe Temperaturen nicht so gut, sie würde schwarz werden. Allenfalls könnte man am Ende des Bratvorgangs das Öl abgießen und ein Stück Butter dazugeben."
„Okay. Was sonst noch?"
„Du hast nicht gewusst, ob die Grammeln faschiert wurden. Wer hat übrigens diese flaumigen Knödel gemacht?"
„Elena."
„Mein Kompliment an die Frau Mama. Aber du solltest dich jetzt entspannen."
„Werd's ausrichten", murmelte Kerstin.
Eine Weile blieb es still, dann fragte sie: „Kann Adriane eigentlich kochen?"
„Doch, kochen kann sie ganz gut, aber …"
„Aber?"
„… aber darauf kommt's ja nicht an."
Das hörte Kerstin gern. „Und worauf kommt es deiner Meinung nach an?"
„Dass man einander vertraut, versteht und gemeinsam in eine Richtung schaut. Das, was man gemeinhin unter Liebe versteht."
Liebe. Ob Klaus dabei auch an einen biochemischen Vorgang dachte? Als Mediziner wäre das sogar nahe liegend, aber geklungen hatte es irgendwie anders.
„Wenn du willst, kann ja ich am Sonntagabend für dich und Elena kochen. Du müsstest nur deine Küche zur Verfügung stellen. Soweit ich gesehen habe, ist sie ganz gut ausgestattet."
„Und ob die gut ausgestattet ist. Meine Mutter hat mir jahrelang Geschirr geschenkt, in der irrigen Annahme, sie könnte mich damit zum Kochen animieren."
„Zu Weihnachten hat sie dir einen pinkfarbenen Aktenkoffer geschenkt, das war dir auch nicht recht."
„Vielleicht bin ich doch eine Zicke, wie mein Bruder behauptet."
„Da kann ich dich beruhigen. Wärst du eine Zicke, wäre ich nicht so gern mit dir zusammen."

Kerstin schloss wieder die Augen. Jetzt konnte sie sich ganz hervorragend entspannen.

Elena

Das Spiel ist aus

„Natürlich freue ich mich über die Einladung und komme gern", sagte Elena am Telefon, „aber ich kann mir nicht vorstellen, dass ich am Sonntag mehr als ein paar Bissen hinunterbringen werde. Kollege Fritsch soll sich also keine Mühe machen."

„Ich glaube nicht, dass es ihm Mühe macht. Ich glaube eher, dass er ganz versessen darauf ist, zu kochen."

Als Elena am Wahlsonntag gegen halb fünf bei Kerstin klingelte, stieg ihr ein verführerischer Duft nach allerhand Gewürzen in die Nase.

„Da riecht's aber gut. Was wird das denn?"

„Wenn ich es mir richtig gemerkt habe, gibt es zur Vorspeise ein Taboulé, das ist so eine Art libanesischer Salat."

„Und der riecht so gut?", fragte Elena, während sie aus ihrer Kostümjacke schlüpfte.

„Was Sie riechen, liebe Kollegin, ist das orientalische Chili, das wir zur Hauptspeise bekommen", antwortete Fritsch, der eben aus der Küche kam.

Kerstin führte sie in den Wohnraum, wo drei Sektkelche auf einem Silbertablett darauf warteten, befüllt zu werden.

Fritsch schenkte ein, offenbar gab er bereits den Gastgeber.

Elena griff nach einem Glas. „Tja dann, auf den Wahlabend."

„Auf den Wahlabend und noch eine kleine Neuigkeit von meiner Seite", sagte Kerstin.

Elena warf einen Seitenblick auf Fritsch, der sah Kerstin ebenso erwartungsvoll an wie sie selbst.

„Bevor gleich die erste Hochrechnung kommt, wollte ich euch noch rasch sagen, dass ich gekündigt habe und eine eigene Kanzlei eröffnen werde."

„Gratuliere!", rief Klaus Fritsch. Er schien sich wirklich zu freuen. „Das war aber auch allerhöchste Zeit. Dein Körper wird es dir danken."

Dem konnte Elena nur zustimmen. „Und warum, wenn ich fragen darf?"

„Ich habe dir bestimmt von diesem spannenden Fall erzählt, wo ein Bauträger die Stadt verklagt hat, weil diese ihre ursprünglich erteilte Zustimmung zum Bau eines Hochhauses widerrufen hatte."

Elena nickte. „Du warst zuversichtlich, ihn zu gewinnen."

„Das bin ich immer noch. Nur ist in der Kanzlei Müller und Partner der Sieg nicht mehr das Ziel. Lennert hat Dr. Müller ein paar spannende Fälle versprochen – vorausgesetzt, dass wir diesen nicht gewinnen. Was für mich natürlich nicht infrage kommt. Der Bauträger hat der Kanzlei Müller das Mandat bereits entzogen und wird es mir übertragen, sobald meine Kanzlei steht."

„Da wünsche ich dir viel Erfolg, mein Kind." Elena war bemüht, sich ihre Ungeduld nicht anmerken zu lassen. Gewiss, ein bemerkenswerter Schritt, aber in wenigen Minuten wurde die erste Hochrechnung bekannt gegeben.

Sie tranken noch einen Schluck, dann schaltete Kerstin endlich den Fernsehapparat ein.

Der ersten Hochrechnung zufolge hätte die Ökologische Mitte den Einzug in den Stadtrat um Haaresbreite verfehlt, aber noch war alles offen. Fest stand nur, dass Lennert Stimmen verloren hatte. Ob es dennoch für den Bürgermeistersessel reichen würde, war noch nicht abzusehen.

„Nach allem, was er verbockt hat, ein bemerkenswertes Ergebnis", meinte Fritsch, dann servierte er das Taboulé. Es bestand aus Bulgur, frischem Gemüse und vielen Kräutern, schmeckte frisch und wirkte beruhigend auf die Magennerven.

Nach der zweiten Hochrechnung sah es so aus, dass Axels Bewegung den Einzug knapp schaffen könnte. Es folgten die ersten Interviews. Für die Ökologische Mitte sprach ein Mann, den Elena vom Sehen kannte.

„Weißt du, wer das ist?", fragte Kerstin.

„Er war einige Male bei Axel im Büro. Wenn ich mich richtig erinnere, ist er Universitätsdozent."

„Dann sollte er doch gewohnt sein, vor Publikum zu sprechen", lästerte Kerstin.

Es stimmte, die Nervosität war dem Mann anzusehen, doch was er sagte, war nicht schlecht. Er betonte die Notwendigkeit einer Partei der Mitte in Zeiten, in denen linke wie rechte Randgruppen immer mehr Zulauf erhielten und immer radikalere Forderungen formulierten.

„Wollen wir mit der Hauptspeise bis nach dem Endergebnis warten?", fragte Kollege Fritsch.

„Ja, bitte!" Elena hielt ihm ihr Glas entgegen. „Ich heiße übrigens Elena."

„Klaus", er nickte ihr lächelnd zu.

Dann wandte sie sich wieder dem Bildschirm zu. Bis zur nächsten Hochrechnung gab es Berichte aus den einzelnen Parteizentralen. Da die Ökologische Mitte keine besaß, hatte man einen Raum in einem Gasthaus gemietet. Elena sah Maren und Yvonne in der ersten Reihe stehen. Maren hatte ihren Arm um Axel gelegt und verfolgte gespannt die Ereignisse auf dem Bildschirm.

Um 19 Uhr stand das Endergebnis fest. Lennert hatte den Bürgermeistersessel knapp verfehlt, die ÖM den Einzug in den Stadtrat ebenso knapp geschafft.

Elena atmete durch und nahm einen tiefen Schluck aus ihrem Proseccoglas. „Jetzt freue ich mich auf das Chili."

Klaus servierte ein Chili con Scampi mit Basmatireis, scharf, aber nicht zu scharf. Kochen konnte der Mann, Chapeau!

*

Burgers Anruf erreichte Elena auf dem Weg zum Friseur. Es war der Tag nach der Wahl. Elena spürte immer noch ein Hochgefühl, als hätte sie selbst die Wahl gewonnen. Der April zeigte sich von seiner besten Seite und machte Lust auf etwas Neues. Elena hatte beschlossen, ihre Haarfarbe etwas aufpeppen zu lassen.

„Helmut, wie schön, von dir zu hören. Wolltest du mir gratulieren?"

„Zum Wahlerfolg deines Sohnes? Auf jeden Fall. Schon sein Auftritt in der Elefantenrunde war sehr überzeugend. Ich gebe zwar zu, ihn diesmal noch nicht gewählt zu haben, aber wenn seine Bewegung so weiter macht, wer weiß?"

„Ich bin eh stolz auf ihn, wenn ich auch nicht ganz glaube, dass du deshalb anrufst. Was also verschafft mir die Ehre?"

„Ich habe eine gute und eine schlechte Nachricht für dich. Die gute ist, wir haben Mieter für die Dachgeschosswohnung."

„Und was ist die schlechte?"

„Die Mieter heißen Axel und Maren Prinz."

„Das glaube ich jetzt nicht!"

„Ist aber so."

„Ich wusste, dass Maren die Wohnung von Anfang an sehr gut gefallen hat, aber Axel war total dagegen, schon wegen der Klimaanlage. Außerdem sagte er, sie sei zu teuer."

„Die Wohnung liegt nahe am Rathaus", gab Helmut zu bedenken. Stimmt.

„Ich habe mir auch schon etwas überlegt. Kannst du am späten Nachmittag bei mir vorbei kommen?"

„Ja, wenn du so schnell Zeit für mich hast." Es klang etwas spitzer, als sie es beabsichtigt hatte, aber in letzter Zeit hatte er sich rar gemacht.

„Für dich werde ich einfach noch einen Termin anhängen. Wie wär's um 18 Uhr?"

„Ich werde da sein", sagte Elena. Trotz der Aussicht, Helmut heute Abend wiederzusehen, fühlte sie sich plötzlich müde und deprimiert.

*

Helmut griff mit beiden Händen nach ihrer ausgestreckten Rechten. „Elena. Schön, dass du da bist. Wie geht es dir?"

„Seit deinem Anruf nicht mehr ganz so prickelnd. Seither überlege ich hin und her, ob ich den Kindern nicht endlich die Wahrheit sagen soll."

Er nickte. „Das dachte ich mir. Deshalb habe ich auch überlegt, wie man die Sache elegant lösen könnte. Komm, setz dich."

Elena nahm am Besprechungstisch Platz. „Und was wäre in deinen Augen elegant?"

„Wir könnten das Haus in Wohnungseigentum aufteilen und ein Verkehrswertgutachten über den Wert der einzelnen Wohnungen machen lassen. Dann gestehst du deinen Gewinn und schenkst jedem Kind ein bis zwei Wohnungen, die in etwa gleich viel wert sind. Der Rest bleibt in deinem Eigentum."

„Klingt vernünftig", meinte Elena nachdenklich.

„Aber?"

„Na ja, ich muss eben eingestehen, dass ich sie ein Jahr lang belogen habe."

„Du hast doch nicht gelogen, nur nicht alles erzählt, das ist ein Unterschied. Außerdem würde ich meinen, dass sich die Dinge in der Zwischenzeit geändert haben, zumindest soweit es deinen Sohn betrifft."

Elena nickte. „Das stimmt schon. Überdies hat sich bei Kerstin auch einiges verändert. Sie hat bei Müller und Partner endlich gekündigt und will sich nun eine eigene Kanzlei aufbauen."

„Na bitte! Ich finde, auf diese Veränderungen sollten wir anstoßen. Ich habe zufällig eine Flasche Champagner kalt gestellt", zwinkerte er ihr zu.

„Lieb von dir, aber Champagner auf leerem Magen, ich weiß nicht so recht."

„Du meinst, wir sollten vorher lieber etwas essen? Recht hast du. Wohin willst du?"

„Der Japaner ums Eck?"

Er legte die Akte zur Seite, stand auf und machte eine einladende Handbewegung. „Darf ich bitten?"

Elena

Wellness

An einem regnerischen Montag Ende Mai machte sich Elena auf den Weg nach Gut Landau. Sie würde sich einige entspannte Tage gönnen, bevor am Freitag die ganze Sippe kam. Sie schaltete ihr Navi ein, wählte „Autobahnen meiden" und machte sich auf den Weg. Elena hasste Autobahnen, seit man sie zu beiden Seiten mit Lärmschutzwänden verbarrikadiert hatte. Es war ihr, als führe man durch einen Tunnel, nur der Blick zum Himmel war noch frei. Außerdem hatte sie Zeit, Gut Landau war kaum hundertfünfzig Kilometer entfernt.

Während sie durch die Landschaft bummelte, überlegte sie, was seit dem Wahltag alles geschehen war.

Es begann mit dem Mietanbot, das Axel und Maren für die Dachgeschosswohnung in der Nelkengasse abgegeben hatten. Dieses Anbot hatte alles ins Rollen gebracht. In der Zwischenzeit war klar, dass sie ihrer Familie am kommenden Wochenende die Wahrheit sagen würde. Helmut hatte die Wohnungseigentumsbegründung unverzüglich in Angriff genommen. Sie war noch nicht ganz abgeschlossen, aber immerhin lag das Nutzwertgutachten vor und der Gutachter hatte die Verkehrswerte gleich mitgeliefert. Außerdem hat Helmut zwei Schenkungsurkunden vorbereitet. Eine für Axel und Maren, die beiden sollten je zur Hälfte Eigentümer der Dachgeschosswohnung werden. Die Frage, ob sie die Wohnung nur Axel oder beiden je zur Hälfte schenken sollte, hatte einen eigenartigen Loyalitätskonflikt bei ihr ausgelöst und ihr mehrere schlaflose Nächte beschert. Letztendlich hatte sie sich entschieden, beide ins Grundbuch eintragen zu lassen, nicht nur, weil sie Maren mochte. Die Schenkung sollte einerseits eine Anerkennung für Marens Verdienste um ihre Ehe sein, anderseits aber auch ein Zeichen an Axel. Elena bezweifelte nicht, dass er Maren liebte und sie hoffte, dass die Sache mit Pia ausgestanden war. Dennoch konnte ein kleiner Hinweis nicht schaden.

Den Wert der Wohnung hatte der Gutachter mit rund 500.000 Euro beziffert. Kerstin konnte sich im gleichen Wert Wohnungen aussuchen.

Mit Helmut hatte sie einen sehr netten Abend verbracht. Außerdem hatte er versprochen, ihr beizustehen, wenn sie der Familie ihr Geheimnis offenbarte.

Er würde schon Donnerstagabend kommen. Wenigstens etwas Erfreuliches, denn so sehr sie sich auf dieses Familien-Wochenende gefreut hatte, so nervös war sie nun, wenn sie daran dachte. Obwohl es dafür eigentlich keinen Grund gab, schließlich hatte sie nur die besten Absichten gehabt.

Aber wie erklärte man seinen erwachsenen Kindern, dass man sie vor sich selbst hatte beschützen wollen?

Zum Glück hatte sie noch ein wenig Zeit, darüber nachzudenken.

*

Elena hatte bestimmt schon zwanzig Mal auf die Uhr gesehen, ehe sie am Donnerstagabend Helmuts Wagen auf die Hotelzufahrt zurollen sah. Endlich. Sie schloss die Balkontür, warf einen flüchtigen Blick in den Spiegel und eilte in die Lobby. Auf halbem Weg mäßigte sie ihren Schritt, sie war schließlich kein junges Ding mehr.

Doch als sie ihn am Empfang stehen sah, legte ihr Herz einen Gang zu. Sie atmete tief durch, um sich zu beruhigen, und ging gemessenen Schrittes auf ihn zu.

„Elena! Entschuldige, dass ich so spät bin, aber wie immer ist im letzten Moment …"

„Was immer es war, ich vergebe dir und freue mich, dass du da bist", lachte sie und gab ihm einen Kuss auf die Wange.

In der Zwischenzeit war der Hotelboy gekommen. Helmut übergab ihm seinen Wagenschlüssel sowie einen Geldschein. „Bringen Sie meine Sachen bitte auf Zimmer 21."

Dann reichte er Elena seinen Arm. „Lass uns in die Bar gehen. Ich brauche dringend ein Glas Bier."

Als sie später beim Abendessen saßen, fragte Helmut: „Und, hast du dir schon eine Strategie für dein Outing zurechtgelegt?"

Elena schüttelte wortlos den Kopf.

„Aber es bleibt doch dabei, dass du es ihnen morgen Abend sagst?"

„Ich weiß nicht, vielleicht sollte ich bis übermorgen warten."

Er sah sie mit lachenden Augen an. „Elena, das klingt ja fast so, als wärst du … wie soll ich sagen … feige?"

Feige erscheinen wollte sie allerdings nicht, schon gar nicht vor Helmut. Deshalb sagte sie mit mehr Zuversicht, als sie verspürte: „Natürlich sage ich es ihnen. Mir wird schon etwas einfallen."

„Da bin ich ganz sicher. Wie sagte meine Mutter immer: Oft über Nacht kommt guter Rat."

*

Diesmal war auch über Nacht kein guter Rat gekommen, immerhin aber hatte Elena beschlossen, ihr Geheimnis schon beim Aperitif in der Bar zu lüften. Andernfalls würde sie beim Abendessen keinen Bissen hinunterbringen. Sie hatte ja schon beim Frühstück kaum Appetit.

Helmut hingegen ließ es sich schmecken. Erst hatte er eine große Schüssel Müsli mit Früchten verputzt, was Elena sehr gelobt hatte, jetzt ließ er sich noch ein Omelett mit Schinken schmecken.

„Ich fürchte, ich muss mein Kompliment zum Thema vernünftige Ernährung wieder zurücknehmen", meinte sie stirnrunzelnd.

„Das strampeln wir jetzt alles wieder ab."

„Wir strampeln?"

„Ich dachte, wir machen eine Radtour. Oder hast du eine bessere Idee?"

Genau genommen hatte sie gar keine Idee. All ihre Gedanken kreisten um den Abend.

*

Entweder hatte Helmut die Radstrecke unterschätzt oder er hatte ihre Fitness überschätzt, jedenfalls waren sie erst gegen fünf Uhr nachmittags wieder im Hotel. Außer Kerstin waren alle bereits im Haus, im Moment seien sie im Schwimmbad, ließ die nette junge Dame an der Rezeption sie wissen.

„Dann bis später, in der Bar", sagte Helmut und zwinkerte ihr aufmunternd zu.

„Kommst du denn nicht ins Bad?"

„Besser nicht. Deine Leute werden sich auch später noch wundern, dass ich da bin."

Das werden sie, allerdings war es nicht das Einzige, worüber sie sich wundern werden. Seine Anwesenheit würden sie ihr zumindest nicht nachtragen. Im Grunde konnten sie ihr gar nichts nachtragen, schließlich war sie nicht mit leeren Händen gekommen. Entschlossen machte sie sich auf den Weg.

*

Bis zum Aperitif war auch Kerstin eingetroffen, alle hatten sich einigermaßen fein gemacht, sogar Axel trug ein helles Sakko zu einer sehr zivilen Jeans. Als er Helmut Burger sah, raunte er Elena zu: „Was macht denn der hier?"

Begeisterung klang anders. Das war nicht gerade ein berauschender Start.

Nun saßen sie um einen der großen Couchtische in der Bar zusammen und versuchten, guter Laune zu sein. Marens Eltern schienen ein wenig befangen. Ob es am Ambiente lag oder daran, dass sie ihre Gäste waren, konnte Elena nicht sagen. Aber das war im Moment ihr geringstes Problem. Sie nahm noch einen Schluck, dann räusperte sie sich. „Meine Lieben, ich habe euch etwas zu sagen."

„Als du das letzte Mal so feierlich warst, hast du uns von deinem Lottogewinn erzählt!", kicherte Yvonne.

Elena warf ihr einen dankbaren Blick zu: „Da liegst du gar nicht so falsch, mein Kind."

Yvonne verdrehte die Augen. Sie mochte es nicht, „mein Kind" genannt zu werden.

„Was ich euch damals erzählt habe, war sozusagen nur ein Teil der … Geschichte." Sie hatte Wahrheit sagen wollen, aber das implizierte irgendwie das Wort Unwahrheit. Sie hatte ihnen nicht die Unwahrheit gesagt, sie hatte nur einen Teil verschwiegen. Herrgott, noch einmal, so ein Verbrechen war das auch wieder nicht. Sie nahm noch einen Schluck, ehe sie rasch hinzufügte: „Ich habe etwas mehr gewonnen, als ich euch damals erzählt habe."

„Etwa sechs Millionen", hörte sie Maren murmeln.

„Bitte wie?"

Maren räusperte sich. „Ich sagte: etwa sechs Millionen."

Elena glaubte, ihren Ohren nicht trauen zu können: „Wie kommst du denn darauf?"

Jetzt waren alle Augen auf Maren gerichtet.

„Etwas über fünf Millionen hast du, samt Nebenkosten, in das Haus in der Nelkengasse investiert, dazu das Geld, dass du uns aus dem Fünfer mit Zusatzzahl geschenkt hast und ein paar Kleinigkeiten, wie dein Geburtstagsfest, das tolle Buffet zu Weihnachten, deine besonders großzügigen Geschenke."

Es fiel Elena schwer, den richtigen Ton zu treffen, als sie weiterfragte: „Wie bist du dahinter gekommen?"

„Ich habe eins und eins zusammengezählt, nachdem ich dich und Doktor Burger rein zufällig vor dem Haus in der Nelkengasse gesehen habe."

„Und du hast niemandem etwas gesagt?"

„Doch, aber die wollten es ja nicht glauben."

Elena warf Helmut einen fragenden Blick zu, doch der machte auch ein ziemlich ratloses Gesicht.

„Es ist nicht so, dass ich das Geld vor euch verheimlichen wollte …", stammelte Elena.

„Sieht aber so aus", kam es patzig von Kerstin.

„Zumindest nur solang, bis ich das Gefühl haben konnte, dass ihr es … sinnvoll investieren werdet."

„Es ist dein Geld", sagte Kerstin. Elena fröstelte, so kalt hatte das geklungen, aber Kerstins Ton machte sie auch wütend. „Stimmt", gab sie deshalb patzig zurück.

Als sie sich an Axel wandte, änderte sich ihr Ton: „Willst du gar nichts dazu sagen?"

„Wir wollen dir gern zugestehen, dass du die besten Absichten hattest, dennoch komme ich mir im Moment wie ein naiver Trottel vor. Es stimmt, Maren vermutet seit Monaten, dass du der geheime Investor bist. Schon als Herr Doktor Burger ihr diesen geheimnisvollen Auftrag erteilt hat. Doch ich habe immer gesagt, so etwas würdest du nie tun. Warum auch, es ist ja dein Geld."

„Und warum, glaubst du, habe ich es getan?"

„Wenn ich das wüsste, käme ich mir vielleicht nicht ganz so vertrottelt vor."

Während Elena nach Worten suchte, kam unerwartete Hilfe von Marens Vater. „Beim Schwimmen im Geld soll schon manch einer ersoffen sein", meinte er.

„Sei unbesorgt", bemerkte Axel bissig. „Wir schwimmen ganz gut."

„Karl hat schon recht", nahm Elena den Ball dankbar auf. „Ich wollte nicht, dass euer gewohntes Leben aus dem Tritt gerät – wenn ihr versteht, was ich meine."

Sie warf einen hilflosen Blick in die Runde. Diesmal sprang Helmut ein. „Vielleicht wäre es nun an der Zeit, die Vergangenheit vergangen sein zu lassen und sich der Zukunft zuzuwenden. Ihre Mutter hat sich nämlich dazu entschlossen, das Haus in Wohnungseigentum aufzuteilen und einige Teile, sozusagen als Vorauserbe, bereits jetzt zu übertragen." Damit überreichte er Axel, Maren und

Kerstin je eine Kopie der vorbereiteten Schenkungsurkunden. Es trat Stille ein.

„In der Zwischenzeit hat sich ja manches verändert", fügte Elena hinzu.

Die Erste, die sich fing, war Maren. „Das ist wirklich sehr großzügig von dir, aber das kann ich doch gar nicht annehmen, ich meine, ich bin doch nur deine Schwiegertochter."

„Du bist nicht ‚nur' meine Schwiegertochter, du bist meine Schwiegertochter und ich hoffe inständig, dass ich nie eine andere haben werde. Du hast viel geleistet in den letzten Jahren."

Maren schien tief bewegt und wischte sich verstohlen eine Träne aus dem Auge.

„Oder hast du geglaubt, ich lasse mir von euch die volle Miete zahlen?"

Maren räusperte sich: „Na ja, mit einer kleinen Mietreduktion habe ich schon gerechnet, aber doch nicht damit, dass du uns die Wohnung schenkst. Noch dazu zu gleichen Teilen."

„Bekomme ich auch etwas?", fragte Yvonne.

Endlich konnte Elena lachen: „Aber klar. Du bekommst ein neues Jugendzimmer. Was hältst du davon?"

„Super", rief Yvonne und sprang auf, um Elena einen Kuss auf die Wange zu drücken.

Endlich erwachten auch die Erwachsenen aus ihrer Erstarrung.

„Danke, Elena", sagte Kerstin schlicht und Axel, der neben Elena saß, murmelte: „Tausend Dank, Mutter."

„Nur weil ich dir eine halbe Wohnung geschenkt habe, musst du nicht aufhören, mich Elena zu nennen", versuchte sie zu scherzen.

Kerstin sagte mit einem Seitenblick zu Axel: „Vielleicht werden wir ja Nachbarn."

„Das ist jetzt aber nicht dein Ernst."

„Keine Panik, ich will nicht übersiedeln. Mir ist nur eben eingefallen, ich könnte mein Büro dort einrichten."

„Hoffentlich im Erdgeschoss", gab Axel zurück.

„Die beiden Erdgeschosswohnungen hat Ihre Frau Mama für Flüchtlingsfamilien bereitgestellt, aber im ersten Stock wird ab

Herbst eine 70-Quadratmeter-Wohnung frei. Vielleicht wäre das etwas für Ihre Kanzlei?", meldete sich Helmut zu Wort.

Elena warf ihm einen dankbaren Blick zu, dann nahm sie den letzten Schluck aus ihrem Glas und sagte aufatmend: „Das klingt ja schon fast wieder nach Normalität. Jetzt freue ich mich auf den Rest des Wochenendes, und außerdem habe ich Hunger."

Während sich alle auf den Weg ins Restaurant machten, blieben Elena und Helmut ein wenig zurück.

„Du warst großartig", flüsterte er ihr ins Ohr.

„Du warst großartig", flüsterte sie zurück und gab ihm einen Kuss auf die Wange.

ENDE

Liebe Leser,

allen, denen Elena, Axel, Maren und all die anderen ans Herz gewachsen sind, darf ich die freudige Mitteilung machen, dass es bald weitergeht mit der Geschichte. Ich arbeite bereits daran, und für Mitte 2017 ist mit der Fortsetzung zu rechnen.

Ein Wort noch ...

Wie eingangs erwähnt ist das Land, in dem die Geschichte spielt, fiktiv.
Die beschriebene Methode zur Löschung von Allergien und Unverträglichkeiten ist hingegen sehr real und heißt NAET. Ich habe mich dieser Behandlung unterzogen und verdanke ihr viel. Wer sich darüber informieren möchte, sei auf mein Buch „Genießen statt verzichten – frei von Allergien und Lebensmittelunverträglichkeiten mit NAET" hingewiesen.

Zum Schluss, wie immer, ein wienerisches „Danke-schön" an alle, die an der Entstehung meines Romans beteiligt waren.
Das waren auch diesmal meine bewährten Testleser Eva, Steffi, Angela und mein lieber Mann Manfred, neu hinzugekommen ist Christine.
Dank auch an meine geduldige Lektorin Mareike Kerze, an Melanie Jungierek für die stets zuverlässige technische Umsetzung, an Xenia Gesthüsen für das Cover, die ebenfalls viel Geduld mit mir hatte und last not least Johannes zum Winkel, für die Beratung in Sachen Marketing.
Ein herzliches Danke-schön schon jetzt an alle Blogger und Rezensenten, die für den Erfolg eines Buches ebenso wichtig sind.
Ich freue mich über JEDE Rezension, ob kurz oder lang, anerkennend oder kritisch. Schließlich ist die Rezension der Applaus des Autors.

In diesem Sinne sage ich zum Abschied „Servus" und „Auf bald".

Bisher im Selfpublishing erschienen

Paragrafen und Grafen
Humor und Hausverstand erwünscht
Von Hochzeiten, Schwiegermüttern und eifersüchtigen Mäusen
Die andere Schwester des Papstes
Als Papst lebt man gefährlich
Der liebe Gott und sein teuflisches Bodenpersonal (Sammelband)
Tante Fritzi - forever clever
Liebe, Macht und rote Rosen
Neubeginn im Rosenschlösschen
Champagner und ein Stück vom Glück

Bisher bei Amazon Publishing erschienen

Mütter, Töchter und andere Krisen
Ein Gerücht kommt selten allein